Evas Schlange und viele Äpfel

Jeanette A. Koke

Evas Schlange und viele Äpfel

Geschichten, frei nach wahren Begebenheiten

Bibliografische Information der Deutschen Nationalbibliothek: Die Deutsche Nationalbibliothek verzeichnet diese Publikation in der Deutschen Nationalbibliografie; detaillierte bibliografische Daten sind im Internet über http://dnb.dnb.de abrufbar.

Umschlaggestaltung: iStock 120485208

Foto innen aus eigener Sammlung

Herstellung und Verlag: BoD – Books on Demand, Norderstedt

ISBN: 978-3-754307380

„Trauer ist der Preis, den wir zahlen,

wenn wir den Mut haben, andere zu lieben."

Irvin Yalom

Subtropical Blues

Sonnenuntergangsblues

Eingehüllt in eine rosa Wolke. Selbst das hässliche Grau der nackten Hauswand rechts verschönt sich in diesem Licht. Es dauert nur ein paar Minuten, solange, bis die rote Sonne am Horizont versinkt. Ich sehne mich nach einer liebevollen Umarmung gegen den gelegentlichen Schmerz der Einsamkeit. Nein, eigentlich darf ich nicht weinen, nicht so, wie heute Vormittag Indrani weinen musste.

Sie sah sich die Fotos an, die ich von ihr und ihrer Familie gemacht hatte, auf denen sie aussieht wie der leibhaftige Tod mit riesigen, tief in den Höhlen liegenden Augen, hohlwangig und ausgezehrt vom Krebs, der in ihrem Körper wütet und gegen den es kein Entrinnen gibt. Man sagt ihr nichts davon, man fürchtet einen Selbstmordversuch. Sie ist Haut und Knochen und stellt sich keine Fragen?

Sie betrachtete die Bilder und wusste plötzlich. Wie ein Blitzschlag kam die Erkenntnis. Ich konnte es in ihren Augen sehen, die mich sekundenlang durchdringend ansahen, voller Entsetzen. Ihr Körper krümmte sich unter Schluchzen, bis ins Innerste erschüttert.

Als ich sie dann in meinen Armen hielt, so zart und zerbrechlich wie ein aus dem Nest gefallenes Vögelchen und die Knochen ihrer fleischlosen Arme fühlte, da dachte ich daran, dass sie sonst niemand in den Arm nimmt. Nicht die Kinder und auch nicht der Mann, der sich vor Kummer die Finger wund arbeitet. In der Fabrik am Fluss, für einen Hungerlohn. Die Augen der Mutter, vor Mitgefühl und seelischem

Schmerz geweitet, aber auch sie nimmt Indrani nicht in den Arm, streichelt sie nicht.

Nein, ich sitze hier im Garten unter Kokospalmen, atme den süßlichen Duft der Araliya neben mir ein und möchte wie sie in den Arm genommen werden? Ich, mit der Aussicht auf Leben!

Du hast alles, sagte mir einmal meine Tutorin am buddhistischen Institut in Berkeley, als sie mich zum ersten Mal sah. Ich begriff nicht, denn ich glaubte wenig zu haben, zu wenig. Ich habe so vieles nicht begriffen in jenen Jahren.

Ich höre das Meer rauschen. Erhöbe ich mich von meinem Stuhl, könnte ich es sehen, dort hinten, hinter den Palmen und dem kleinen Hotel auf der anderen Straßenseite. Ein alter Friedhof liegt noch dazwischen. Drei Gräber zwischen mir und dem unendlichen Horizont. Der weiße Strand ist kilometerlang, breit, von Palmen gesäumt. Links erhebt sich eine Felsengruppe, auf der man gut sitzen und in die Weite blicken kann. Manchmal steht hier am frühen Morgen eine Frau und macht das Sonnengebet.

Indrani - dieser Name ist mit Schmerz angefüllt, Schmerz um ein viel zu früh ausklingendes Leben, ein Leben in bitterer Armut, voller Entbehrungen und harter Arbeit. Was nur aus den Kindern wird, wenn sie tot ist?

Sie kann nicht weglaufen vor diesem Leben, das eine so offensichtliche Bürde für sie ist, so wie ich vor meinem alten Leben daheim fortgelaufen bin. Dass ich ausgerechnet jetzt Feuchtwangers 'Exil' in die Finger bekommen habe ... Natürlich hat mich niemand vertrieben, außer meine eigene Unruhe vielleicht, meine Langeweile und mein Unmut angesichts dieser Wegwerfwohlstandsgesellschaft, in der ich groß geworden bin. Vielleicht war es auch die Sauberkeit der Straßen. Meine

Einsamkeit ist hier nicht anders als zu Hause, und dennoch fühlt sie sich anders an.

Ich werde neue Palmblätter aufs Dach legen müssen. An einigen Stellen regnet es bereits durch. Alles dreht sich um Liebe. Es gibt viele Geschichten um sie auf dieser Insel. Liebe, die so schnell entsteht, viel zu schnell, geboren aus Angst vor dem Alter auf der einen und aus der Verzweiflung der Armut auf der anderen Seite. Der Preis des Paradieses ist die Lüge. Nicht nur die Lüge, die dir ein schöner junger Mensch erzählt, die dich täuscht und schließlich ent-täuscht, sondern die Lüge, die du dir selbst antust, wenn du ohne Brille in den Spiegel schaust oder denkst, dass dein Selbstbild sich seit 20 Jahren nicht verändert hat.

Gestern war Indranis Mann hier bei mir. Er wollte reden, einmal seinen Kummer in Worte fassen. In der Fabrik am Fluss hatte er sie kennengelernt. Sie war schön. Am meisten hatten ihn ihre großen dunklen Augen fasziniert und das lange schwarze Haar, das ihr bis über die Hüften fiel. So lebensfroh war sie damals ... Jetzt wird sie sterben, nicht wahr, und alles auf ihn abladen. Was soll er mit den Kindern tun? Die Eltern werden bald zu alt sein, um sich kümmern zu können. Seine Finger, hart und knöchrig von der schweren Arbeit, greifen unruhig ineinander, zupfen am Sarong. Was soll nur werden?

Ich weiß nicht, was werden kann und wird, wie sich meine Zeit entwickelt. Ihre vertikale Dimension wird wichtiger.

Ja, es ist die Lüge, die dieses Paradies so wenig paradiesisch erscheinen lässt. Ein Paradies, in dem es geschehen kann, dass alte Friedhofsgrundstücke, völlig unbrauchbar, denn es wird nie eine Baugenehmigung dafür geben, an gutgläubige Ausländer teuer verkauft werden. Da steht er dann, dieser Ausländer, mit strahlenden Augen und klopfendem Herzen angesichts der hervorragenden Lage. Schön ist dieses Land! Hier lohnt es sich zu investieren! Das Klima ist günstig für die Arthritis oder den hartnäckigen Husten! Die Menschen sind so freundlich und nehmen den Ausländer sofort in ihre Familie auf! Da ist kein Harm in ihrem Lächeln! Nicht, solange der Ausländer zahlt. Entdeckt er jedoch den Betrug, wird es ernst und das Lächeln verschwindet. Doch dann wird es für den Ausländer zu spät sein. Er wird feststellen, dass nichts ihm gehört, aber alles der Illusion. Alles fake.

Letzte Woche ist Indrani zusammengebrochen. Ein Schwächeanfall. Sie hat einfach keine Kraft mehr. Der Monsun setzt allmählich ein und die feuchte Hitze wird unerträglich. Sie lag auf der dünnen Matratze auf dem Boden ihrer Hütte, ihr magerer Körper vor Schmerz gekrümmt. Es war nicht leicht für mich, das Morphium Rezept vom Arzt zu bekommen. Kann ich ihren Schmerz auf mich nehmen? Es schnürt mir die Kehle zu.

Die Sonne steht orangerot tief am Horizont. Mein Kühlschrank ist leer. Nadeesha wird bald hier sein, um mir zu helfen. Ich kann kaum laufen. Mit Krücken ins Dorf zu humpeln, scheint unmöglich. Alles verschwimmt im pudrig rosa Licht der untergehenden Sonne.

Es gibt so viel Gutes hier. Die Leute aus dem Dorf kamen, um mir zu helfen, nachdem ich mir die Sehne der linken Hacke beinahe durchtrennt hatte. Die Unterkanten des Eingangstores sind messerscharf. Ein unbedachter Moment und es war geschehen. Ich wollte das Tor hinter mir zuziehen. Mein Fuß war im Weg. Hätte besser aufpassen sollen. Sie haben geputzt und gewaschen und mich mit Essen versorgt. Ein Mädchen massierte mir den Kopf und redete beruhigend auf mich ein. Ein anderes Mädchen brachte Tee und Gebäck.

Indranis Mann sagt, er würde am liebsten alle Morphium Tabletten selbst schlucken. Er lacht, wenn er sich am elendsten fühlt, keinen Ausweg mehr sieht. Wo ist der Sinn in alldem?

Ich bin so froh, dass mein Sohn Josh morgen kommt. Mein fröhliches Kind mit dem Grübchen auf der rechten Wange. Wir sind für übermorgen bei Indrani zum Tee eingeladen. Es wird gut für ihn sein, diese Familie zu erleben, zu sehen, wie sie lebt, ihre Armut und ihre Liebenswürdigkeit, ihre Würde in der Armseligkeit einer Behausung, die in Europa nicht mal als Abstellraum genutzt würde, in der sieben Menschen ohne Wasser und Strom leben.

Josh liebt Motorräder. Das Risiko dieser Liebe wurde mir schmerzlich bewusst, als ich einen Mann im Balapithiya Hospital sah, der dort mit zerschlagenen Beinen nach einem Motorradunfall auf der kahlen Bahre lag, halb im Koma, alles roch nach Blut und kaltem Elend. Diese Augen! Amputation! Ein grauenvolles Wort. Musik aus einem Gettoblaster, Zeitlupenzeit, Schwindelgefühle, Druck im Magen. Irgendwann konnte ich Geruch und Anblick nicht mehr ertragen und humpelte raus auf den Hof, wo mich alle anstarrten wie ein exotisches Tier im Zoo. Lag es an meinem entsetzten Gesichtsausdruck? Unsere Zeit ist sehr begrenzt. Wir vergeuden sie im großen Stil. Selbstbetrug.

Dabei brauchten wir nur die Augen zu öffnen, nur ein einziges Mal. Sehen kann schmerzhaft sein, aber nicht so schwierig, wie wir oft denken. Als ich das blutende, halb abgetrennte Stück Fleisch meiner Hacke einfach mit zwei Fingern wieder an den Knochen drückte und dachte: 'Was für eine Empfindung', da war der Schmerz eher abstrakt, nicht so sehr Teil von mir. Irgendwie abgetrennt, wie das Stück Fleisch mit Sehne. Ich konnte sogar noch das ganze Blut vom Boden aufwischen, ehe mit schlecht wurde und ich mich setzen musste.

Der Schmerz fing erst an mir bewusst zu werden, als ich ihn dachte. Schaffen wir uns unsere Realität, die wir sehen und erleben, selbst? Alles Spiegel des Geistes? Der Schmerz existiert nur dann, wenn ich ihn als Schmerz denke und zulasse? Eine neue Dimension!

Die Sonne spiegelt sich berauschend schön und dunkelrot im Meer. Welch ein Glück zu sehen! Sehen, ohne zu denken. Aufnehmen, ohne zu bewerten, zu benennen. Der Raum zwischen den Gedanken als Paradies der Stille. Hellgrünes Wasser, sanft und warm, Stille unter der Oberfläche, lautlos wiegend, umarmend, schwebend im Wasser wie ein Rochen mit ausgebreiteten Flügeln. Erinnerung an eine Melodie, eine Geige und eine Mandoline, Solitude. Nichts als Leichtigkeit. So müsste man hinüberschweben können, an dem Tag, an dem sich alles auflöst. Nur die Melodie mit ihrem streichelnden Klang ... Ah, es soll nicht aufhören, nicht vergehen, es ist so angenehm und leicht. Solitude.

Mein Herz ist schwer und leicht zugleich. Mir wird schmerzhaft bewusst, wie vergänglich all das ist, was wir bei uns halten, bewahren wollen. Irgendwann entschwindet es, erst ganz langsam, wir greifen danach, doch es ist bereits fern am Horizont. Fort, uneinholbar, Erinnerung, Solitude, will immer noch alles oder nichts, rote Rosen vom Himmel, ganz neue Wunder. Es ist schwer, nicht mehr zu träumen.

Aus dem Sonnenuntergang dringt der Klang von Trommeln herüber. Ein erregender Rhythmus, der mir tief in den Bauch fährt. Er macht mich unruhig. Tongtongtongtong. Tongtongtongtong. Ich sehe im Geiste die Männer am Strand um ein Feuer tanzen. Mit hochgezogenem Sarong und schwingenden Füßen bewegen sich ihre Körper leicht, fast anmutig, zu diesen archaischen Klängen. Tongtongtongtong. Einer hebt seine Arme, bereit zu fliegen, im Rhythmus der klatschenden Hände wirbelt er um das Feuer herum. Tongtongtongtong. Schwarze

Silhouetten vor einem rosa Himmel. Ihre Gesänge handeln fast immer von dem Schmerz einer unmöglichen Liebe. Langsam versinkt alles im Meer.

Wie wird es für Indrani sein? Hört sie den Klang der Trommeln? Hofft sie noch? Fürchtet sie die Stimme des Todes? Was hält mich in diesem Land, in dem die Lüge so leicht über jedermanns Lippen fließt? Die Lüge, mit der man Indrani die Wahrheit vorenthält, die Lüge des blühenden Ablassgeschäfts in den Tempeln der Insel, die sich fremdartig intensiv den Geruch des Mittelalters bewahrt hat, die Lüge im Wort 'Liebe', das zu oft mit Geld gleichgesetzt wird, zu etwas Käuflichem verkommt.

Ist es die Konfrontation mit meinen eigenen dunklen Seiten, denen ich hier nirgendwo ausweichen kann, die so eindringlich präsent sind? Erschreckend oder eher hoffnungsvoll? Es muss sich etwas verändern, in mir.

Jetzt, wo die Sonne fort ist, scheint alles grau, selbst das Grün der Pflanzen ist matt. Seltsame Vogelstimmen ertönen aus dem dschungelartigen Stück Land hinter mir. Ein drachenähnliches Wesen, hölzern, spindeldürr, sitzt auf einem Ast vor mir und starrt mich konzentriert an. Ein urzeitlicher Waran kriecht am Baumstamm hoch. Menschenstimmen vermischen sich auf der Straße mit dem knarrenden Motorgeräusch eines Dreirades. It's the bluest blues when you can't find your way home.

Mittagssonnenblues

Ich muss die Augen zusammendrücken, um den Strahl des grellen Mittagslichts auszuhalten, der durch den Spalt im Palmblatt über mir direkt in mein Gesicht fällt. Vom Hotel gegenüber wabert der Duft gebratenen Knoblauchs intensiv herüber. Der Speichelfluss in meinem Mund ist angeregt und mein Magengefühl ist flau.

So viele Klagen und Tränen im Hause Indranis. Die Familie kann das Unfassbare nicht akzeptieren. Indrani Nangi, die kleine Schwester, stirbt. Die Hilflosigkeit überwältigt.

Ich fühle mich schläfrig in dieser Hitze. Matt und schlaff liege ich auf dem Gartenstuhl. In meinem Kopf ist es wie Brackwasser, das bleigrau und träge an eine Kaimauer schwappt. Gedankenfetzen, Puzzlestücke.

Der kleine Kolibri dort. Die Perfektion seines stehenden Fluges, ganz darauf ausgerichtet, an den Blütennektar der Orchidee zu gelangen. Seine Flügel sind kaum zu sehen. Sie wirken wie zartes, fast durchsichtiges Gewebe, das sich im Wind bewegt.

Bin ich wirklich in der Lage, mich neu zu erschaffen? Kommt mein Leben hier auf der Insel einer Neugeburt gleich? Oder stecke ich lediglich mitten in einem Überlebenskampf, eingebunden in seine Fesseln wie der Kolibri, der, so lieblich sich der Anblick seiner Nahrungssuche auch ausnimmt, doch nur den einen Zweck verfolgt - den knurrenden Magen zu füllen?

Indranis Magen knurrt laut und fordernd, aber sie ist kaum mehr in der Lage, etwas zu sich zu nehmen. Vielleicht einen Schluck Wasser oder Tee. Das Schlucken schmerzt. Der Krebs hat bereits ihre Speiseröhre angegriffen und setzt sein Werk unaufhaltsam fort. Ihre Stimme klingt leise, wenn sie 'Mutter' zu mir sagt.

Das Meer ist heute still, fast bewegungslos wie die Luft. Durch die stehende Hitze dringt ein leises Rauschen zu mir herüber. Schweißperlen bedecken meine Arme, rinnen von meiner Stirn in die Augen.

Wenn Indrani eine Schmerzattacke ertragen muss, dann bilden sich viele kleine, glitzernde Perlen auf ihrer Stirn. Ihre schöne, dunkle Haut ist fahl geworden. Die Beine sind prall gefüllt mit Wasser. Sitzen und gehen ist ihr kaum noch möglich. Sie hat nicht mehr die Möglichkeit, neu zu wählen. Sie kann ihre Situation nicht verändern, so wie ich es kann. Wenn ich sie in meinen Armen wiege, wie ein kleines Kind, dann wird sie ruhig, entspannt sich. Sie zerfällt vor meinen Augen.

Wie unbarmherzig die Sonne ist, wenn sie durch alle Ritzen kriecht. Es tut fast schon weh, in das Blau des Himmels zu schauen, das wie von einem überdimensionalen Scheinwerfer angestrahlt zu sein scheint. Alle Konturen sind scharf ausgereizt. Die Luft flirrt.

Ich hätte so gerne Antworten auf Indranis stumme, angstvolle Fragen, die in ihren großen, dunklen Augen stehen. Aber ich kann sie nur halten, wiegen, beten, wenn ich den Schlag ihres Herzens an meiner Brust spüre, wenn ich über ihren Rücken streichle. Ihr Kleid ist schweißnass. Werde ich bei ihr sein können, wenn sie stirbt?

Es ist so vieles zerbrochen und gestorben, ehe es mich hierher verschlagen hat. Manchmal bin ich sehr müde, kann kaum noch die Augen aufhalten. Alle Glieder sind schwer. Die warme Luft, die in meine Nase kriecht, scheint klebrig zu sein.

Aus der nachbarlichen Ferne dringt dumpf das Motorengeräusch eines Dreirades herüber. Sicher wieder ein Liebespaar, das im Hotel gegenüber ein paar zärtliche Stunden miteinander verbringen will. Sie kommen heimlich, die jungen Frauen mit niedergeschlagenem Blick, Scham im Gesicht, die Männer, verlegen und schuldbewusst, können dem Taxifahrer kaum in die Augen schauen, wenn sie ihm das Fahrgeld überreichen.

So viele junge Menschen gehen freiwillig in den Tod, weil ihre Liebe von den Eltern nicht erlaubt wird. In den Tempeln wird diese Unfreiheit in der falschen Verpackung religiöser Moral verkauft. Du musst Vater und Mutter ehren, no matter what! Was denn auch tun, wenn das allgegenwärtige Horoskop kein Glück für die Ehe voraussagt? Rattengift ist eine beliebte Methode oder der Sprung vor einen Zug, von einem hohen Felsen. Die Glücklicheren haben eine Pistole oder ein Gewehr.

Ein leichter Wind frischt auf. Er kühlt ein wenig die Hitze in mir. Die Reise in ein fremdes Land als Akt der Wiedergeburt. Alles zum ersten Mal erleben. Die Laute aus dem Mund des Fremden tröpfeln als ungeordnete Aneinanderreihung von Silben in den Kopf. Was ist das für ein Tier, das diesen seltsamen Knurrlaut von sich gibt? Sollte ich nicht besser zu jedermann freundlich sein? Wer weiß, ob ich irgendwann einmal Hilfe benötige. Was bedeutet die eigenartige Schüttelbewegung des Kopfes, so als säße er nicht fest auf dem Hals? Was habe ich falsch gemacht, als ich nach einer Unstimmigkeit mit Samanthi das Problem erörtern wollte und sie verlegen und erschrocken blickend das Weite suchte? Tausend Mal 'warum', wie ein Kind, das die Eltern über den Sinn der Dinge befragt. Warum ist unsere Amma so krank? Ich weiß es nicht mein Kind, ich weiß es nicht.

Ich werde mir zum Abendessen den Fisch braten, den Manju heute Morgen gebracht hat. Einen dieser silbrig glitzernden Fische, die der Monsun an den Strand treibt.

Die Männer stehen bis zum Bauch, manchmal bis zum Hals in der Brandung und werfen Netze in das grünschaumige Meer. Dort sind sie, die Fische, Hunderte, Tausende, die sich geradezu selbst zum Fang anbieten. Sie strahlen, die Männer, wenn sie das Netz vollgefüllt mit wimmeligem Silber auf den Strand ziehen. Ein guter Fang. Da wird auch das Silber in der Geldbörse stimmen, für ein paar Tage. Und ein wenig wird übrig bleiben für das Kartenspiel und ein Gläschen Arrak. Hauptsache die Frau schweigt, wenn er alles verspielt hat, an einem der provisorischen Spieltische im Schatten der Wellblechhütte, unten an der Bahnlinie. Was solls, auch noch den Ehering und die geerbte Armbanduhr vom Vater auf den Tisch. Das Glück wird schon wiederkommen, ganz sicher.

Für Indrani wird der Tod das Glück bedeuten, für die Familie ein Desaster. Was soll ich nur tun, was soll ich nur tun ... Das Wehklagen der alten Mutter ist herzzerreißend.

Sonnenaufgangsblues

Ein eigenartiger Zustand, das Aufwachen vorhin, als mich um halb sechs die Gebetskassette des Tempels mit ihrem eintönigen Gesang aus dem unruhigen Schlaf riss ... Wach, und doch arbeiten die Sinne noch nicht in voller Funktion. Alles ist schwammig, fern, irgendwie schmerzhafter oder anders schmerzhaft als im klaren Wachzustand. Kann noch nicht richtig reagieren, noch ist alles außerhalb meiner Kontrolle, muss mich langsam finden.

Die Sonne kommt hinter mir über den Rand des Dschungelgrüns, als zöge sie jemand schwer atmend mit einem Seil in die Höhe. Ihr Rand ist glühend, feurig, ihre Mitte klares Gelb. Angenehme Luft. Letzte Nacht hat es wie aus Eimern geschüttet und der Regen hat allen Staub fort gewaschen. Ich warte auf etwas, aber es will sich nicht einstellen. Alles scheint leer, ausgelaugt, von seltener Stille in mir. Indrani ist tot. ‚Sie ist tot', sagte ihr Mann, als er wankend zum Gartentor hereinkam. Sein Gesichtsausdruck war verwirrt, er atmete schwer. ‚Komm', sagte er, ‚sie liegt im Blumenhaus'. Ein Wort, das Idylle verspricht.

Blumenhaus. Ein schuppenartiges, kleines Häuschen an der lauten und Abgas verseuchten Hauptstraße. Im Vorraum arbeiteten zwei Männer an leeren Särgen. Laute Musik aus einem Lautsprecherpaar an den Wänden. Sie schauten nicht auf, als ich hineinging.

Hm'Morgen, sagte der eine und wies auf einen Durchgang, der nur notdürftig von einem schmutzigen Lappen verdeckt war. Dort lag sie, auf einer eisernen Pritsche, die Konturen ihres Körpers kaum noch wahrnehmbar, in Tücher gehüllt, umgeben von Krempel, Devotionalien und Schmutz. Ihr Unterkiefer war mit einer Binde hochgebunden, die schönen, großen Zähne lagen frei, die Augen blicklos schimmernd unter halb geöffneten Lidern. Verkrustetes Blut füllte die Nasenlöcher.

„Machen Sie bitte die Musik leiser und verschließen Sie anständig die Tür! Es ist unwürdig, wie diese Frau hier liegen muss!" Der etwas erschrockene Blick des Mannes wich gleich darauf einer gleichgültigen Leere. Es wurde still.

Allmählich weicht der Druck aus meinem Kopf. Kaffee wäre gut. Die Schatten in meiner Gartenhütte sind nun andersherum. Es gibt so viele Vögel hier. Am schönsten ist der Eisvogel. Stahlblaues Gefieder, eleganter Flug, ein großer, starker Schnabel. Er leistet mit oft Gesellschaft in den frühen Morgenstunden, scheint sie zu lieben wie ich.

Seit einigen Tagen treiben sich hier drei große Affen herum, die auf den Telefonleitungen balancieren und auf dem Tempelhof die Kinder erschrecken, mit Fruchtkernen nach ihnen werfen. Sie sind unverschämt und versuchen, die zwei kleinen Äffchen von Darshana zu töten, die in seinem Garten angebunden sind. In der Saison bringen sie am Strand bei den Touristen viel Geld ein. Der Größte der Gaunerbande hat gestern einem Äffchen fast den Hals durchgebissen. Der Tierarzt hatte seine liebe Not. Oder wollte der Große seinem kleinen Artgenossen die Freiheit zurückgeben, ihn aus der Unwürdigkeit dieser beklagenswerten Gefangenschaft erlösen?

Es gibt so viel Arbeit in Indranis Haus. All die Gäste müssen bewirtet werden. Tee, Saft, Wasser, etwas zu essen. Sie kommen aus dem ganzen Dorf zusammen. Überall stehen bunte Plastikstühle und kalte Metallstühle unter Wellblechdächern, provisorisch zum Schutz vor dem Regen aufgebaut.

Sie gehen in den Vorraum des winzigen Häuschens, wo Indrani aufgebahrt liegt. Man hat sie schön zurechtgemacht. Augen und Mund sind geschlossen, die Lippen dezent geschminkt. Sie trägt ein weißes Kleid aus Spitze, weiße Handschuhe an den gefalteten Händen, gebettet auf einem Spitzen umsäumten weißen weichen Kissen. Kleine bunte Glühlämpchen flackern rhythmisch, zwei riesige Elefantenstoßzähne beugen sich unter dem von goldenen Säulen getragenen Baldachin von den Seiten schützend über ihren zarten Körper. Kerzen und Öllämpchen am Kopfende werfen einen flackernden Schein auf ihr Gesicht, das sehr friedlich aussieht.

Ruhe, endlich hat sie Ruhe. Keine Schmerzen mehr, keine wahnsinnig machenden Krämpfe mehr, nie mehr das grausame Gefühl, ein Tier fresse ihr Bein - nur noch Stille und Ruhe.

Als ich mit ihr allein im Blumenhaus war, da war sie, diese Stille, die fast greifbar zu sein schien. Als endlich die Musik ausgestellt und die Tür verhängt war, setzte ich mich neben ihre Bahre, betrachtete ihr Gesicht, sah in ihre toten Augen und sprach zu ihr. Ich sang ein Mantra und spürte eine starke Energie zwischen ihr und mir. Ich wusste, dass ihr Geist mich wahrnahm. Als ich ging, war ich glücklich.

Indrani war glücklich, als sie zu meinem 50. Geburtstag kam. Als sie so winzig und klein in meinem Liegestuhl saß, ihre Augen umherstreifen ließ, meine anderen Gäste betrachtete und zwischendurch mit ihrem Blick in eine andere Welt zu sehen schien, wusste ich, dass ihr nicht mehr viel Zeit bleiben würde. Ihr Atem ging schwer und ihre Stimme war sehr schwach. Aber ihre Augen strahlten vor Glück, dabei sein zu können. Sie aß ein wenig von den Krabben und Muscheln und trank mit Wonne ein Glas Cola, auch wenn kurz darauf alles wieder seinen Weg ins Gebüsch fand. Später am Abend schlang sie die Arme um mich und flüsterte: „Ich bin so glücklich, Mutter." Drei Tage später starb sie gleich nach Sonnenaufgang.

Sonnenstrahlen drängen sich schräg durch die grünen Büsche, lassen die Orchideen in wunderschönem Pink erstrahlen. Die tiefroten Blüten der Araliya und die kleinen weißen duftenden Tempelblumen öffnen ihre Blütenkelche und recken sich den wärmenden Strahlen der Sonne entgegen.

Es wird eine Weile dauern, ehe ihr Mann und Kalhali, die älteste Tochter, diese Schönheit wieder empfinden können. Er ist verbittert, hadert mit sich und der Welt. Kalhali ist stumm und abwesend, ihre Blicke gleiten ins Leere. Die beiden Kleinen spielen, wissen nicht viel vom Tod und seinen Folgen. Sie sehen die Mutter auf der Bahre, so still und unbeweglich, schauen sie mit fragenden Augen an und laufen zum

Spielen hinaus auf den Hof. Die Besucher tätscheln unter mitleidvollen Blicken ihre zarten Köpfchen. Sie laufen dorthin, wo all die Männer beim Kartenspiel sitzen, die Frauen im Gespräch vertieft sind, die Gäste kommen und gehen. Sie alle nehmen Abschied und wollen bei der Familie sein, sieben Tage und Nächte lang. Erst dann wird Ruhe einkehren und Besinnung auf das veränderte Leben.

Sie ist still und klar, die Morgensonne mit ihrer sanften Wärme. Ihre Strahlen lassen in mir wohlige Gefühle aufsteigen. Ich lebe. Ich atme. Ich höre das Meer rauschen und die Vögel singen. Ich werde heute unterrichten, einkaufen, ein Fläschchen Bier trinken. Unten am Strand weiß ich jetzt die ersten Fischer und auch Manju, der mit seinem Freund Upul den Ausleger an den Strand zieht, wo bereits die kleine, lustig mit dem Schwanz wedelnde Hündin Agnes auf sie wartet, den einen oder anderen Jogger, der die Muskeln seines glänzend dunklen Körpers trainiert. All das wirkt beruhigend auf mich, als wäre es schon immer so gewesen und würde niemals anders sein.

Der Schaum, aus dem die Träume sind

Eines Tages stand sie vor dem Gartentor meines Häuschens auf dem Hügel in Pitaramba, einem Dörfchen bei Bentota, das ich für zwei Jahre gemietet hatte. Von dort waren es nur wenige Schritte bis zum Pitaramba Tempel, der direkt hinter den Bahnschienen am Übergang zum Strand liegt und in dem ich nachmittags unterrichtete.

Der leitende Mönch des Tempels, Sangarathana Thero, den ich respektvoll mit Hamuduruvo anredete, hatte sie zu mir geschickt, nachdem er mir am Tag zuvor ein wenig von ihr erzählt hatte. Wie immer ließ er mich weitgehend im Unklaren, wenn es um andere Menschen ging, da er mich nicht „vorbelasten" wolle, wie er sich auszudrücken pflegte. Lediglich, dass sie eine arme Seele sei, die etwas Hilfe und Unterstützung brauche, hatte er gesagt und mir freundschaftlich aufmunternd zugelächelt.

Nun war sie also angekommen, die arme Seele, und stand schüchtern zu mir aufschauend in einem fadenscheinigen, etwas zu großen geblümten Kleid, das ihr fast bis zu den Knöcheln reichte, vor mir und sagte kein Wort. Das Kleid wurde von einer Plastikkordel in der Taille zusammengehalten. An den schmutzigen Füßen trug sie abgelaufene rote Flip-Flops und in der Plastiktüte mit dem Aufdruck eines Colomboer Modelabels, die sie in der rechten Hand hielt, schienen Bananen zu sein.

„Du bist Vasanti?" Fragte ich sie lächelnd.

„Ou, Vasanti, Madam." Antwortete sie mit sehr leiser Stimme und senkte den Blick zu Boden.

Mit einer einladenden Geste bat ich sie hereinzukommen und schloss hinter ihr das Tor. Ich führte sie in meine Gartenlaube, wo ich ihr einen Platz auf einem der bequemen Gartenstühle anbot, die um den niedrigen Tisch angeordnet waren.

Meine Hunde, Joey, Melli und Toffie, die ausnahmsweise nicht am Strand oder im Dorf unterwegs waren, kamen neugierig herbei, um an den Füßen der jungen Frau und an ihrer Plastiktüte zu schnüffeln. Vasanti hielt die Tüte verkrampft in den Händen und wagte es nicht, sich zu rühren, da sie wie fast alle Einheimischen Angst vor Hunden hatte, vor allem, wenn sie so schwarz wie meine Joey waren. Ich bedeutete den Tieren sich auf ihre Plätze zurückzuziehen, was sie nur widerwillig taten. Erst dann bewegte sich Vasanti vorsichtig auf einen der Stühle zu und setzte sich, ohne die Hunde jedoch aus den Augen zu lassen. Ihre Lippen waren fest aufeinandergepresst.

Ich fragte sie, ob sie ein Glas Wasser wolle, worauf sie mich mit großen Augen ansah. Offenbar verstand sie kein English und ich versuchte es mit meinen noch recht mageren Sinhala Kenntnissen.

„Vatura onäde?" Vasanti nickte. Nachdem ich aus der Küche zurückgekehrt war, stellte ich einen Krug mit Wasser und zwei Gläser auf den Tisch, auf dem jetzt die Bananen aus der Plastiktüte als Gastgeschenk lagen, schenkte uns beiden ein und reichte ihr ein Glas.

„Bohome istuti." Danke, sagte sie, und nahm einen großen Schluck von der kühlen Flüssigkeit.

„Mage name Johanna", sagte ich und wiederholte es noch einmal langsam auf Englisch.

„I understand". Mit einem vorsichtigen Lächeln stellte sie das leere Glas auf den Tisch.

Langsam schien sie sich zu entspannen und lehnte sich im Stuhl zurück. Ihre Augen wanderten über die Möbel, hoch zum Palmblatt gedeckten Dach der Laube, hinüber zum Haus, über die blühenden Pflanzen, die in Töpfen um die Veranda herum verteilt standen, den schmalen Gang zum Wassertank hinunter, bis ihr Blick erneut an den Hunden haften blieb.

„Danger dogs?" Sie zog die Augenbrauen zusammen.

„Nein, keine Angst, keine Gefahr. Sie sind lieb."

Ich sah, dass ich sie nicht wirklich überzeugt hatte, aber sie löste ihren Blick von den Tieren und sah mich forschend an. Unsere Unterhaltung erfolgte nun in einem Mix von Sinhala und Englisch, wovon sie zum Glück doch mehr verstand, als ich zuerst angenommen hatte.

Als ich mir Vasanti etwas genauer ansah, bemerkte ich, dass ihrem dunklen Teint ein gräulicher Farbton unterlag, der auf Mangelernährung hindeutete. Ihr kleiner, magerer Körper und die trockene Haut, die sich über den hohen Wangenknochen spannte, bestätigten meine Vermutungen. Auch ihre eigentlich vollen Lippen waren trocken und spröde, was bei dem hiesigen Klima mit seiner sehr hohen Luftfeuchtigkeit ungewöhnlich war. Ihre großen, schwarzen Augen blickten glanzlos und irgendwie entmutigt, traurig in die Welt. Ihr schwarzes Haar war zu einem Knoten im Nacken gebunden und strömte den Geruch ranzigen Kokosöls aus, mit dem sich die armen Leute das Haar einrieben, um sich vor Flöhen und Krankheiten zu schützen. Eine Aura von Hoffnungslosigkeit und Verzweiflung umgab sie, die mich zutiefst rührte. Ich schätzte ihr Alter auf Anfang zwanzig.

Ich ließ ihr Zeit, sich bei mir einzufinden, bevor ich einige Fragen zu ihrer Person stellte. Sie komme aus der Gegend hinter Dope, begann sie zu erzählen, einem Dorf, das zu Bentota gehörte. Ihre Familie sei arm, was sie als ältestes Kind gezwungen habe, vorzeitig die Schule zu verlassen, um wie ihr Vater früher in der Kokosfabrik am Fluss zu arbeiten. Sie musste die Fasern von den Kokosnussschalen trennen, was mir ihre schwieligen und stellenweise vernarbten Hände erklärte. Ich hatte diese Fabrik einmal besucht, weil dort der Vater eines unserer Patenkinder aus dem Schulprojekt arbeitete, und ich hatte gesehen, wie schwer diese Arbeit war, vor allem, wenn man so ein dünnes unterernährtes Geschöpf wie Vasanti war. Dazu arbeiteten die Menschen dort für einen Hungerlohn, der bei den Frauen noch niedriger ausfiel als bei den Männern. Sie wurden nach dem Gewicht der Fasern bezahlt, die sie am Tag rupfen konnten, was den Männern schon durch ihre größere Muskelkraft Vorteile verschaffte.

Die Schwüle des Tages löste sich langsam durch eine leichte Brise auf, die vom Meer herüberwehte. Vor dem Haus fuhren nur noch wenige Dreirad-Tuk-Tuks vorbei und obwohl es erst 18 Uhr war, befanden sich nicht viele Menschen auf der Straße. Bis auf die lauter werdenden Naturgeräusche herrschte eine wohltuende Ruhe im Dorf, die ab und zu von Hundegebell unterbrochen wurde.

Während das alles in Rosa tauchende Licht der untergehenden Sonne dem gleichmachenden Anthrazit der Dunkelheit wich, beruhigten die sanften Brandungsgeräusche der Wellen am Strand die Gedanken.

„Musst du nicht allmählich nach Hause, Vasanti?" Fragte ich die junge Frau, nach einer Weile des Schweigens.

„Madam, das kann ich nicht. Meine Eltern haben mich hinausgeworfen."

Sie schaute mich nicht an, hatte den Blick auf die unruhigen Hände gerichtet, die in ihrem Schoß lagen.

Für einen Moment fühlte ich mich etwas überfordert von dieser Auskunft, da Sangarathana Thero sicher davon gewusst und mir nichts gesagt hatte. Ich überlegte kurz. Um diese Zeit konnte ich es nicht verantworten, die junge Frau ohne Quartier allein wegzuschicken.

„Okay, Vasanti, du kannst bei mir übernachten. Ich habe ein kleines Gästezimmer," bot ich ihr an.

Erleichterung in ihrem Gesicht.

Ich ließ Vasanti eine Viertelstunde allein im Garten, um uns ein Abendbrot herzurichten, das wir gemeinsam einnahmen. Ich hatte überall Räucherwerk aufgestellt, das aber nicht alle Moskitos davon abhielt, hungrig über uns herzufallen. Also holte ich noch eine Lotion, mit der wir uns zum Schutz gegen die kleinen Quälgeister einrieben. Ein angenehmer Zitrusduft erfüllte die Luft.

Vasanti versuchte das Malzbier, das ich ihr angeboten hatte, und schien es zu mögen. Unser Gespräch lief zögerlich und bestand aus nicht viel mehr als ein paar Allgemeinheiten. Auf meine Fragen antwortete sie oft nur mit Ja oder Nein oder auch gar nicht. Nach einer Weile begann sie ausgiebig zu gähnen und ich sah an ihren müden Augen, dass es fürs erste genug war.

Ich bereitete das Gästezimmer für sie vor, legte ihr Handtücher aufs Bett, dazu ein sauberes weißes T-Shirt und einen leichten Wickelrock mit Elefantenmuster, den sie mit Bändern ihrem schmalen Körper anpassen konnte. Mit großen Augen folgte sie mir hinunter zum Wasserturm des Hauses, unter dem sich ein Raum mit einer Dusche und einer Toilette befand. In einem kleinen Regal standen Duschgel, Shampoo, Seife sowie einige Körperlotionen, die sie ehrfürchtig bestaunte. Als ich ihr sagte, dass sie alles benutzen könne, begannen ihre Augen zu strahlen. Wahrscheinlich war es das erste Mal, dass sie sich nicht an einem öffentlichen Brunnen mit einfacher Seife wusch.

Als sie später mit sauberer Kleidung, einem zwar zu großen T-Shirt, aber frisch duftend und mit gewaschenen, offenen Haaren zu mir ins Haus trat, sah ich eine hübsche junge Frau, die meine Hände nahm und mir eine gute Nacht wünschte.

„Sube ratriyak veva, Madam."
„Sube ratriyak veva, Vasanti."

Nachdem ich am folgenden Tag mit Sangarathana Thero gesprochen hatte, beschloss ich, Vasanti eine Weile bei mir zu behalten und sie etwas aufzupäppeln. Er reagierte darauf mit seinem üblichen Hinweis, vorsichtig zu sein. Es war immer dasselbe mit ihm. Befragt zu einer anderen Person, antwortete er jedes Mal auf dieselbe mysteriöse Weise:

„Sei einfach etwas vorsichtig." Mehr konnte ich nicht aus ihm herausbekommen.

„Hamuduruvo, was soll ich denn damit anfangen?" Fragte ich leicht ungehalten.

„Finde es heraus," antwortete er weise lächelnd.

Mit einem Seufzen verließ ich sein Büro, ging über den frisch gefegten Sandboden des Tempelhofes hinüber zum Dorflädchen, wo ich etwas Obst und ein Brot kaufte, und machte mich auf den Heimweg.

Vasanti gewöhnte sich rasch bei mir ein und hatte sich offenbar auch ein wenig an die Hunde gewöhnt, die jedoch einen gewissen Abstand zu ihr wahrten. Sie schlief viel und saß den Rest des Tages oft bewegungslos in der Gartenlaube, ernst vor sich hinstarrend. Aber sie aß zusammen mit mir die Mahlzeiten, die ich uns zubereitete, trank sehr gerne Tee mit viel Zucker, und verließ in der ersten Woche das Grundstück nicht. Nach einigen Tagen begann sie mir ihre Geschichte zu erzählen.

Vasanti kaufte wie immer, wenn sie ihren Lohn in der Fabrik erhalten hatte, auf dem Wochenmarkt in Aluthgama ein. Es war ein weiter Weg von ihrem Dorf in der schwülen Hitze, in der ihr bereits nach ein paar

Metern der Schweiß an Rücken und Beinen herablief. Trotz des Regenschirms, den sie aufgespannt über den Kopf hielt, spürte sie die Hitze der Sonne auf sich hernniederbrennen. Doch der Weg über die staubigen Dorfstraßen bis zur Galle Road, auf der sich Fußgänger, Motorräder, Autos und rücksichtslos fahrende, aggressiv hupende Busse gegenseitig den Platz streitig machten, lohnte sich.

Auf dem großen Markt gab es das preiswerteste Gemüse und am Schlachterstand Mohammeds auch hin und wieder einen Knochen mit etwas Fleisch dran, den er ihr schenkte. Mohammed kannte ihren Vater Sarath und wusste von der prekären Lage, in der sich die Familie befand, seit Sarath dem Alkohol verfallen war. Vasanti war für diese Mildtätigkeit dankbar, konnte sie doch so hin und wieder eine kräftige Suppe für die jüngeren Geschwister und die Mutter kochen, während der Vater irgendwo im Dschungel mit seinen Freunden ein gefährliches Gebräu brannte, von dem bereits Onkel Gimhana und Nachbar Rohan blind geworden waren.

Beim Vater war der Schnaps auf die Nieren und die Leber geschlagen und es sah ganz so aus, als mache er es nicht mehr allzu lange. Im Krankenhaus, in das sie ihn vor einigen Wochen gebracht hatten, nachdem er vor Schmerzen im Leib zusammengebrochen war, hatte man ihr und der Mutter gesagt, dass sie nicht viel für ihn tun konnten. Er habe sich sein Leben fast schon weggesoffen. Sie sollten ihn mit nach Hause nehmen, ihm regelmäßig die verordnete Medizin verabreichen und darauf achten, dass er nicht mehr so viel trank. Aber wie sollten sie das machen? Vater war Vater, und was der sagte und wollte, musste die Familie tun oder lassen. Er ging weiterhin seiner Wege, war oft tagelang verschwunden und ließ sich nur noch bei ihnen blicken, um Vasanti um Geld anzubetteln.

Früher hatte Sarath immerhin noch in der Kokosfabrik am Fluss gearbeitet und Geld nach Hause gebracht. Es war nie viel gewesen, aber die Familie kam damit so leidlich über die Runden. Auf ihrem kleinen Grundstück, das die Mutter geerbt hatte, gab es zwei Kokospalmen und einige Bananenstauden. In der Umgebung wuchsen viele solcher Stauden wild, dazu Mango- und Papayabäume, von denen jeder nehmen konnte, so viel er wollte. Sie gehörten der Dorfgemeinschaft und waren für alle da. Hinter dem Haus hatte die Mutter Bohnen und Maniok gepflanzt. Geld brauchten sie jedoch für Reis, der mit jedem Jahr teurer wurde, und für etwas Brot. Und natürlich Zucker für den Tee, den sie alle so gerne stark gesüßt tranken. Vasanti liebte ihn mit drei Teelöffeln.

Ihre Mutter, Gayani, kochte hinter der Hütte auf dem Feuer, wie es fast alle Frauen im Dorf taten. Problematisch war das nur, wenn es mal wieder regnete und sie sich in ihre Hütte zurückziehen mussten. Hier war andauernd das Dach undicht, dass jedes Jahr neu aus Palmblättern geflochten werden musste und den starken Monsunregen in der Regenzeit kaum abhielt. Die Feuerstelle mitten im einzigen Raum, der jetzt durch eine schwarze Plastikfolie unterteilt war, hatte keinen vernünftigen Abzug, sodass es immerzu rauchte und der Qualm im Hals brannte. Die Wände hatten Vater und Mutter damals aus den Überbleibseln von

Großvater Indikas altem Haus und aus Brettern gezimmert, die Vater für ein paar Rupien vom Baustoffhändler Dumidu in Dhargatown gekauft hatte. Es war spröde und stellenweise gerissen gewesen, aber es hatte all die Jahre irgendwie gehalten.

Zuvor hatten sie in der Hütte der Großeltern väterlicherseits auf der anderen Seite des Flusses gewohnt. Das ging aber nur so lange gut, bis Vasanti etwa sieben Jahre alt war und ihr viertes Geschwisterkind, Jayanthi, geboren wurde. Da bestand der Großvater darauf, Sarath solle nun endlich für sich und seine wachsende Familie ein eigenes Haus bauen.

Kurz zuvor war Großvater Indika, gestorben und hatte seiner Tochter Gayani sein kleines Grundstück in Dope vermacht. Dorthin war die Familie gezogen und lebte seit nun 13 Jahren dort. Die Großmutter war damals schon lange tot. Gayanis älterer Bruder lebte mit seiner Frau in Kandy und betrieb dort ein kleines Haushaltswarengeschäft. Er hatte das Stückchen Land mit der baufälligen Hütte des Vaters gern seiner Schwester überlassen. Da er und seine Frau kinderlos waren, hatte er allerdings darauf bestanden, die jüngste Tochter der Schwester, die kleine Jayanthi, die gerade erst ein halbes Jahr alt war, mit nach Kandy zu nehmen, um sie an Kindes statt anzunehmen. Sicher war es der Mutter schwer gefallen, die Kleine gehen zu lassen, aber wenn dem so war, zeigte sie es nicht. Immerhin war dann ein Mäulchen weniger zu stopfen und das Kind war bei Onkel und Tante gut aufgehoben. Das geschah in vielen Familien so und war eigentlich nichts Besonderes.

Leider waren seither die Zeiten zu Hause nicht besser geworden. Ihr beiden jüngeren Geschwister gingen noch zur Schule und waren ständig hungrig. Der 18-jährige Bruder arbeitete bereits als Hilfsarbeiter auf den Straßenbaustellen rund um Colombo und kam nur selten ins Elternhaus. Geld schickte er keines. Der Vater fiel als Verdiener aus und so war nur noch sie übrig geblieben.

Mit 14 hatte Vasanti die Schule verlassen müssen, da das Geld für die Familie hinten und vorne nicht reichte. Vater nahm sie mit zur Kokosfabrik. Anfangs weinte sie sich jeden Abend auf ihrer Matte in der hintersten Ecke des Wohnraumes in den Schlaf. Alles hatte ihr wehgetan von der ungewohnten Arbeit. Ihr zarter Körper kam regelmäßig an seine Grenzen. Doch allmählich wurden ihre Arme durch die immer wiederkehrenden Bewegungen des Rupfens und Bindens stärker, muskulöser. Die Hände waren das größere Problem. Die rissen oft an den Fingern durch die Arbeit mit dem rauen Material. Vasanti konnte sich keine gute Salbe oder Handschuhe leisten, die einige Männer trugen. So blieb ihr nur das Kokosöl, das die Mutter selber presste und das ihr ein wenig Linderung verschaffte.

Sichtlich erschöpft von der langen Erzählung, ließ Vasanti sich zurück in den Stuhl fallen und schloss einen Augenblick die Augen.

„Lass uns schlafen gehen." Sagte ich zu ihr. „Es ist genug für heute. Wenn du magst, machen wir morgen Nachmittag einen Spaziergang am Meer. Du bist seit über einer Woche nicht mehr aus dem Haus gewesen. Was hältst du davon?"

Vasanti öffnete die Augen und sah mich erschrocken an.

„Strand? Ich habe Angst. Vielleicht sind schlechte Männer dort."

Ich bemerkte ihre Unruhe und versicherte ihr, dass ihr in meiner Begleitung nichts geschehen könne. Ich sei immerhin die Tempellehrerin und als solche überall bekannt.

„Du wirst sehen, es ist wunderschön dort. Wir können mit den Füßen durch das warme Meer laufen und später den Sonnenuntergang genießen. Außerdem nehmen wir die Hunde mit. Die passen auf uns auf," sagte ich leicht amüsiert über ihre Sorgen.

Vasanti nickte nur und meinte, dass sie mir morgen früh nach dem Frühstück noch etwas mehr erzählen müsse, jetzt sei sie aber sehr müde und wolle schlafen. Wir wünschten uns eine gute Nacht und Vasanti ging ins Haus.

Sie ließ alles auf dem Tisch stehen und liegen. Die Reste des Abendessens, Teller, Tassen, Besteck. Sie war mein Gast, ja, aber auch in diesem Land gebot es die Höflichkeit, dem Gastgeber ein wenig zur Hand zur gehen, hin und wieder einmal einen Besen zu nehmen, um den allgegenwärtigen Sand aus Haus oder Laube zu kehren. Selbst meine kleinen Schülerinnen griffen als erstes nach einem Besen, wenn sie mich besuchten, um den Sand mit strahlenden Gesichtern auszukehren, bevor sie sich zu mir an den Tisch setzten, ihre Limonade tranken und Kekse aßen. Vasanti schien das alles nicht zu sehen.

Am nächsten Morgen saß Vasanti bereits in der Laube.

„Ich möchte Tee," sagte sie und schaute mir erwartungsvoll entgegen.

„Liebe Vasanti, du weißt doch wo die Küche ist und wo der Tee steht. Wasser kommt aus der Leitung. Du musst nicht einmal zum Brunnen gehen, um es zu holen," antwortete ich ihr freundlich zulächelnd.

„Ayoh, ich bin so müde und traurig. Die Beine schmerzen, Madam."

Sie machte ein unglückliches Gesicht.

Ihre kraftlos-lethargischen Haltung, mit der sie auf dem Sessel saß, forderte meine Geduld heraus und ich hatte Mühe, meinen Ärger nicht zu zeigen.

„Lass uns gemeinsam in die Küche gehen und sehen, was wir frühstücken können. Anschließend erzählst du mir deine Geschichte weiter."

Zögernd, mit Unlust im Gesicht, stand Vasanti auf und folgte mir in die Küche.

Sie hatte Kasul vor etwa zwei Jahren auf dem Markt in Aluthgama kennengelernt, als sie an einem Tomatenstand nach den Preisen fragte. Sie überlegte noch, wie viele sie sich leisten konnte, als eine dunkle Stimme hinter ihr sagte:

„Die hier sind sehr lecker, Nangi, und nicht so teuer. Sie kommen aus dem Hochland und schmecken wie das Paradies. Ich weiß das, denn dieser nette Verkäufer vor dir ist mein Cousin, er hat sie eigenhändig gepflückt und hergefahren."

Als Vasanti sich nach dieser etwas unverschämten Ansprache umdrehte, musste sie den Kopf heben, um in das ausgesprochen hübsche Gesicht des Mannes sehen zu können, der nah hinter ihr stand und mit einem amüsierten Grinsen auf sie hinunterblickte. Was fiel ihm ein, sie Nangi, kleine Schwester zu nennen, wo sie ihn doch noch nie gesehen hatte. Gerade wollte sie ihm eine patzige Antwort geben, als er an ihr vorbei auf den Tomatenberg griff, eine besonders große dunkelrote Tomate auswählte und ihr hinhielt.

„Probier! Dann kannst du selbst sehen, dass ich recht habe."

Der Verkäufer nickte ihr aufmunternd zu. Vasanti nahm die Tomate und biss etwas zögerlich hinein. Das war ein Geschmack! Der Saft der wunderbaren Frucht lief ihr am Kinn hinunter, sodass sie verlegen und etwas umständlich nach ihrem Taschentuch suchte, dass sie immer unter dem Gürtel des Kleides mit sich trug. Der große Mann lachte schallend und sah sie mit seinen dunkelbraunen Augen, die von einem Kranz dichter Wimpern umgeben waren, an.

„Na, was sagst du, Nangi, habe ich dir zu viel versprochen? Malli, Bruder," sagte er zum Verkäufer gewandt, „pack ihr eine Tüte davon ein und mach einen guten Preis." Dann drehte er sich um und verschwand in der Menge.

Da war es auch schon um Vasanti geschehen. Was für ein Mann! So einen möchte ich heiraten, dachte sie. Um den würden sie alle Mädchen im Dorf beneiden, so groß und schön wie er war. Sicher hätte er auch Arbeit und könnte ihre Familie, die sie mit ihm in einem eigenen Häuschen haben würde, ernähren. Er sah nicht so aus, als söffe er Arrak. Verträumt nahm sie die Tüte Tomaten, die ihr der Händler reichte, bezahlte und legte sie in die Einkaufstasche. Dann ging sie weiter, um die anderen Einkäufe zu erledigen. So recht konzentrieren konnte sie sich allerdings nicht mehr. Zu oft wanderten ihre Gedanken zu dem schönen Unbekannten mit den dichten dunklen Locken. Und so gab es ihr einen ordentlichen Schreck, als sie ihn lässig an ein Tuk-Tuk gelehnt dastehen sah, als sie den Markt gerade verließ.

„Nangi, da bist du ja wieder." Hörte sie ihn nach ihr rufen. Ihr wurde heiß und ihr Mund verzog sich unwillkürlich zu einem Lächeln. Sie nickte ihm jedoch nur leicht zu, senkte den Kopf und machte sich eilig auf den Heimweg. Sie musste vorsichtig sein und nicht zu sehr zeigen, was sie fühlte. Er würde sich dann womöglich etwas darauf einbilden und falsche Schlüsse ziehen.

Sie hatte schon die Brücke, die über den Fluss führte, erreicht, als sie hinter sich ein Tuk-Tuk herankommen hörte. Vasanti ging ganz nah an das Geländer heran, aber das Dreirad überholte nicht, sondern fuhr gemächlich hinter ihr her. Sie wagte nicht sich umzudrehen, ahnte aber schon, wer das war. Ihr Herz begann schneller zu schlagen. Als sie endlich die Brücke überquert hatte und schon an dem großen Einfahrtsbereich des Aida Hotels vorbeigehen wollte, überholte das Tuk-Tuk und blieb kurz vor ihr stehen. Es war ihr Unbekannter, der sie mit strahlendem Lächeln ansah.

„Es ist ja nicht zum Ansehen, wie du dich bei dieser Hitze abschleppst. Wohin musst du denn? Ich könnte dich fahren?"

„Ich muss nach Dope, habe aber kein Geld für ein Tuk-Tuk," antwortete Vasanti und konnte ebenfalls ein Grinsen nicht unterdrücken.

„Komm, steig ein, Nangi, ich bringe dich nach Hause. Ich muss in die gleiche Richtung wie du. Da macht so ein kleiner Schlenker nichts."

Vasanti überlegte kurz und sah, dass der Portier des Hotels, der an der Eingangstür stand, zu ihnen hinübersah und die Stirn runzelte. Da schlüpfte Vasanti kurzentschlossen in das Tuk-Tuk.

„Fahr los, Ayya, die Leute gucken schon."

„Ich bin übrigens Kasul," sagte der Mann und gab Gas.

Kasul fragte nach ihrer Familie. Als er hörte, dass sie in der Kokosfabrik arbeitet, stutzte er einen Moment und sagte, er habe dort einen Bekannten und wisse, wie hart die Arbeit vor allem für Frauen sei. Das sei doch nun gar nichts für so ein schönes, zartes Wesen wie sie. Schön und zart, das hatte noch nie jemand zu ihr gesagt. Sie war nicht hässlich, das nun nicht, aber schön waren viele der anderen Mädchen, die sie im Dorf und in der Stadt oft sah. Sie war viel zu dünn, hatte einen winzigen Busen und auch sonst nichts auf den Hüften. Sie hatte eben nicht immer genug zu essen. Deshalb waren ihre Haare auch so dünn und wuchsen nicht länger als bis auf ihre Schultern.

„Ayoh, Ayya, sag so was nicht. Ich bin doch nicht schön. Ich bin hässlich und dünn."

„Nangi, du gefällst mir und ich würde dich gerne wiedersehen," sagte Kasul, als sie sich Dope näherten.

„Lass mich an der Kreuzung aussteigen. Meine Mutter und die Nachbarn müssen nicht sehen, dass ich mit dem Tuk-Tuk komme. Das gibt sofort Gerüchte."

„Hast du ein Handy, Nangi?"

„Was denkst du! Nein. Ich muss zusehen, dass ich genügend für mich und meine Familie zu essen kaufen kann. Ein Handy! Dafür reicht das Geld niemals."

„Gut, ich bin nächste Woche wieder auf dem Wochenmarkt. Wenn du mich auch wiedersehen möchtest, dann können wir uns an dem Tomatenstand treffen. Ich warte dort auf dich."

„Hm, wenn du meinst, Kasul, vielleicht."

„Also vielleicht abgemacht, nächsten Montag um die gleiche Zeit auf dem Markt. Gihil ennam, Nangi, geh und komm wieder."

Vasanti hatte leise gesprochen und immer wieder auf ihre Hände geblickt, die ein kariertes Stofftaschentuch unruhig kneteten. Ab und zu wischte sie sich damit eine Träne fort und räusperte sich, bevor sie mit der Erzählung fortfuhr.

Ein gemeiner Schuft sei er, dieser Kasul. Eingeseift habe er sie mit seinen süßen Worten, das Blaue vom Himmel versprochen und sie bös hereingelegt, schluchzte sie plötzlich auf. Ihre Augen funkelten wütend. Alles habe er getan, um sie herumzukriegen. Sogar ein Handy habe er ihr geschenkt, damit sie jederzeit miteinander reden konnten. Natürlich ging das alles nur sehr heimlich. Mutter hätte sie verprügelt, wenn sie dieses teure Geschenk bei ihr gefunden hätte. Sie musste also sehr vorsichtig sein.

Natürlich hatte sie Kasul gefragt, wann er zu ihrer Familie kommen und um ihre Hand anhalten würde. Bald, meine Kumari, meine Prinzessin, hatte er jedes Mal gesagt. Zuerst gäbe es aber noch so vieles zu erledigen und er habe Schulden, die er vor einer Heirat begleichen müsse. Er sei da in eine ganz dumme Sache geraten. Unschön, nicht ungefährlich, aber sie solle sich keine Gedanken machen. Er habe alles im Griff. Bald schon würden sie Verlobung feiern.

„Ich habe ihm vertraut," sagte sie leise. „Er war ja auch so zärtlich und liebevoll. Wie hätte ich denn wissen sollen, dass er …" Ihre Stimme war beinahe nicht mehr zu hören und sie drückte sich das Taschentuch vor die Augen.

Dann blieb ihre Monatsblutung aus. Bevor Vasanti mit ihrer Mutter sprach, verabredete sie sich mit Kasul am Ende der Bentota Bucht, dort wo die Felsen waren und sagte es ihm schüchtern lächelnd. Sie wollte sich in seine Arme flüchten, doch Kasul wurde stocksteif, packte sie mit brutaler Festigkeit an den Oberarmen und schnaubte wütend in ihr Gesicht:

„Bist du wahnsinnig geworden, Frau! Das darf doch wohl nicht wahr sein. Das ist nicht von mir. So schnell wie du mit mir ins Bett gegangen bist, bin ich sicher nicht der Einzige. Lass mich bloß in Ruhe mit so einem Mist. Geh mir aus den Augen. Verschwinde und lass dich nie wieder bei mir blicken. Und wenn du irgendjemandem von uns erzählst, bringe ich dich um. Das kannst du mir glauben!" Kasul stieß sie von sich, sodass sie zu Boden fiel, und ging mit großen Schritten davon.

Vasanti lag wie benommen im Sand. Ihr Kopf dröhnte, alles drehte sich um sie. Ihr war so furchtbar schlecht. Was sollte sie denn nun tun? Was sollte aus ihr werden? Langsam rappelte sie sich auf, klopfte sich den Sand vom Kleid und ging mit schleppenden Schritten wie in Trance zur Straße.

Als sie nach einer gefühlten Ewigkeit zu Hause ankam, sah ihr die Mutter mit erschrecktem Gesicht entgegen, als sie eintrat.

„Tochter, was ist geschehen? Du siehst ja schrecklich aus!" Da brach Vasanti unter Tränen zusammen und erzählte der Mutter von ihrem Zustand ohne den Namen Kasuls zu erwähnen. So sehr die Mutter auch drängte, ihn zu nennen, sie schwieg. Ausgerechnet an dem Tag kam der Vater mal wieder nach Hause. Der war nicht ganz so betrunken wie sonst und sogar recht guter Stimmung. Als er jedoch Frau und Tochter weinend beisammen hocken sah, verdüsterte sich seine Miene.

Dann brüllte er so laut, dass die Wände der Hütte wackelten. Dieser Kerl müsse zur Rechenschaft gezogen werden, tobte er. Vasanti müsse seinen Namen nennen. Hier gehe es um die Familienehre oder sollten sie sich alle vor den Zug werfen! Vasanti hatte sich wie ein Tierchen am ganzen Leib zitternd in die hinterste Ecke der Hütte verkrochen.

Der Vater schlug sie, verbot ihr, das Haus zu verlassen, zertrat wütend das Handy, das er in ihrer Tasche fand, nachdem er vergeblich versucht hatte, es einzuschalten. Vasanti verriet den Code nicht und sagte nichts über Kasul. Immer wieder hoffte sie, dass er doch noch zu ihr käme, um ihr aus dieser so demütigenden Situation herauszuhelfen, aber nichts geschah.

Das abweisende, verhärmte Gesicht der Mutter und ihr Schweigen waren schlimmer als die Wutausbrüche des Vaters. Ihre Geschwister sahen sie scheu an, ließen sich nur noch zur Schlafenszeit im Hause blicken, oder um sich etwas zu essen zu holen. Vasanti dachte über Selbstmord nach, die einzige Möglichkeit, sich dieser Schande zu entziehen. Aber was könnte sie tun? Sich vor den Zug zu werfen, wie es vor einem Jahr ein Mädchen aus dem Nachbardorf getan hatte? Ihr grauste davor. Sie konnte nicht schwimmen! Also könnte sie sich bei Nacht ans Meer schleichen und ins Wasser gehen. Sie schauderte auch bei diesem Gedanken. Sich mit dem Messer die Pulsadern aufschneiden? Alles war so furchtbar und tat sicher sehr weh. Sie hatte Angst und unternahm nichts.

Vasanti unterbrach ihre Erzählung, um einen Schluck Tee zu trinken. Sie seufzte und sah mich betrübt an. Die Eltern hatten sich schließlich mit dem Unabänderlichen abgefunden und sie im Haus geradezu eingesperrt.

Nur noch in Begleitung der Mutter durfte sie morgens und abends in der Dunkelheit hinaus zum Brunnen, um sich zu waschen und ihre Notdurft zu verrichten. Sie vermieden möglichst die Begegnung mit den Nachbarn, denen ihr Zustand jedoch nicht allzu lange verborgen blieb. Als sie anfingen neugierige Fragen zu stellen, bekamen sie die wütenden Antworten des Vaters zu hören, der nicht gerade zimperlich mit Ausdrücken war, und zogen sich zurück. Man ließ sie und ihre Familie in Ruhe, wofür Vasanti dankbar war. Erstaunlicherweise trank der Vater weniger als vorher und versuchte wieder, Geld zu verdienen, jetzt, wo Vasantis Lohn ausfiel.

Die Lage verschlechterte sich zusehends je dicker ihr Bauch wurde. In den letzten drei Monaten der Schwangerschaft ernährte sie sich hauptsächlich von Bananen, Maniok und Früchten, die die Mutter pflückte und ihr gab. Die Reisportionen waren klein und nie ausreichend, um ihren Hunger zu stillen. Sie sagte aber kein Wort, saß immerzu nur in der Hütte, starrte vor sich hin oder weinte.

Dann platzte an einem frühen Morgen die Fruchtblase und Mutter holte in aller Eile die Kräuterfrau des Dorfes, die Vasanti bei der Geburt des Kindes helfen sollte. Niemand wusste genau, wie alt Sooriya war. Sie hatte mindestens schon die 80 hinter sich und ihre Haut bestand aus tausenden kleinen Fältchen. Aus ihren aufmerksamen klugen Augen blickte sie mit großem Wissen in die Welt. Sie hatte fast alle Kinder des Dorfes seit Urzeiten auf die Welt geholt.

Als die Wehen stärker wurden, massierte Sooriya Vasantis Rücken und Bauch unter unverständlichem Gemurmel mit einem intensiv riechenden gelben Öl, dass ihr wohltat und die Schmerzen linderte. Sie konnte sich sogar zwischen den Wehen etwas entspannen. Nach nur drei Presswehen lag ein kleiner Junge zwischen ihren Beinen, winzig und mit einer bläulichen Hautfarbe. Vasanti ließ sich erschöpft und ausgelaugt auf ihre Matte zurückfallen, schloss die Augen. Sie hörte aus der Ferne das Schreien des Säuglings, spürte, wie die Mutter den Kleinen an ihre Brust legte.

„Duwe, Tochter, du musst ihn stillen." Da öffnete sie die Augen, sah ihre Mutter an, deren Blick nun freundlicher war, blickte auf den Winzling hinunter und legte ihn vorsichtig an ihre Brust. Er begann sofort schmatzend zu saugen.

Acht Monate war das alles jetzt her. Vasanti hatte ihren Sohn Vasanta, Frühling, genannt. Er sollte genauso heißen wie sie, wenn sie ihn schon nicht lange behalten durfte. Etwas von sich wollte sie dem kleinen Kerl mitgeben in sein neues, mit Sicherheit besseres Leben. Ich sah sie erstaunt an.

„Meine Eltern bestanden darauf, dass ich den Jungen weggebe. Sie sagten, dass wir kein Geld hätten für ein weiteres Familienmitglied. Je schneller Vasanta weg wäre, desto eher würde das Dorf diese ‚Sache' vergessen und zum Alltag übergehen. Dann hätte ich vielleicht auch eine Chance, irgendwann doch noch einen Ehemann zu finden." Sie seufzte, lehnte sich im Stuhl zurück und schloss die Augen.

Ich wusste wie schwer es für Frauen war, einen passenden Ehemann zu finden. Sie konnten sich in der Regel den Mann nicht selber aussuchen, sondern überließen das immer noch den Eltern, jedenfalls in der ländlichen Gegend. Das Horoskop musste stimmen und natürlich das Geld. Eine Frau, die ein uneheliches Kind hatte, war nicht mehr vermittelbar. Selbst junge Witwen mit Kind mussten sich darauf einstellen, für den Rest des Lebens allein zu bleiben. Es sei denn, sie gaben ihre Kleinen fort. Die Waisenhäuser der Insel waren voll von solch armen Geschöpfen, die niemand mehr wollte.

Als Vasanta gerade mal drei Monate alt war, kam ein Mann zu ihnen ins Dorf und hatte lange mit dem Vater gesprochen, erzählte Vasanti. Sie wusste nicht, woher er von ihr und Vasanta erfahren hatte. Er war im Auftrag einer wohlhabenden Zahnarztfamilie aus Galle gekommen. Das Ehepaar sei kinderlos und würde sich sehr gerne um Vasanta kümmern, hatte der Mann gesagt. Der Kleine werde es gut haben, eine hervorragende Schulausbildung erhalten, wenn er so weit sei.

„Haben diese Leute Vasanta abgeholt?" Fragte ich Vasanti.

„Gab es irgendeine behördliche Verfügung, einen Vertrag oder so etwas? Ist die Adoption rechtskräftig?"

„Madam, ich weiß nicht, was das heißt. Ein paar Tage nach dem Besuch dieses Mannes fuhr ein Auto vor. Ein Mann und eine Frau stiegen aus, kamen zu uns in die Hütte, schauten Vasanta an und nickten. Sie würden ihn sofort mitnehmen, haben sie gesagt. Ich musste einen Brief unterschreiben, in dem stand, dass ich auf meinen Sohn verzichte und dafür Geld erhalten habe."

„Vasanti," rief ich erschrocken, „du hast Geld für dein Kind bekommen? Das heißt, diese Leute haben es von dir gekauft!"

Vasanti zuckte gleichmütig mit den Schultern.

„Ja, es war eine schöne Summe Geld, mit der ich eine Weile ausgekommen wäre. Aber mein Vater hat mir das Geld weggenommen. Sicher hat er es versoffen. Mutter und die Kleinen haben jedenfalls nicht viel davon gesehen, außer ein paar Tage Reis und Fisch dazu."

Mein Herz hatte angefangen schneller zu schlagen, als ich von dieser Tragödie hörte. Vasantis äußere Ruhe schien mir nicht echt zu sein. Ich konnte nicht glauben, dass sie den Verlust ihres Sohnes so einfach wegsteckte. Mir fehlten die Worte und ich schwieg.

Was hätte ich auch sagen können. Ihre Lage war äußerst schwierig gewesen und ihre Zukunftsperspektiven auf dieser Insel allein mit einem Kind aussichtslos. Ihre Eltern wollten ihr Enkelkind nicht. Sie selbst hatte kaum noch eine Chance auf eine Arbeit, wenn sie sich gleichzeitig um den Säugling kümmern musste, dazu die Ächtung in der Dorfgemeinschaft. Staatliche Hilfen gab es nicht. Wohin hätte sie gehen können? Nirgendwohin, das war die traurige Wahrheit. Vasanta wäre so oder so in einem Heim gelandet. Da hatte er es sicher in dieser Zahnarztfamilie besser.

Am Nachmittag gingen wir zusammen zum Strand. Meine Hunde liefen voran. Sie kannten den Weg gut, denn sie verbrachten oft Stunden dort, tollten mit den anderen Hunden des Dorfes herum, sprangen bellend den Möwen nach, die sie nur zu gerne neckten, im Sturzflug auf die Hunde niedersausten, um kurz vor dem Kontakt in einer scharfen Aufwärtskurve aus der Gefahrenzone zu verschwinden. Joey liebte es, tiefe Löcher in den Sand zu buddeln, bis fast nur noch ihre Schwanzspitze zu sehen war.

Es war noch keine Saison und so sahen wir nur einige Touristen am Strand flanieren oder im Wasser planschen. Die Sonne des späten Nachmittags war milder und wärmte angenehm unsere Gesichter. Das warme Wasser des Indischen Ozeans, das in sanften Wellen auf den Sand lief, war glasklar. Ich sah kleine Fischchen, die mit jeder Welle kamen und wieder mit hinausgenommen wurden. Wir hatten unsere Wickelröcke etwas hochgezogen, sodass wir bis an die Waden im Wasser laufen konnten.

Ich hörte Joey hinter uns bellen. Vasanti und ich drehten uns gleichzeitig um und sahen einen hochgewachsenen Mann mit schnellen Schritten und wütendem Gesichtsausdruck auf uns zukommen. Offensichtlich hatte Joey ein ungutes Gefühl, denn sie ließ den Fremden nicht aus den Augen, sprang bellend in einigem Abstand um ihn herum. Da spürte ich, wie sich der Arm, den Vasanti in meinen gelegt hatte, verkrampfte und sie schneller zu atmen begann.

„Vasanti, kennst du den Mann?" Fragte ich sie beunruhigt.

„Ja, Madam, das ist Kasul," sagte sie mit ängstlicher Stimme und presste sich enger an mich.

Ich blieb stehen, Vasanti Schutz suchend im Rücken, richtete mich zu voller Größe auf und blickte Kasul mit fragend hochgezogenen Augenbrauen an. Kasul war bis auf zwei Meter an uns herangekommen.

Näher war ihm nicht möglich, denn nun war er von meinen drei Hunden umringt, die ihn grimmig knurrend nicht aus den Augen ließen. Mit einer Handbewegung beruhigte ich die Tiere.

„Kann ich etwas für dich tun?" Fragte ich ernst.

Sein Brustkorb hob und senkte sich vor Aufregung. „Du weißt, wer das ist?" Fragte er mich mit unterdrückter Wut auf Vasanti zeigend.

„Ja, und ich weiß, dass du Kasul bist."

„Dann ist es ja gut," fauchte er und zischte auf Singhalesisch etwas, das ich nicht ganz verstand, was aber so viel heißen musste wie verschwinde von hier Vasanti, oder du wirst es bereuen. Ich spürte, wie Vasanti am ganzen Körper zitterte.

„Wenn das eine Drohung sein soll, Kasul, dann solltest du wissen, dass du damit nicht weit kommst. Wir stehen unter dem Schutz des Tempels. Ich rate dir, lass die Finger von Vasanti und komme ihr und mir nicht auf einen Kilometer zu nahe."

Ich blickte ihm entschlossen in die Augen, worauf er den Blick abwandte, sich fluchend umdrehte und den Weg, den er gekommen war, zurückstapfte. Die Hunde suchten kurz Blickkontakt zu mir.

„Wir gehen nach Hause, Mädels." Sie machten kehrt und liefen zum Haus zurück.

Einige der Beachboys, die ich sehr gut kannte und von denen die meisten schon einmal bei mir im Deutschkurs gesessen hatten, kamen auf uns zu und fragten, ob alles in Ordnung sei.

„Ja, vielleicht könnt ihr dafür sorgen, dass dieser Kasul sich hier am Strand nicht mehr blicken lässt."

„Kein Problem, Teacher," kam es unisono aus vier Mündern, „wir kennen ihn. Er ist nicht von hier, sondern aus Aluthgama. Da soll er auch bleiben. Mach dir keine Sorgen."

„Und du auch nicht," sagte einer der Jungs abschätzig grinsend zu Vasanti.

Vasanti war nicht länger am Strand zu halten. Sie wollte zurück ins Haus und hatte Mühe, sich zu beruhigen. Immer wieder schaute sie suchend umher.

„Er ist weg," sagte ich, doch sie entspannte sich erst, als wir hinter dem verschlossenen Eingangstor meines Hauses in der Laube saßen.

„Was ist da los, Vasanti? Warum ist er so wütend? Wieso weiß er, wo du bist? Ich dachte, du hättest keinen Kontakt mehr zu ihm. Ätta kiyanne! Sag die Wahrheit!"

„Sage ich ja," antwortete sie kläglich. „Ich habe ihn auch nicht wiedergesehen, Madam, wirklich nicht. Vielleicht hat es ihm einer der Beachboys gesagt. Die kennen sich doch alle."

„Das erklärt aber noch lange nicht seinen Ärger auf dich. Du musst mir die Wahrheit sagen, Vasanti, nur dann kann ich versuchen, dir zu helfen." Vasanti schaute schweigend auf ihre Hände. Es dauerte eine Weile, ehe sie weitersprach.

Als Vasanta weg war, hatte Vasanti einige Tage nur dagesessen und Löcher in die Luft gestarrt. Die Mutter sagte immer wieder, sie solle froh sein, dass es so gekommen sei. Nun könne sie wieder arbeiten und ein normales Leben führen. Aber sie hörte kaum, was die Mutter sagte. Da war ein Loch in ihrer Brust, ein dunkles Loch, das mit jedem Tag größer wurde. Diese unheimliche Stille in ihr und im Haus machte sie verrückt. Die Geschwister redeten kaum und gingen ihr aus dem Weg. Der Vater, der sie so schmählich verraten hatte, war wieder tagelang unterwegs.

Und was sollte sie schon mit der Mutter reden. Die war nicht besser als der Vater. Beide hatten sie verraten und im Stich gelassen. Es war, als hätte jemand das Band, das diese Familie trotz allem einmal zusammengehalten hatte, durchtrennt. Sie waren ihr alle gleichgültig geworden. In die Fabrik am Fluss wollte sie nicht mehr zurück. Dort wusste garantiert jeder, was ihr zugestoßen war. Die Blicke und das Gerede hinter ihrem Rücken wollte sie nicht aushalten müssen. Aber was konnte sie tun?

Jeden Tag dachte sie an Kasul, daran, dass er sicher nicht den Verkauf seines eigenen Sohnes zugelassen hätte. Nein, nein, nein, niemals hätte er das getan. Sie sprang von ihrer Matte auf, auf der sie gelegen hatte, und lief im Raum hin und her, ohne die Mutter zu beachten, die ihr befremdete Blicke zuwarf.

Sie hatte einen großen Fehler gemacht. Warum hatte sie sich nicht noch einmal an ihn gewandt? Er hätte sicher irgendetwas getan, um ihr zu helfen. Ja, sicher, er war wütend gewesen, aber so sind Männer nun einmal, wollen nicht sehen, was wirklich wichtig ist. Und eine Familie, ein Sohn war doch das Wichtigste! Aber vielleicht war es ja noch nicht zu spät. Das Kind war weg, vielleicht gab er ihr eine zweite Chance. Sie waren ja auch noch so jung. Später konnten sie immer noch eine Familie gründen und Kinder zusammen haben. Sicher war das der Grund gewesen. Er hatte ja auch von Schulden gesprochen. Sie hätte ihm gegenüber mehr Verständnis zeigen müssen. Kein Wunder, dass er so sauer geworden war. Es war ihre Schuld. ‚Ich muss zu ihm gehen‘, dachte Vasanti verwirrt, ‚und ihm alles erzählen. Er wird es verstehen und wir werden wieder zusammen sein können.' Ihre Familie war ihr jetzt völlig egal. Sie konnte tun und lassen, was sie wollte. Sie würde es ihnen schon zeigen.

Am nächsten Montag machte sie sich auf den Weg zum Wochenmarkt in Aluthgama. Tatsächlich stand er mit seinem Tuk-Tuk vor dem Markt und wartete auf Fahrgäste. Als er sie sah, zog er ärgerlich die Augenbrauen zusammen. Dann blickte er sie von oben bis unten fragend an.

„Ayubovan, Kasul, kohomäde?" Wie geht es dir, fragte sie schüchtern.

„Gut, gut, und dir?"

„Ganz gut, aber ich würde gerne mit dir reden. Keine Sorge, Kasul, das Kind ist weg. Ich ... ich brauche deine Hilfe."

Kasul schaute sie durchdringend an. Mit einer fast unmerklichen Kopfbewegung bedeutete er ihr, in sein Tuk-Tuk zu steigen und fuhr an eine Stelle am Strand, die nicht von vielen Menschen frequentiert wurde. Dort gingen sie ein Stück und setzten sich in den Schatten einiger Mangroven. Vasanti holte tief Luft und erzählte ihm alles, ohne ihn dabei anzusehen. Kasul unterbrach sie nicht, schnaufte jedoch einige Male vernehmlich. Als Vasanti aufhörte zu reden, trat eine Weile Stille zwischen ihnen ein. Vasanti glaubte, er müsse ihr Herz schlagen hören und spüren, was sie sich so sehr wünschte.

Und tatsächlich nahm er plötzlich ihre Hand.

„Tja, so ist es wohl am besten. Der Junge wird es gut haben. Ich habe immer noch Probleme, aber ... du hast mir auch gefehlt und wir können noch einmal von vorn anfangen. Allerdings musst du dich noch etwas gedulden. Bald habe ich genügend Geld zusammen, um dich heiraten zu können. Bis dahin können wir uns bei einem Freund treffen. Der hat hier in der Nähe eine kleine Pension. Da ist jetzt nicht viel los. Wir können in aller Ruhe beisammen sein und reden."

Ihr wurde ein wenig schwindelig vor Freude. So einfach und schnell hatte sie es sich nicht vorgestellt. Jetzt würde alles gut werden. Sie legte ihren Kopf an seine starke Schulter und schloss die Augen.

„Du hast also wieder etwas mit ihm angefangen," sagte ich leise.

„Ja, er war am Anfang so nett zu mir. Er tröstete mich über den Verlust Vasantas hinweg, schimpfte wie ich auf meine Eltern und versprach, mich nie wieder allein zu lassen. Also bin ich mit zu diesem Freund in die Pension gegangen. Es ging ja auch eine Weile ganz gut. Zu Hause fragte mich niemand wohin ich ging, und so gab es keine Probleme, mit ihm zusammen zu sein.

Eines Tages sagte er zu mir, ich solle mein Elternhaus verlassen und zu ihm kommen. Er habe zwar noch kein eigenes Haus, aber wir könnten zusammen in der Pension wohnen. Er habe das schon mit seinem Freund geklärt. Der sei einverstanden. Nur zum Übergang natürlich, betonte er immer wieder. Und dann hat er mir eines Tages erzählt, dass es da ein paar Leute gäbe, die ihn umbringen wollten, weil er ihnen Geld schulde. Er wisse nicht, was er tun solle. Da habe ich ihn gefragt, ob ich ihm helfen kann. Ach, Madam, ich musste doch alles für ihn tun. Er war doch mein Mann."

Kasul brachte andere Männer mit und Vasanti schlief mit ihnen. So könne sie ihm das Leben retten, hatte er eindringlich beteuert. Vasanti hatte gespürt, dass das irgendwie nicht richtig war, aber was sollte sie tun. Sie gehörte jetzt zu ihm und er wusste doch, was gut für sie beide war. Sie gehorchte, auch als er anfing sie zu schlagen und Dinge von ihr zu verlangen, die sie ekelten.

„Dann habe ich es einfach nicht mehr ausgehalten. Es reichte mir, äti vela! Zurück nach Hause gelaufen bin ich," erzählte Vasanti weiter.

„Ich habe mich vor Mutter auf den Boden geworfen, ihre Füße geküsst und sie gebeten, mich wieder nach Hause kommen zu lassen. Aber sie hat mich angeschrien, was mir denn einfiele, erst so eine Schande über die Familie zu bringen und dann wieder zurückkommen zu wollen. Ob ich denn glaubte, dass nicht das ganz Dorf wüsste, was ich in Aluthgama triebe." ‚Geh' hatte die Mutter geschrien, ganz schnell solle sie gehen, bevor der Vater käme und sie totschlage.

„Ich weiß nicht mehr wohin oder was ich tun soll. Kasul verfolgt und bedroht mich. Sie haben es ja selbst gesehen. Sicher befürchtet er, dass ich Dinge über ihn erzähle."

„Vasanti, du kannst nicht für immer bei mir bleiben. Ich kann versuchen, in Colombo oder Panadura eine Arbeit für dich zu finden. Ich kenne einige Leute, die sicher eine junge Frau als Hausmädchen oder Köchin einstellen würden. Dann wärst du weit weg. Niemand kennt dort deine Geschichte. Was hältst du davon? Würde dich das interessieren?"

Vasanti sah mich erstaunt an. „Eine Arbeit im Haushalt? Aber ich kann nicht gut kochen."

„Das kannst du lernen, Vasanti, du bist nicht dumm. Wenn du dich bemühst, wird es dir besser gehen als bisher und du bist in Sicherheit. Das ist doch das Wichtigste."

„Gut, ich kann es ja versuchen," antwortete sie müde und mit wenig Elan.

In den nächsten Tagen besprach ich die Lage mit Sangarathana Thero, der ebenfalls versprach, sich nach einer geeigneten Stelle für Vasanti umzuhören. Ich kontaktierte Freunde und Bekannte in Panadura und Colombo, erzählte jedoch nur das Notwendigste, um Vasantis Chancen nicht von vornherein zu gefährden, und hoffte darauf, bald eine positive Antwort zu bekommen.

Ich musste nicht lange auf den ersten Anruf warten. Er kam von Darshana Pereira aus Colombo. Er war Kundenbetreuer bei der Sri Lankan Airlines und wir kannten uns seit einigen Jahren. Unsere Bekanntschaft war einem Ereignis geschuldet, das sehr böse hätte ausgehen können.

Als ich 2001 das erste Mal kurz entschlossen nach Sri Lanka flog, um mich bei einer Ayurveda-Kur von meinem stressigen Job in einem Verlag zu erholen, gab es kurz vor dem Start des Rückfluges ein Feuer an Bord und wir mussten uns über die Notrutschen in Sicherheit bringen. Es herrschte absolutes Chaos im Innern der weiß verqualmten, nach Rauch stinkenden Kabine. Die Menschen gerieten teilweise in Panik, sodass es beim Benutzen der Rutschen zu Unfällen und Verletzungen kam. Dazu wurden wir von einem unglaublich inkompetenten Flugpersonal im Stich gelassen, von dem sich die meisten zuerst aus der Maschine retteten und die vielen Urlauberfamilien mit Kindern sich selbst überließen.

Nachdem wir alle mehr oder weniger beschädigt unter lautem Geheul der Alarmsirenen herbeieilender Löschfahrzeuge die Maschine verlassen und uns über das Rollfeld hinweg auf ein dahinterliegendes freies Feld gerettet hatten, ging in einem spektakulären Blutorange die Sonne auf. Ich erinnere mich gut daran, wie über 130 Menschen in ergriffenem Schweigen dastanden, die ängstlichen, teilweise blutenden Gesichter diesem Naturschauspiel zugewandt.

Man brachte uns mit Polizeigeleit in das Flughafengebäude. Die Verletzten wurden versorgt und die aufgeregten Menschen beruhigt. Dann erfuhren wir von einem Angestellten der Airline, dass es einen Kabelbrand gegeben hatte. Er entschuldigte sich wortreich und sichtlich erschüttert. Der Brand sei jetzt jedoch unter Kontrolle, unser Gepäck werde geborgen und umgeladen.

Ein Mitpassagier, selbst ein Hubschraubermechaniker der Bundeswehr, meinte später zu einer kleinen zusammenstehenden Gruppe von uns, dass wir, wären wir in der Luft gewesen, den Start in der vollgetankten Maschine wohl kaum lange überlebt hätten. Panikmache? Dennoch wurden mir zum ersten Mal die Beine schwach und ich musste mich setzen.

Es gab viele aufgebrachte Beschwerden der Passagiere bezüglich des Verhaltens beim Flugpersonal. Dann sagte man uns, dass wir eine Entschädigung erhielten, entweder das Geld zurück oder einen kostenlosen Hin-und Rückflug nach Sri Lanka. Unser verspäteter Flug zurück nach Deutschland fand in einer wesentlich größeren Maschine mit einer komplett neuen Crew, die nur aus männlichen Stewarts bestand, statt.

So kam es, dass ich die Kontaktdaten von Darshana Pereira erhielt, mit dem ich mich von Deutschland aus in Verbindung setzte, um meinen nächsten Flug für den Spätsommer 2002 nach Sri Lanka zu planen.

Darshana und seine Frau Prasadi luden mich Anfang 2003 nach Colombo ein und wir verbrachten einen sehr schönen Tag zusammen. Hin und wieder telefonierten wir, oder wenn ich in Colombo zu tun hatte, versuchten wir es so einzurichten, dass ich kurz bei Darshana im Büro vorbeischaute oder mit Prasadi einen Kaffee trank. Jetzt hatte ich die

Hoffnung, dass er jemanden kennen würde, bei dem ich Vasanti unterbringen konnte.

Ein Bruder Darshanas suchte tatsächlich eine neue Hausangestellte und schlug ein Treffen mit Vasanti vor. Ich freute mich über dieses überraschend schnelle Angebot. Für den kommenden Sonntag verabredete ich einen Besuch zusammen mit Vasanti in Colombo.

Als ich Vasanti von dem Angebot berichtete und darauf hinwies, welch wunderbare Chance es für sie sei, ein neues Leben in einer neuen Stadt zu beginnen, sah sie mich nicht gerade begeistert an. Sie nickte nur und schaute zu Boden.

„Vasanti, wie findest du das? Es ist einmalig. Die Leute sind nett und es wird dir gut bei ihnen gehen. Wenn es zwischen euch klappt am Sonntag, kannst du umgehend dort anfangen. Du bekommst ein eigenes Zimmer, freie Kost und einen kleinen Anfangslohn."

„Ja, Madam, das ist gut," sagte Vasanti freudlos.

„Ich kann den Leuten also zusagen? Du kommst ganz bestimmt mit?"

„Ja, ja, das mache ich."

Ich schob es auf die Überraschung, dass sie sich so verhalten äußerte, vielleicht war es auch die Angst vor einem Neuanfang. Immerhin musste sie ihr gewohntes Umfeld verlassen und sich für neue Aufgaben öffnen. Und sie war noch nie weiter von hier fort gewesen als bis Aluthgama. Womöglich erschien ihr dieser Schritt wie eine Reise zum Mond.

Die nächsten Tage verliefen ohne besondere Vorkommnisse. Ich hatte Sangarathana Thero von dem Jobangebot für Vasanti erzählt, was ihn sichtlich freute. Ich sollte sie am nächsten Tag zu ihm schicken. Ein

Gespräch mit ihm würde ihr sicher dabei helfen, die Angst zu überwinden.

Als Vasanti am späten Nachmittag vom Tempel zurückkam, wirkte sie nicht gerade entspannt, eher etwas verkrampfter als vorher. Sie zog sich schweigend in ihr Zimmer zurück und kam bis zum nächsten Morgen nicht mehr heraus. Da ich sie nicht bedrängen wollte, ließ ich sie in Ruhe.

Am Freitag, zwei Tage bevor wir nach Colombo fahren wollten, fragte ich Vasanti nach dem Frühstück, wie es ihr gehe, ob das Gespräch mit dem Mönch gut gewesen sei.

Sie sah mich an und sagte mit fester Stimme: „Ich gehe nicht nach Colombo. Diese Arbeit ist nichts für mich."

„Okay, Vasanti, was willst du dann?" Ich hatte Mühe, den aufkeimenden Unwillen zu bändigen.

„Ich will hierbleiben und bei Ihnen wohnen. Arbeiten gefällt mir nicht."

„Vasanti, das geht nicht. Ich kann mich nicht immer um dich kümmern und will es auch nicht. Du weißt doch, dass ich in der Tempelschule arbeite, um das nötige Geld für mein Leben zu verdienen. Du bist erwachsen und musst nun Verantwortung für dein Leben übernehmen. Ist dir Colombo zu weit fort? Möchtest du lieber hier in der Nähe arbeiten?"

„Nein, Madam, ich will gar nicht arbeiten. Mata äti una, ich habe genug. Ich gehe auch nicht wieder in die Fabrik."

Für einen Moment verschlug es mir die Sprache.

„Du willst also gar nicht arbeiten. Wie willst du denn dann für deinen Lebensunterhalt sorgen?"

Vasanti antwortete nicht, sondern zuckte nur mit den Schultern, drehte sich von mir weg und schaute in den Garten.

„Okay, denk doch noch einmal über alles in Ruhe nach, Vasanti. Solltest du morgen früh deine Meinung nicht geändert haben, kann ich leider nichts mehr für dich tun. Wenn das dann dein letztes Wort ist, muss ich dich bitten, mein Haus zu verlassen und deine eigenen Wege zu gehen."

Ihr gleichgültiger Gesichtsausdruck versetzte mir einen Stich. Also ließ ich sie allein und wandte mich meiner Arbeit im Tempel zu.

Sangarathana Thero schien nicht überrascht zu sein, als ich ihm Vasantis Reaktion mitteilte.

„Johanna, so sind die Leute. Sie sind es nicht gewohnt, neue Wege zu gehen. Wenn sich ihr Leben so sehr verändern könnte, dass sie nicht wissen, was dabei herauskommt, bleiben sie lieber stehen, verharren freiwillig im Elend. Oft verstehen sie auch die Hilfsangebote nicht und glauben, dann nichts mehr selber tun zu müssen. Ich habe es dir schon so oft gesagt, dass du vorsichtig sein muss. Du vertraust den Menschen zu sehr."

Bedrückt ging ich in der Dämmerung nach Hause zurück. Vasanti saß wie immer in der Gartenlaube und trank Tee. Sie sah mir nicht in die Augen und murmelte kaum hörbar einen Gruß. Wir verbrachten den Abend schweigend und ich zog mich früh in mein Zimmer zurück.

Ich kroch unter das Moskitonetz meines Bettes, verschränkte die Arme hinterm Kopf und schaute zur Decke hoch. Auf dem Mauerabsatz, kurz unterhalb der Dachschindeln, bewegte sich lautlos und geschmeidig eine Rattenschlange, die zur Häutung hergekommen war. Im Weggleiten fiel ihre alte hauchzarte blau-grau schimmernde Haut wie eine Feder neben meinem Bett zu Boden.

Am nächsten Morgen weckte mich Joey, indem sie mit ihrer feuchten, kühlen Nase gegen meine Hand stupste, die über den Bettrand hing. Im Haus war es still.

„Vasanti, bist du schon auf?" Ich schaute in ihr Zimmer.

Es war leer. Ihr Bett war ungemacht, ein paar Sachen lagen unordentlich auf dem Boden verstreut. Im Wohnzimmer sah ich, dass eine Schublade des Sideboards offen stand, in der ich mein Geld und meine Papiere aufbewahrte. Mein Herz schlug schneller, als ich in meiner Börse nachschaute. Das Geld, etwa 3000,- Rupien, war fort. Etwas benommen setzte ich mich auf einen Stuhl, stützte den Kopf auf einen Arm und schloss die Augen. Joey kam zu mir, legte mir tröstend ihren hübschen Kopf auf den Oberschenkel und sah mich mit ihren hellbraunen Augen beruhigend an.

Vasanti saß auf einem klapprigen Stuhl in dem stickigen Pensionszimmer, in dem sie bereits seit Tagen eingeschlossen war, neben dem ungemachten Bett mit dem fleckigen Laken. Auf dem Schoß hielt sie ein mit Blumen bemaltes Tellerchen, auf dem sie mit den Fingern die kleinen Portionen Dahl und Reis vermischte, bevor sie sie sich in den Mund schob. Sie konnte kaum sitzen, denn ihr ganzer Unterleib schien roh und wund zu sein. Immer öfter blutete sie. Aber das schien Kasul nicht zu kümmern. Sie solle sich eben hinterher immer gründlich waschen, hatte er ihr aufgetragen und sich nicht so anstellen. Wozu bringe er ihr denn jeden Tag ein Schälchen mit Kokosöl!

Sie blickte müde auf ihre mit blauen Flecken übersäten, dünnen Arme, teilnahmslos und stumm. Als sie hörte, wie sich von außen der Schlüssel im Türschloss drehte und ein Mann zu ihr ins Zimmer trat, blickte sie nicht einmal auf, erhob sich, stellte das Tellerchen auf den Boden und wandte sich dem Bett zu.

Knuckles Mountain Ranges

Wir arbeiten nachmittags in der Tempelschule in Pitaramba mit meistens 10 bis 20 Kindern, Veronika und ich, und geben ihnen Nachhilfe in Englisch und Deutsch. Die Kids leben in Dörfern nahe den Touristenzentren. Da lohnt es sich, eine andere Sprache als nur Singhalesisch zu sprechen. Sie sind hier auch von der Straße weg und für ein paar Stunden raus aus einem Umfeld, das nicht immer so förderlich für sie ist. Viele leben in äußerster Armut und sind nicht selten mangelernährt.

In der Montessori Klasse sind schon die Dreijährigen. Sie tragen alle eine kleine blaue Uniform mit weißen Kragen und sehen recht niedlich aus, wenn sie so in Reih und Glied, angeführt von ihren Lehrerinnen Udani und Priyanthi, vor dem Gebäude auf dem Tempelhof stehen und sehr andächtig nach der Begrüßung in ihren Klassenraum marschieren.

Die größeren Kinder bis 12 Jahre lernen Mathe, Sinhala und Englisch. Seit ich hier bin auch Deutsch. Sie bemühen sich redlich. Aber ich glaube, dass es nicht die Sprache ist, die sie begeistert, sondern diese exotische Lehrerin mit der blassen Haut und dem strahlenden Gesicht aus dem fernen Deutschland, das sie alle auf der Weltkarte irgendwo in Afrika verorten. Anfangs taten sie sich schwer lachend aus sich herauszugehen, denn das kennen sie aus der Regelschule nicht. Dort herrscht strenge Disziplin und sie müssen viel zu oft wie kleine Papageien im Chor dem Lehrer alles nachplappern. Sie stehen meistens schon eine Viertelstunde vor Unterrichtsbeginn vor der Tür und warten auf mich.

Eine holländische Organisation unterstützt das Schulprojekt seit vielen Jahren, bezahlt die Uniformen der Montessori Klasse, die

Schulbücher, Hefte und Stifte, organisiert Patenschaften. Die Spenden reichen auch für süßen Tee, für Kekse und Bananen, die die Kinder in der Pause auf dem Hof erhalten. Dieses gemeinsame Teetrinken ist eines der Highlights des Nachmittags und tagaus tagein ein besonderer Moment, den sie alle mit fröhlichen Gesichtern und aufgeregtem Geplapper genießen.

Sangarathana Thero hat Veronika und mich gestern gefragt, ob wir Interesse daran hätten, für acht Tage auf ein Retreat, eine Woche der Besinnung und des In-sich-Gehens, in die Berge zu fahren. Ein Mönch des Vajraramaya Temples in Colombo biete einmal im Jahr für eine kleine Gruppe an Meditation Interessierter eine Reise dorthin an. Da sowieso eine Woche Schulferien vor uns liegt, mussten wir nicht lange überlegen und sagten zu.

Montag, 10 Uhr. Wir sitzen im Van von Pradeep, dem Tempel-Fahrer, der uns zusammen mit Udani nach Colombo chauffiert. Er hatte uns eigentlich nicht fahren wollen, da es in seiner Familie eine Tragödie gibt. Amal, der jüngere Bruder seines Vaters Mahesh, hat seinen einzigen Sohn Kumara in stark betrunkenem Zustand halb tot geschlagen. Pradeep hat nun als ältester Cousin Kumaras die Pflicht, zusammen mit seinem Vater diese Angelegenheit mit der Familie zu regeln. Wie er das anstellen soll, weiß er noch nicht. Es ist nicht leicht, so etwas von der Polizei fernzuhalten, die Gemüter zu beruhigen und Tante Sudani, die Mutter Kumaras, in irgendeiner Form zu unterstützen.

12 Uhr. Pradeep ist ganz offensichtlich froh, als wir Colombo erreichen und von der Hauptstraße in die Vajira Road im Stadtteil Bambalapitiya einbiegen. Wir sehen sofort die Tempelanlage, die von einer alten, kunstvoll verzierten und geweißten Steinmauer umgeben ist. Er lenkt den Van vorsichtig durch das Eingangstor auf den mit kleinen Schottersteinen bedeckten Tempelhof, wo uns die eindrucksvolle, in eine dunkelrote Robe gehüllte Gestalt Venerable Soma Theros erwartet. Der Mönch begrüßt uns mit einem zurückhaltenden Lächeln auf Englisch und Sinhala. Sein kahlgeschorener Kopf glänzt in der Sonne und der Blick seiner großen schwarzen Augen gleitet prüfend über unsere Gesichter.

Der Unterschied zwischen dem klimatisierten Innenraum des Vans und der schwülen Mittagshitze Colombos kann nicht größer sein. Wir nehmen unsere Taschen und folgen Soma Thero rasch in einen kleinen Vorraum, wo bereits fünf singhalesische Frauen bei einer Tasse Tee warten.

Die Frauen sitzen auf bunten Plastikstühlen, die an den Wänden entlang aufgereiht stehen. Im Luftzug zweier müde knackender Deckenventilatoren setzen wir uns auf die noch freien Stühle und blicken erwartungsvoll in die Runde. Mir läuft der Schweiß in kleinen Rinnsalen am Rücken herunter und ich bin dankbar, als mir eine der Frauen ein Glas Wasser anbietet. Da weder Veronika noch ich über ausreichende Kenntnisse der singhalesischen Sprache verfügen und die anderen Frauen nur wenig Englisch können, verlaufen die Gespräche verhalten. Dennoch herrscht eine entspannte und freundliche Atmosphäre, die durch das stille, gegenseitige Anlächeln bereits etwas Kontemplatives hat. Oder ist es die Trägheit, die jeden umspült, in dieser Luft, die man schneiden könnte, in der mit jedem Hauch der Ventilatoren ein leichter Duft nach Kokos und Schweiß in die Nase weht?

Pradeep wechselt noch einige Worte mit Soma Thero, trinkt den ihm angebotenen Tee im Stehen und macht sich, nachdem er uns ein gutes Retreat gewünscht hat, eilig auf die Heimreise.

13 Uhr. Vom Vajraramaya Temple aus startet unsere kleine Reisegruppe, die nun aus acht Frauen und einem Mönch besteht, mit einem weißen Minibus in Richtung Knuckles Mountains. Unser Fahrer ist ein fröhlich dreinblickender rundlicher Mann in den 60igern mit Halbglatze und eckiger Hornbrille, der von den anderen Frauen nur Ayya, großer Bruder genannt wird. Es ist hier üblich, die Menschen nicht mit ihren Vornamen anzusprechen, sondern mit ihrem „Rang" dem Sprechenden gegenüber. Ist ein Mann älter, wird er in der Regel Ayya genannt, ist er jünger, sagt man Malli. Ist eine Frau älter als man selbst, wird sie mit Akke angeredet, ist sie jünger mit Nangi. Natürlich sagt man das nicht zu einem Mönch. Das gehört sich nicht und ist viel zu persönlich. Ihn redet man mit Venerable oder Hamuduruvo an.

Die Sitte, vor einem Mönch zur Begrüßung auf die Knie zu gehen und seine Fußspitzen mit den Händen zu berühren, ist für uns Westler höchst gewöhnungsbedürftig und nicht jeder kann sich dazu durchringen. Allerdings machen das die Kinder auch vor uns Lehrerinnen. Es ist ein Zeichen der Höflichkeit, dem Kind dann eine Hand auf den Kopf zu legen und es zu begrüßen. Andere Länder, andere Sitten, do in Rome as the Romans do…

Nachdem wir die umtriebige, laute und von Abgasen geschwängerte Stadt verlassen haben, geht die Fahrt vorerst über eine gut ausgebaute Strecke in Richtung Kandy, vorbei an kleinen Ortschaften und Dörfern, wo in einfachen Hütten entlang der Straße geflochtenes Handwerk angeboten wird. An mit Palmwedeln gedeckten Ständen verkaufen in auffälliges Rot gekleidete hübsche junge Damen Cashewnüsse. Ihre Väter stellen angeblich ihre schönsten Töchter dorthin, weil schon manch ein Vorbeifahrender die Chance ergriffen und solch eine Schönheit geehelicht habe, sagt man. Das Aussehen einer Frau steht hier an erster Stelle für die Möglichkeiten auf dem Heiratsmarkt.

Die zweispurige Landstraße durchschneidet Kautschuk- und Ananasplantagen und schraubt sich allmählich weiter bergauf über enge Serpentinen, die auf der linken Seite von Felswänden und immer wieder von rauschenden Wasserfälle gesäumt werden. Rechts geht es steil hinunter. Der Blick verliert sich in dichten Baumkronen oder fällt auf weite Täler und terrassenförmige Teeplantagen.

An einer behelfsmäßig zusammengezimmerten Bretterhütte halten wir kurz, um uns eine Kokosnuss zu gönnen, deren äußerst schmackhaftes Wasser die Lebensgeister erfrischt, und um einige Vaddés, kleine Teigfladen aus Kichererbsen mit rotem Chili gewürzt, zu essen. Allmählich wird es dunkel und die Fahrt scheint kein Ende zu nehmen. Die tropische Hitze der Küstenregion ist hinter uns geblieben und eine kühle, feuchte Luft herrscht vor, je höher wir steigen.

18 Uhr. Der Bus, dessen beste Tage schon hinter ihm liegen, hat nicht wenig Mühe, die immer steiler werdenden Nebenstraßen zu meistern. Es wird nach sehr kurzer Dämmerung fast schlagartig dunkel und ein feiner Wolkennebel lässt schnelleres Fahren nicht mehr zu.

19 Uhr. Nach einer gefühlten Ewigkeit und einer Fahrt über holprige, schmale Schotterwege erreichen wir endlich unser Ziel. Wir haben für knapp 200 km sechs Stunden gebraucht. Entsprechend müde und gerädert sind wir. Veronika ist blass und klagt über Übelkeit. Serpentinen sind nicht ihr Ding.

Als wir das Auto verlassen, umfängt uns kalter nasser Nebel, der sofort unter unsere dünne Baumwollkleidung dringt und uns frösteln lässt. Aus dem Nebel schält sich ein herrschaftliches Haus mit großen gewölbten Fensterbögen und einer breiten Treppe, die zu einem gelblich erleuchteten Eingang führt. Die umlaufende Veranda, deren Dach

von hohen Holzsäulen getragen wird, lässt verwitterte Holzschnitze-
reien mit Blumen- und Tiermotiven erkennen. Doch für längere Be-
trachtungen ist es viel zu kalt und wir flüchten uns schnell ins Innere
des Hauses. Eine etwas missmutig blickende Hausdame in einem ak-
kurat gewickelten grünen Sari und sorgfältig zu einem dicken Knoten
aufgesteckten Haaren empfängt uns auf Sinhala und führt unsere
Gruppe durch einen hohen Saal mit verblassten Wandmalereien in den
rückwärtigen Teil des Gebäudes in die Küche.

Der lang gestreckte Raum ist nur im vorderen Bereich durch eine De-
ckenlampe schwach erleuchtet und wird durch einen mannshohen Kamin mit aufwendigen, von der Zeit brüchig gewordenen Stuckverzie-
rungen dominiert. Auf dem Kaminsims stehen drei einzelne, dunkel
angelaufene Kerzenleuchter mit fast heruntergebrannten Kerzenstum-
meln.

Schade, dass kein Feuer brennt, denke ich und ziehe meine Jacke enger um mich. Auch im Haus ist es kalt. Ich ziehe die Ärmel der Jacke
über meine Hände und blicke mich um. Im Dunkel des hinteren Kü-
chenbereiches bemerke ich einen großen Herd, auf dem Tontöpfe stehen, unter denen das Flackern kleiner Feuer zu sehen ist. Dem Kamin
gegenüber befindet sich ein langer, rustikaler Holztisch mit zwei Öl-
lampen, die die Hausdame nach unserem Eintreten anzündet, sich dann
schweigend abwendet und zum Herd hinübergeht.

Soma Thero macht eine einladende Geste, mit der er uns andeutet,
auf den um den Tisch herum aufgereihten Stühlen Platz zu nehmen.
Bald stehen einige Schüsseln mit dampfendem Reis und verschiedenen
Gemüsen vor uns. Der warme appetitanregende Duft lässt mir das
Wasser im Mund zusammenlaufen. Erst jetzt merke ich, wie hungrig
ich bin.

Die Hausdame bringt einen Stapel Teller und stellt sie vor uns auf den Tisch. Es folgen Gläser und zwei Karaffen mit Wasser. „Kaltes Wasser!" höre ich an meiner Seite Veronika verärgert brummeln. Dann fragt sie den Mönch, ob die Hausdame nicht den Kamin anzünden und uns heißen Tee bereiten könne. Wir seien alle ziemlich durchgefroren, die anstrengende Fahrt und die Müdigkeit machten es nicht besser. Er gibt daraufhin der Hausdame ein paar Anweisungen. Sie nickt mit ausdruckslosem Gesicht und entschwindet durch eine Tür im hinteren Bereich der Küche. Ich sehe ihr nach und bewundere die unglaublich aufrechte Haltung dieser Frauen im Sari, der jedem ihrer Schritte etwas Würdevolles verleiht.

Ein gebeugtes spindeldürres Männlein unbestimmten Alters kommt ein paar Minuten später schweigend herein und trägt Holzscheite zum Kamin, legt sie dort ab, häuft sie unter dem Abzug zu einer Pyramide und zündet mit einem dünnen Span und etwas Reisig das Feuer an. So schweigend wie er hereingekommen ist, geht er auch mit zu Boden gesenktem Blick wieder hinaus. Ich sehe ihm nach. Er hat seinen blaugestreiften Sarong zwischen den Beinen hochgebunden und das weiße, langärmelige Hemd, das er darüber trägt, ist sicher zwei Nummern zu groß.

Es dauert nicht lange und ein Feuer prasselt im Kamin, das den Raum schnell in einen gemütlichen, warmen Ort verwandelt, sodass wir alle unsere Straßenjacken ausziehen und uns entspannt zurücklehnen. Erleichterung und Wohlbefinden stellen sich nach dem Essen und einem heißen Tee ein. Leise Gespräche um den Tisch herum, lächelnde Gesichter. Wir sind angekommen.

Soma Thero setzt sich zu uns an den Tisch und heißt uns offiziell in diesem Haus willkommen. Es sei ein altes britisches Estate, dass seine besten Jahre in der Zeit von 1880 bis 1950 gehabt habe, erzählt er, indem er von Sinhala zu Englisch und umgekehrt wechselt. Nachdem die Engländer Sri Lanka in den 1948er Jahren verlassen hatten, wurde das Gebäude lange Zeit sich selbst und einem sri-lankischen Hausmeisterpaar überlassen. Leider fehlte es an den nötigen finanziellen Mitteln, dieses Anwesen angemessen zu erhalten, und die Zeit und das Desinteresse an einem so entlegenen Haus hoch in den Bergen habe seinen Tribut gefordert. Jetzt gehöre es dem Kloster und würde hin und wieder für Retreats benutzt.

Anumeedika Nona, er blickt zur Hausdame hinüber, sei hier, um für uns zu sorgen. Das Haus habe zwar keine funktionierende Heizung, aber fließendes Wasser und auf jeder Etage einen Baderaum mit Toilette. Leider nur mit kaltem Wasser. Lediglich Veronika und mir entgleiten bei dieser Ankündigung die Gesichtszüge. Die anderen Frauen scheinen die Aussicht auf kalte Schlaf- und Baderäume mit wahrscheinlich noch kälterem Wasser nicht abzuschrecken. Sie schauen mit ernsten Gesichtern auf ihre Teller und nicken nur leicht. Das wird hart, denke ich. In den beiden Schlafräumen, die uns zur Verfügung stünden, spricht Soma Thero weiter, gäbe es genügend Decken für eine jede von uns. Der Kamin in der Küche werde von nun an den ganzen Tag über befeuert, sodass wir uns jederzeit hier aufwärmen könnten, sollte es uns zu kalt werden.

Ich fürchte, dass mir immer zu kalt sein wird, sobald ich die wohlige Wärme der Küche verlasse. Zum Glück haben wir ein paar wärmere Sachen eingepackt, aber auf diese feucht-klamme Atmosphäre des alten Hochland-Hauses sind weder Veronika noch ich gut genug vorbereitet.

21 Uhr. Die Hausdame zeigt uns nach dem Essen die Schlafräume, die genauso sind, wie ich es befürchtet habe – kalt, feucht, je zwei dünne Decken auf jedem Metallbett mit dünnen Matratzen.

„Oh mein Gott" sagt Veronika und setzt sich mit entsetztem Gesicht auf eines der sechs Betten. „Wie sollen wir das hier eine Woche aushalten und vor allem überleben?"

Die fünf Frauen aus Colombo ziehen sich in den anderen Schlafraum am Ende des langen, dunklen Flurs zurück, sodass Veronika, Udani und mir die Fleecedecken der übrigen drei Betten im Zimmer zusätzlich zur Verfügung stehen. Ich setze mich auf eines der knarrenden Gestelle und schaue zu den hohen, mit einer großen Stuckrosette verzierten Decke, die sich irgendwo im Dämmerlicht der unendlich scheinenden Raumhöhe verliert. Es gibt elektrisches Licht aus einer einfachen Glühbirne, die in der Mitte des Raumes für etwas Helligkeit sorgt, den Rest aber im Halbdunkel lässt. Die beiden großen Fenster sind bereits mit Schlagläden verschlossen, von denen der alte hellgrüne Anstrich abblättert. Der Raum hat mindestens 80 qm, in denen die sechs schmalen Betten verloren wirken. Die dunklen Dielen des Holzfußbodens schimmern matt und machen bei jedem Schritt ein knarzendes Geräusch. Wir sprechen leise, da jedes laute Wort wie ein Echo von den Wänden abzuprallen scheint.

Neben den Betten steht jeweils ein Stuhl, auf den wir unsere Taschen stellen. Ein antiker wuchtiger Kleiderschrank mit zwei verspiegelten Türen befindet sich neben der Zimmertür. Ein leicht muffiger Geruch hängt in der Luft.

Nachdem wir drei eine Weile schweigend auf unseren Betten gesessen und geschaut haben, richten wir uns so gut es geht an diesem unwirtlichen Ort ein. Es ist ein wenig gruselig hier und ich frage mich insgeheim, ob wohl ein Gespenst mitternachts sein Unwesen treibt.

Ich nehme meine Kulturtasche und gehe über den dunklen Flur zum Badezimmer. Die schwarzen und weißen Kacheln des Bodens, zu einem diagonalen Muster gelegt, sind eiskalt. Blau-grün schimmernde Wandkacheln, hier und da mit Abbildungen von Wasserlilien geschmückt, zwei riesige alte Steingutwaschbecken mit matten Messingkränen und fast blinden Spiegeln, eine Toilette mit schwarzem Bakelit-Deckel und Wasserspülung. Am Zugseil des Spülkastens ist ein glatter, ovaler Holzknauf befestigt.

Unter dem hohen Fenster mit Blick in die absolute Schwärze der Nacht, steht ein wuchtiger, uralter aber nutzloser Heizkörper. Eine weiße Badewanne mit abplatzender Emaille auf Löwenfüßen aus Messing ist das Prunkstück des Raumes. Das eisenhaltige Wasser hat braune Flecken auf dem Wannenboden hinterlassen. Maroder Luxus. Das Wasser, das aus den knarrenden Leitungen ins Waschbecken läuft, ist bräunlich trüb und eiskalt. Nach einer schnellen Katzenwäsche flitze ich bibbernd über den Flur zurück in unseren Schlafsaal, lege mich angekleidet ins Bett, ziehe die Fleecedecken bis über beide Ohren und schlafe umgehend erschöpft ein.

Dienstag, 7 Uhr. Die feuchte Kälte, die zu mir hereingekrochen ist, weckt mich auf. Nur Veronika liegt noch in ihrem Bett und lugt wie ich unter den hochgezogenen Decken mit vor Kälte roter Nasenspitze und verstrubbeltem dunklen Haarschopf zu mir herüber. Udani ist bereits hinuntergegangen und sitzt sicher schon mit den anderen Frauen in der Küche.

„Mann, ist mir kalt", sage ich und reibe meine eisigen Füße aneinander.

„Das ist eine Katastrophe", antwortet Veronika. „Wenn ich das gewusst hätte, wäre ich nicht hergekommen. Ich werde den Fahrer fragen, ob wir mit ihm zurückfahren können. Hier holen wir uns den Tod."

Wir machen uns mit olympiareifer Geschwindigkeit im eiskalten Bad frisch und gehen, weiße Atemfähnchen ausstoßend, hinunter in die Küche. Auf dem Weg dorthin hören wir bereits das fröhliche Plappern der Frauen, die um den Küchentisch sitzen, Tee trinken und Brotfladen mit Kartoffelcurry essen. Etwas Warmes, Scharfes, Gott sei Dank.

Sie begrüßen uns lachend, als wir den warmen Raum betreten. Wir stellen uns sofort vor den Kamin und lassen unsere Glieder vom Feuer auftauen. Irgendwie finden die anderen unsere Lage gar nicht so schlecht und können unsere Verärgerung nicht verstehen. Dies sei ein Retreat, da gäbe es nun mal keinen Luxus, bemerkt Udani. So könne man sich auf das Wesentliche konzentrieren und von allen weltlichen Wünschen zurücktreten. Wir sollten uns einfach darauf einlassen und die Umstände akzeptieren. Ich sehe Veronikas rollende Augen und muss lachen.

„Wie soll ich mich auf das Wesentliche konzentrieren, wenn mir der Arsch abfriert" knurrt sie leise. Wo der Fahrer sei, sie wolle heute noch wieder abreisen. Das hier sei nichts für sie.

„Ayya? Der hat am frühen Morgen die Vorräte ausgeladen und sich danach sofort auf die Rückreise gemacht. In sieben Tagen kommt er wieder, um euch abzuholen. Bis dahin sind wir hier unter uns. Ein Dorf gibt es nicht in der Umgebung und die nächste Stadt ist eine Fahrstunde entfernt," sagt Anumeedika Nona, die aus dem Halbdunkel der Arbeitsküche tritt und mit strenger Miene zu uns herübersieht.

„Ein Telefon! Handys! Hat denn jemand ein Handy dabei? Ich bestelle uns ein Taxi." Schweigen.

„Ja", sage ich, „ich habe meins mit, aber hier oben gibt es keinen Empfang, ich habe es bereits ausprobiert."

„Na klasse" schimpft Veronika, „und zu Fuß wird man von Mosquitos und Blutegeln aufgefressen, oder wie?"

Zornig nimmt sie sich einen Becher mit dampfendem, stark gesüßten, schwarzen Tee und lässt sich auf einen Stuhl fallen. Die anderen Frauen sehen uns schweigend an.

„Die sind offensichtlich hart im Nehmen," meint Veronika leise und mit gesenktem Kopf zu mir. Kein guter Anfang, denke ich, und unterdrücke einen Seufzer.

9 Uhr. Soma Thero kommt zu uns und erklärt uns den weiteren Verlauf des Retreats, die Essens- und Ruhezeiten, wann und wo die Übungsstunden sind, worauf wir zu achten hätten, verteilt buddhistische Texte auf Englisch und Sinhala, warnt davor, uns zu weit vom Haus zu entfernen – der Dschungel, die schlechten Wege, Abgründe, in die man stürzen könne!!!, die einsame Lage des Estates.

„Komm, Vero, lass uns das Beste daraus machen", sage ich und muss mich selbst dazu anhalten, positiv zu denken und nicht in Veronikas Verärgerung einzustimmen.

15 Uhr. Wir treffen uns in einem großen Saal im ersten Stock, der mit seinen hohen, an einigen Stellen blinden Panoramafenstern einen grandiosen Ausblick auf die umliegenden Berge mit ihren dicht bewaldeten Hängen und wolkenverhangenen Spitzen bietet. Durch zwei breite doppelflügelige Türen gelangt man nach draußen auf eine schmale Holzveranda, deren alte Holzdielen nicht vertrauenserweckend aussehen. Das wacklig erscheinende Geländer, von dem die weiße Farbe in großen Placken abblättert, lädt nicht zum Anlehnen ein. Dennoch gehe ich mit vorsichtigen Schritten kurz hinaus, um den Ausblick zu genießen. Er ist atemberaubend. Von irgendwoher aus dem dichten

Dschungelgrün höre ich das Rauschen eines Wasserfalles, das sich mit dem eines feinen Regens mischt. Vielfältige Vogelstimmen erschallen aus dem Grün herauf zum Haus und hier und da die rauen Rufe der großen Affen, die im Bergland leben. Andächtig lausche ich diesen Naturgeräuschen und bin verzaubert, bis mich die alles durchdringende Kälte wieder hineintreibt.

Zurück im großen Saal, hilft mir meine Vorstellungskraft einen Augenblick über die Tatsache hinweg, dass es auch hier drinnen ziemlich kalt ist. Es musste ein Salon mit Gruppen großer Polstermöbel gewesen sein, vielleicht um den fünf Uhr Tee einzunehmen, in dem Whisky getrunken, Zigarren geraucht wurden. Oder war es der Ballsaal, in dem Feste gefeiert, getanzt und zu Silvester mit der Hand auf dem Herzen ein Hoch auf das britische Königshaus angestimmt wurde? Meine Fantasie kreiert Möbel, Gerüche, Musik, leise Unterhaltungen, das Flair von Wohlstand und Aristokratie. Alles atmet die vergangene Glorie des englischen Empire. Wunderschön. Leider auch sehr kalt und zugig. Ich schlage die beiden Decken um mich, die ich aus dem Schlafraum mitgebracht habe, und setze mich zu den anderen auf eine der Kokosmatten, die auf dem nach Wachs riechenden, dunklen Dielenboden ausgelegt sind.

Als wir alle in der Meditationshaltung sitzen, betritt Soma Thero den Raum, nimmt auf einem mit einem weißen Tuch bedeckten Stuhl vor der Fensterfront Platz und versinkt einige Minuten in Stille. Dann beginnt er Sanskrit-Texte zu rezitieren und zu singen. Es ist anders als in einer angeleiteten Meditation, wie ich sie kenne, also überlasse ich mich dem Klang Soma Theros Stimme und lausche dem fremden Gesang. Ich schließe die Augen und atme tief in den Bauch.

Donnerstag. Das Essen ist einfach und schmackhaft, singhalesisch su-perscharf. So kommt auch etwas mehr Wärme in unsere Bäuche und heizt uns auf. Wir gewöhnen uns schnell an die Zeiten in diesem unge-wöhnlichen Retreat. Wir alle sind uns weitgehend selbst überlassen, bis auf die angesetzten drei Mahlzeiten und die gemeinsamen, kontemp-lativen Übungsstunden. Allmählich ergreift jede von uns die Stille die-ses Ortes. Die Gespräche verstummen und wir sind mit uns selbst in den Übungen und Texten, die wir lesen.

Ich unternehme jeden Tag allein einen kleinen Spaziergang in die Umgebung des Hauses, ohne es zu weit hinter mir zu lassen. Einige Male begegnet mir das dürre Männlein, das sich anscheinend um den weitläufigen Garten kümmert und begrüße es mit „Ayubovan, Ayya", was es mit einem kurzen Nicken quittiert und sich schnell davon macht.

An einer Wegbiegung schlängelte sich heute Morgen eine fast zwei Meter lange Schlange mit wunderschöner braun-beiger Zeichnung über den Kies, ohne mich eines Blickes zu würdigen, um dann ge-räuschlos im Blattgewirr verrottender Bananenstauden zu verschwin-den.

Der ewige Nebel, der nur ab und zu von Sonnenstrahlen durchbro-chen wird und ein kleines Stück blauen Himmels preisgibt, der feine Nieselregen und die andauernde feuchte Kälte, die mir in die Knochen kriecht, lassen mich immer wieder schnell ins Haus zurückgehen.

Freitag. Das Wetter beunruhigt mich. Ein altes Asthmaleiden meldet sich und rebelliert gegen diese andauernde, kalte Feuchtigkeit. Das feucht-warme Klima des Tieflandes ist heilsam für meine Lunge, je-doch nicht diese Region hoch in den Bergen.

Jetzt, nach fünf Tagen, tritt dann das ein, was ich am meisten befürchtet habe. Meine Bronchien verengen sich zusehends und ich habe immer größere Probleme, vernünftig zu atmen. Das Gehen und Sprechen fällt mir schwer und ich verbringe den Nachmittag im Bett.

17 Uhr. Soma Thero kommt zu mir, sieht mich lange prüfend an, nickt bedächtig mit dem Kopf und meint mit äußerst seriöser Miene, ich sei von einem Dämon besessen. Der misstrauische Schreckensausdruck in meinen Augen beeindruckt ihn ganz offensichtlich nicht. Dämonen hielten sich häufiger mal in solch alten Gemäuern auf, betont er mit ernster Stimme. Er habe jedoch die richtige Medizin für mich. Angesichts meiner schlechten Lage, beschließe ich, gute Miene zum unberechenbaren Spiel zu machen.

Was ist das? Ayurveda? Exorzismus? Ich bin verwirrt. Was bleibt mir anderes übrig, als irgendetwas auszuprobieren, auch wenn es mir nicht ganz geheuer ist. Ich komme hier nicht so schnell weg. Ein Arzt oder ein Krankenhaus scheint unerreichbar zu sein. Mein mitgebrachtes Medikament wirkt immer weniger. Die Tropfen, die Soma Thero mir gibt, lassen mich alle Nahrung und sonstige Flüssigkeiten in meinem Körper erbrechen. Seine Gesänge wirken unheimlich und fremd. Helfen tut nichts.

22 Uhr. Ich werde immer kurzatmiger und kann in der Nacht nicht mehr schlafen. Ich friere so sehr, dass Veronika beschließt, sich zu mir ins Bett zu legen, um mich mit ihrem Körper zu wärmen.

Samstag, 11 Uhr. Es geht mir noch schlechter, sodass ich Soma Thero darum bitte, einen Arzt zu holen. Er schüttelt den Kopf und meint, es werde sich mit seiner Medizin und seinen Gebeten alles zum Guten wenden. Die Hilflosigkeit und Angst, die mich erfasst, machen mir das Atmen nicht leichter. Veronika schimpft angesichts ihrer eigenen Unfähigkeit, mir helfen zu können. Den ganzen Tag über habe ich Mühe, konzentriert und bewusst die wenige Luft in meine Lungen zu bekommen, die nötig ist, um nicht in Panik zu geraten. Und doch kriecht sie von ganz unten im Bauch hoch in Richtung Hals. Mein Zustand verschlechterte sich von Stunde zu Stunde.

18 Uhr. Der Abend bricht an. Draußen hat es den ganzen Tag über geregnet und es ist noch früher dunkel geworden als üblich. Ich habe keine Ahnung, wie ich die kommende Nacht überstehen soll. Verzweiflung verursacht einen sauren Geschmack in meinem Mund. Ich kann eine sich ankündigende Panikattacke nur mit aller Anstrengung unter Kontrolle halten. Die anderen Frauen schauen misstrauisch und verziehen sich außer Sichtweite. Einer „Besessenen" sollte man besser aus dem Wege gehen. Die Hausdame schaut noch mürrischer drein, man hat nur Ärger mit diesen Ausländern, bringt mir aber immerhin regelmäßig heißen Tee. Ich sitze in Decken eingehüllt am Kamin und starre in die Flammen. Noch zwei Tage in diesem schrecklichen Haus! Wie soll ich das schaffen?

Unfähig, mich mehr als ein paar Schritte zu bewegen, da mir mittlerweile für fast alles die Atemluft fehlt, beschließe ich, die ganze Nacht am Kamin sitzen zu bleiben. Veronika hat sich ebenfalls einen Stuhl herangezogen und leistet mir Gesellschaft. Ab und zu legt sie einen dicken Holzscheit auf die Glut. Immer wieder nickt sie ein und fällt in einen kurzen Dämmerschlaf, während ich damit beschäftigt bin, mich mit äußerst konzentrierter Atmung am Leben zu erhalten.

22 Uhr. Es klopft laut und vernehmlich an der Eingangstür des Hauses. Als niemand reagiert, wird das Klopfen energischer. Veronika schreckt aus ihrem Schlaf hoch und fragt was denn los sei.

„Jemand klopft heftig an die große Eingangstür vorne", flüstere ich.

„Was, mitten in der Nacht am Ende der Welt? Ich gehe und schaue nach." Veronika steht auf, wickelt ihre Decken enger um sich und verlässt die Küche. Auf der Treppe sind nun auch noch andere Schritte zu hören. Anumeedika Nona kommt herunter. Ich höre, wie Veronika etwas zu ihr sagt.

Nach einer Weile öffnet sich die Küchentür. Mit einem Schwall kalter Luft treten Veronika, die Hausdame und Soma Thero ein, gefolgt von einem hochgewachsenen, hageren, in einen schweren, triefend nassen Regenmantel gehüllten Mann.

Eilig geht Anumeedika Nona zum Herd und setzt Wasser auf. Soma Thero bittet den Neuankömmling um den Regenmantel und zeigt auf einen Stuhl. Die ganze Zeit über lässt der Fremde mich nicht aus den Augen.

Er ist Ire, wie sich bald herausstellt, und lebt seit einigen Jahren als buddhistischer Mönch in einer Einsiedelei etwa eine halbe Stunde Fußweg von hier entfernt. Hat er seinen Namen genannt? Ich erinnere mich nicht. Er ist mit einer bis auf die Schuhe reichenden, braunen Mönchskutte bekleidet, über der er einen dicken braunen Strickpullover mit Zopfmuster trägt. Seine dunklen, schon ein wenig grau melierten Haare sind kurz geschoren, sein Gesicht ist hell und schmal mit sehr markanten Zügen. Die tief liegenden, von vielen kleinen Fältchen umgebenen Augen, leuchten in einem hellen Blau, blicken durchdringend. Nach dem ersten Schluck Tee, fragt er mich nach meinem Namen. Dann blickt er Soma Thero an und sagt mit strenger Stimme:

„Johanna muss umgehend zu einem Arzt, besser noch in ein Krankenhaus. Sie ist hier in Lebensgefahr."

Soma Thero beginnt damit, seine Heilversuche zu erläutern, wird aber brüsk von dem Fremden unterbrochen.

„Haben Sie mich nicht verstanden? Diese Frau muss sofort in ein Krankenhaus. Ich bin Arzt und weiß, wenn eine Asthmakrise lebensbedrohlich wird!"

Der Fremde fragt nach einem Telefon und zu meiner Überraschung sagt Soma Thero, dass in seinem Büro eines sei. Er werde sofort nach einem Taxi rufen und auch dem Hospital im nächsten Ort Bescheid geben. Veronika schnappt nach Luft. Niemand hatte zuvor ein Telefon erwähnt.

„Das ist doch fahrlässig", knurrt sie böse und wirft Soma Thero wütende Blicke zu. Als dieser die Küche verlässt, um zu telefonieren, spricht sie aufgeregt mit dem irischen Mönch. Der wendet unterdessen den Blick nicht von mir ab. Er hört Veronika schweigend zu, nickt langsam mit dem Kopf.

Ich frage ihn mit schwacher Stimme, wieso er ausgerechnet heute zu so später Stunde und dazu bei diesem schrecklichen Wetter zu Fuß hergekommen sei.

„Nicht reden, Johanna." Er legt seine warme Hand auf meinen Unterarm und schaut mir in die Augen. Ich fühle mich augenblicklich beschützt und aufgehoben. „Ich habe gespürt, dass hier etwas nicht in Ordnung ist und meine Hilfe gebraucht wird", spricht er mit sanfter Stimme. Ein Lächeln umspielt seinen Mund.

23.55 Uhr. Schweigend sitzen wir vor dem Kamin, als wir den Wagen hören, der die Auffahrt hochfährt.

Zusammen mit Veronika und einem Zettel, auf den der Fremde etwas auf Sinhala geschrieben hat, machen wir uns auf den Weg zum Krankenhaus. Die Fahrt ist anstrengend und Furcht einflößend. Zum Glück ist der Regen schwächer geworden und wir kommen gut voran. Mein verkrampfter Körper wird heftig durchgeschüttelt, wenn der Taxifahrer durch eines der vielen Schlaglöcher fährt oder vergeblich versucht, ihnen auszuweichen. Die beiden unruhigen Scheinwerferkegel zucken über die Straße, erfassen am Rand Sträucher, Felsen und hin und wieder das geblendete Augenpaar eines aufgeschreckten Tieres. Ich hoffe nur durchzuhalten. Vero hält meine Hand und spricht mir immer wieder Mut zu.

1.15 Uhr. Als wir endlich das Krankenhaus erreichen, warten bereits ein Arzt und eine Krankenschwester mit einem Rollstuhl am Eingang. Sie helfen mir dabei, mich in den Stuhl zu setzen. Die Schwester schiebt mich durch die, nur von bläulichem Nachtlicht schwach beleuchteten Gänge des Hospitals zu einem Behandlungsraum. Veronika lässt meine Hand nicht aus der ihren. Nachdem der Arzt den mitgebrachten Zettel gelesen hat, gibt er der Schwester einige Anweisungen.

Sie verlässt eilig den Raum und kommt kurz darauf mit allem Nötigen zurück. Eine Infusionsnadel wird in meinen linken Arm gesetzt und über einen Tropf erhalte ich das rettende Kortison.

Es dauert nur eine viertel Stunde, bis ich die ersten Anzeichen einer Besserung verspüre. Meine Bronchien entkrampfen sich langsam und die nach Luft lechzende Lunge wird versorgt. Große Erleichterung überkommt mich und ich spüre noch deutlicher als zuvor meine körperliche Erschöpfung und große Müdigkeit. Als der Arzt sicher ist, dass ich wieder normal atmen kann, bringt die Krankenschwester Veronika und mich in einen kleinen Raum, in dem zwei Feldbetten stehen.

„Sie können sich hier ausruhen und etwas schlafen," sagt sie mit stark akzentuiertem Englisch. „In ein paar Stunden kommt der Arzt wieder vorbei und sieht nach dem Rechten. Sollte es in der Zwischenzeit Probleme geben, klingeln Sie getrost." Sie zeigt auf eine Klingelschnur, die neben einem der Feldbetten hängt.

Veronika und ich sehen uns schweigend an und grinsen.

„Wir haben es geschafft, Johanna" sagt sie und streichelt sanft über meine Wange. „Schlaf jetzt ein wenig, ich bleibe wach und passe auf."

Ich fühle Tränen aufsteigen. „Danke, Vero, du bist eine echte Freundin."

„Ach was" brummt sie, „sei nicht albern, das ist doch ganz normal. Schlaf jetzt. Du hast es bitternötig. Bald geht es wieder auf den Berg!"

Sonntag, 10 Uhr. Nach ein paar wohltuenden Stunden Schlaf wecken mich die Krankenhausgeräusche auf dem Flur vor unserem Zimmer. Helles Licht flutet durch ein geöffnetes Fenster herein. Das Knattern vorbeifahrender Tuk-Tuks ist zu hören. Veronika liegt auf dem Feldbett neben mir und sieht zu mir herüber, als sie merkt, dass ich wach bin.

„Guten Morgen, Johanna, hast du gut geschlafen? Die Krankenschwester war schon hier und hat Medikamente für dich gebracht. Du hast nichts davon gemerkt. Wie sieht es mit der Atmung aus?"

„Sehr gut. Ich habe geschlafen wie ein Stein. Ob es hier etwas zu essen gibt?"

„Du hast Hunger. Großartig! Das ist ein gutes Zeichen. Ich werde gleich mal nachsehen, ob ich etwas auftreiben kann."

Veronika steht auf, zieht sich Hose und T-Shirt an und verlässt das Zimmer, um kurz darauf mit einem Tablett zurückzukommen, auf dem zwei Tassen mit Tee und ein Tellerchen mit Keksen stehen.

„Mehr konnte ich leider nicht auftreiben, aber es ist besser als nichts."
Sie stellt das Tablett auf den kleinen Metalltisch, der am Fußende unserer Feldbetten steht.

11 Uhr. Als der freundlich blickende Arzt nach uns sieht und meine Lunge abhört, ist er sehr zufrieden. Er überreicht mir ein Rezept und verabschiedet sich mit warnenden Worten. Ich solle besser auf mich aufpassen und vor allem immer Kortison-Tabletten bei mir haben, für den Notfall. Ich verspreche es und verlasse mit Veronika die Station.

In der Krankenhausapotheke, die im Eingangsbereich des Hospitals liegt, löse ich das Rezept ein. Als wir aus dem Haupteingang heraustreten, atme ich tief durch. Nur noch an den Pfützen kann man sehen, dass es in der Nacht heftig geregnet hat. Jetzt ist der Himmel fast wolkenlos und die Luft angenehm warm. Auf der anderen Straßenseite sehen wir ein kleines Café, kaufen dort zwei Zuckerhörnchen, die wir mit Heißhunger verspeisen, und rufen ein Taxi.

13.30 Uhr. Die Begrüßung durch Anumeedika Nona ist freundlicher als wir es für möglich gehalten hätten. War da etwa ein Lächeln zu sehen? Und auch Soma Thero bemüht sich sehr um Haltung. Augenscheinlich ist ihm die ganze Sache unangenehm. Als ich nach meinem Schutzengel frage, sagt er, dieser habe bereits vor einigen Stunden das Haus verlassen. Nachdem wir mit dem Auto fortgefahren seien, habe der Mönch sich in einen Raum zurückgezogen, um den er für die restliche Nacht gebeten hatte, und nichts weiter gesagt. Nein, er wisse nicht viel über diese Einsiedelei. Die sei sehr weit entfernt von hier und man käme nur schlecht dorthin. Soma Thero hat es auf einmal eilig, den Raum zu verlassen.

15 Uhr. Die Nachmittagsmeditation fällt aus. Mir ist es recht.

18 Uhr. Die anderen Frauen vermeiden es offenbar, uns zu begegnen. Wir sehen sie nur noch zum Abendessen in der Küche, in der alle weitgehend schweigend ihre Mahlzeit zu sich nehmen, um anschließend schnell in die Schlafräume zu verschwinden.

Nur Udani hatte nachmittags in unserem Schlafraum gefragt, wie es mir ergangen war, und sich sichtlich darüber gefreut, mich frisch und munter zu sehen.

Montag, 10 Uhr. Wir haben die letzte Nacht im Geisterhaus gut überstanden und verspüren große Erleichterung, als unser weißer Minibus mit Ayya vorfährt. Der Abschied von Anumeedika Nona ist knapp und kühl wie das Wetter. Ich sitze in der hintersten Reihe des Vans und blicke mich noch einmal um, als wir losfahren. Da steht das dürre Männlein am Garagenschuppen und winkt mir zaghaft lächelnd zu.

11 Uhr. Auf dem Weg in Richtung Küste hängen wir alle unseren Gedanken nach. Wir verlassen schweigend die Knuckles Mountains, lassen Berge und Wasserfälle hinter uns und nähern uns mit jedem Kilometer den warmen, tropischen Meeresgefilden.

Ich sehe die blauen Augen des Fremden vor mir, höre seine feste, autoritäre Stimme, die keinen Widerspruch duldet. Er hat mir das Leben gerettet.

Ich denke an die Kinder in der Schule und freue mich auf ihre frischen, jungen Gesichter.

Ich denke an Pradeep und seinen Cousin Kumara und hoffe, zu Hause etwas mehr zu erfahren.

Ich denke an meine Hunde und höre im Geiste bereits ihr Freudengeheul, wenn ich durch das Gartentor trete.

Ich denke an das warme blaue Meer und freue mich auf das erste Bad darin morgen früh.

Tagebucheinträge

26.12.2004, zweiter Weihnachtstag

6h früh, mein Telefon klingelt. Manjus Stimme klingt fern und abgehackt. Das Schaumpferd ist gekommen, alles ist kaputt, ich habe deine Hunde gerettet, das Meer kommt. Dann wird die Verbindung unterbrochen. Ich kann nichts damit anfangen. Schaumpferd? Das Meer kommt? Etwas muss passiert sein, denn Manju scheint völlig durcheinander zu sein. Meine Hunde gerettet? Wovor gerettet? Ich lege mich wieder zu Bett, kann aber nicht mehr einschlafen. Große Unruhe. Ich stehe wieder auf. Vielleicht gibt es ja etwas in den Nachrichten zu höre.

7h, die Nachrichten bringen nichts Außergewöhnliches. Vielleicht ist Manju betrunken?

8h, ich höre im Radio die schreckliche Neuigkeit: Ein Tsunami hat die Küsten Indonesiens, Thailands, Indiens und Sri Lankas erreicht! Ein Seebeben im Indischen Ozean, Stärke auf der Richterskala 8.9! Das ist mehr, als ich jemals gehört habe. Ich versuche sofort Manju zu erreichen, aber sein Handy und mein Hausanschluss in Pitaramba bleiben tot. Jetzt packt mich die Angst und ich höre stündlich Radionachrichten.

Jede volle Stunde die gleiche Information: Ein Seebeben hat den Indischen Ozean erschüttert und ein verheerender Tsunami die angrenzenden Küsten zerstört.

12h, Nachrichten im Fernsehen, es gibt die ersten Bilder von der Katastrophe. Sofort rufe ich einen Freund in Colombo an. Ich erreiche ihn auf seinem Handy. Er ist sehr beunruhigt, weil seine Eltern bei der Schwester südlich von Colombo zu Besuch sind. Er bekommt keinen

Kontakt zu ihnen. Im Norden ist nicht viel passiert, sagt er, aber den Süden und besonders den Osten hat es wohl voll erwischt.

Es ist der zweite Weihnachtstag, ich bin zu Besuch in Deutschland, meine Söhne und meine Eltern sind da und sehen zusammen mit mir fassungslos die ersten schrecklichen Bilder der Zerstörung. Wir sitzen beim Nachbarn vor dem Fernseher und beobachten wie gelähmt die CNN Nachrichten. Er hat einen Satellitenanschluss. Wasser und Tote überall, zerstörte Häuser, Menschen in Angst und Panik. Es ist Hochsaison auf den Inseln im Indischen Ozean! Die Hotels sind voller Touristen. Am Abend wird die erste Zahl der Opfer herausgegeben: 30.000. Mir ist schlecht und ich fühle mich so entsetzlich hilflos.

27.12.2004

Nach einer unruhigen Nacht sitzen wir alle bereits am Morgen vor dem Fernseher, um stündlich die steigenden Totenzahlen zu vernehmen. Die Bilder werden immer schlimmer. Noch immer kein Kontakt mit meinen Leuten. Alle Telefonleitungen sind tot. Man sagt, Thailand und Sri Lanka habe es am schlimmsten erwischt. Ich kann kaum einen klaren Gedanken fassen. Was ist mit unserem Dorf? Was ist mit den Menschen dort? Was ist mit Manju?

Ich kann nicht fliegen, alle Flüge sind vorerst gestrichen. Also, was kann ich tun? Allmählich weicht die Lähmung und ich überlege fieberhaft den nächsten Schritt. Über den Verein Freunde, Bekannte mobilisieren und Spenden eintreiben solange ich noch hier bin!

Das Telefon steht nicht still. Alle, die mich kennen und wissen, dass ich in Sri Lanka lebe, rufen an und fragen, wie es mir geht.

28.12.2004

Die Hilfsangebote überschwemmen mich und ich bin verwirrt. Alle machen sich Gedanken. Alle wollen helfen.

Mittlerweile werden 100.000 Tote und eine unbekannte Anzahl von Vermissten geschätzt.

29.12.2004

Die Evakuierung der Touristen hat begonnen. Erste Augenzeugenberichte werden ausgestrahlt. Es ist nicht zu begreifen, was sich dort abgespielt hat. Wir werden mit immer mehr Nachrichten und Bildern rund um die Uhr überschwemmt. Ein Nachrichten-Tsunami hat eingesetzt, brutal, rücksichtslos, pietätlos.

CNN zeigt immer wieder die gleichen Bilder im Minutentakt: Tote, Zerstörung, fünf sterbende Mädchen, die sich aneinander an einem Pfosten der Bushaltestelle in Galle festklammern und eine nach der anderen von der Flut hinweggespült werden. Ein gefundenes Fressen für eine gnadenlose Presse. Mir ist schlecht und ich fühle mich elend. Wieso bin ich hier in Deutschland und nicht dort? Mein Flug am 03.01. ist gestrichen. Eventuell kann ich am 05. los.

Dietmar D., ein Freund, hat Ärzte mobilisiert, die Medikamente für mich sammeln. Aus allen Ecken kommen Spendenangebote. Er hat auch ein Interview mit der Zeitung organisiert.

30.12.2004

Das Interview war okay. Muss noch ein oder zwei Bilder an die WN mailen. Weiß kaum mehr, wo mir der Kopf steht. Das Telefon klingelt ununterbrochen. Menschen, die ich gar nicht kenne, wollen Geld spenden, Bekannte, Freunde, Bekannte von Freunden, Bekannte von

Bekannten. Alle Fragen nach, was sie tun können. Unglaublich! Das erste Geld ist bereits auf dem Vereinskonto.

Immer noch kein Kontakt mit Pitaramba. Ich bin sehr unruhig. Peter aus London rief an und fragte, ob ich etwas wüsste. Wenn ich nicht so viel zu tun hätte, würde ich verrückt vor Sorge.

31.12.2004

Was für ein Silvester! Heute früh endlich der erst Anruf aus Sri Lanka. Im Tempel ist so weit alles in Ordnung. Das Dorf ist verschont, aber die Hotels sind kaputt. Große Schäden am Fluss. Das Meer hat die Landzunge durchschlagen. Manju hat viele Leute in meinem Haus aufgenommen, die aus Angst vor weiteren Beben ihre Häuser in Strandnähe verlassen haben. Gut, dass mein Haus auf einem Hügel steht.

01.01.2005

Augenzeugenberichte und erste Videos von Urlaubern werden gezeigt. Unfassbar. So viele Tote! Die Zahlen steigen täglich. Es ist furchtbar. Ich sehe mir mittlerweile die Nachrichten und Sondersendungen nicht mehr an.

In der Wohnung stapeln sich Hilfsgüter. Es ist noch Medizin aus Köln avisiert. Gut, dass ich meine Kinder und Eltern um mich habe, die mir physisch und psychisch zur Seite stehen.

02.01.2005

Endlich ist mein Flug am 05.01. bestätigt. Ich kann all die Kartons und Pakete mit Hilfsgütern mitnehmen – kostenfrei!!!! Allmählich packt mich die Unruhe.

Der WDR möchte ein Fernsehinterview mit mir machen. Übermorgen früh ist der Termin. Machen wir bei Renate. In meiner Wohnung sieht es aus wie in einem überfüllten Paketlager. Und es wird immer mehr. In der Zeitung steht heute eine Anzeige, dass wir einen kostenlosen Transporter suchen, mit dem wir all die Sachen zum Flughafen Frankfurt bringen können.

03.01.2005

Das erste Transporter-Angebot kam bereits um 7h heute früh. Der Zoodirektor, Herr Adler, war selbst am Apparat. Ich habe sofort zugesagt. Große Freude! Morgen holen wir den Wagen ab. Danach gab es noch mindestens 10 weitere Angebote, ein Autohaus war dabei und viele Privatpersonen. Andere Menschen rufen einfach nur so an, um mir Glück zu wünschen und mir Gottes Segen mit auf die Reise zu geben. Das berührt mich sehr.

16h, ein Paket mit hochwertigem Penizillin wurde aus dem Kölner Uniklinikum geliefert.

04.01.2005

Gerade haben Josh und ich den Transporter vom Zoo abgeholt. Wir werden ihn mit zum Interviewtermin nehmen. Eine Kerstin vom WDR will uns beim Einladen filmen. The show must go on! Ich bin so froh, dass es bald losgeht.

05.01.2005

Das Interview verlief gut. Nette Crew. Ich stellte fest, dass ich Kerstin noch von der Uni kenne. Wir haben in einigen Germanistikseminaren zusammengesessen. Die Welt ist klein! Die Ausstrahlung morgen kann ich nicht sehen, aber vielleicht nimmt sie ja jemand auf.

11h, jetzt ist alles im Transporter verstaut. In einer Stunde geht es los. Bin aufgeregt und nervös. Es ist eine Menge Geld auf dem Konto und es gibt noch mehrere Zusagen für die kommenden Tage. Damit können wir einiges bewerkstelligen.

06.01.2005

22h, endlich bin ich in Pitaramba! Der Flug war gut, wenn es zuerst auch etwas schwierig war, all die Kartons und Kisten am Flughafen durch den Zoll zu bekommen – und durch die Gepäckabfertigung! Die groß angekündigte Hilfe gab es nicht und das Personal stellte sich an. Letztendlich lenkten sie aber doch ein und halfen so gut sie konnten. Nur gut, dass Josh mit war. Allein hätte ich das nie geschafft. Im Flugzeug waren wir nur eine Handvoll schweigender, in Gedanken vertiefter Leute. Jeder saß irgendwo in einer Ecke des riesigen Fliegers.

In Colombo lief alles wie am Schnürchen. Dank unseres Mönches, der vor der Abfertigung bereits persönlich auf mich wartete!

Zuhause ist alles okay. Die Tiere sind etwas durch den Wind, verständlich. Manju hat mir bereits die ganze, schreckliche Geschichte erzählt. Unser Dorf hat so viel Glück gehabt. Aber etwa 10 km weiter südlich bei Kosgoda soll es furchtbar aussehen. Werde mir das so schnell wie möglich ansehen.

Morgen kommen noch drei Freunde aus Lübeck mit weiteren Hilfsgütern an. Je mehr, desto besser. Tatkräftige junge Männer mit Kraft in den Armen können wir mit Sicherheit in den zerstörten Dörfern gut gebrauchen.

09.01.2005

Gestern sind wir zu viert losgezogen, um uns Kosgoda anzusehen. Schon auf dem Weg dorthin blieb uns vor Entsetzen alles im Halse stecken. Die Galle Road führt an der Küste entlang und wir sahen nichts anderes als sich an Land übereinanderstapelnde, zerstörte Boote,

Steinhaufen um vereinzelte Wände, die wie losgelöst mit durchschlagenen Tür- und Fensteröffnungen dastanden, als hätte ein Kind sein Dorf aus Bauklötzen mutwillig umgehauen. Wir waren mit Tuk-Tuks unterwegs und die Luft, die zu uns hereinwehte, war dick, schwül und voll süßlichem Leichengeruch. Ich musste mir ein Tuch vor Mund und Nase halten, um es auszuhalten.

Von den Dörfern am Meer ist so gut wie nichts mehr da. Vereinzelt sitzen Menschen auf den Trümmern ihrer Häuser, das Gesicht in den Händen vergraben, oder mit versteinertem Gesichtsausdruck ins Leere starrend. Wo sind die Kinder?

Amerikanische GIs fahren mit Jeeps und Lastwagen durch die Straßen. Mich erinnert das an Filme aus der Nachkriegszeit in Europa und aus Vietnam. Sie waren mit einem Flugzeugträger im Indischen Ozean unterwegs und als erste nach der Katastrophe zur Stelle. Viele kauen tatsächlich permanent Kaugummi.

22h, ich sitze zu Hause im Garten umringt von meinen Hunden und kann nicht aufhören zu weinen.

10.01.2005
7h, mit Dr. Mahinda aus Bentota fahre ich heute wieder nach Kosgoda, das heißt zuerst ins dortige Krankenhaus, um mehrere Pakete mit Medikamenten abzuliefern, und dann in ein Flüchtlingscamp ca. 4 km im Inland, wo sich einige hundert Menschen aufhalten sollen, die alles verloren haben.

Spät abends in Pitaramba. Ich bin völlig erledigt. Die Ärzte im Krankenhaus waren so dankbar für die Sachen, die wir ihnen gebracht haben, vor allem für das Penicillin, das sie dringend benötigen.

Auf dem Weg vorbei an 10 m hohen Palmen, auf denen Kleidungsstücke und Spielsachen hängen, das hat mich umgehauen. Sie stehen da wie Stängel inmitten der Trümmer und plattgewalzten Dörfer ohne Menschen. An Mauerresten hängen Fotos von vermissten Kindern. Es ist grauenvoll.

Schlimm ist es auch im Camp. Alte, Junge, Kinder stehen, gehen, sitzen schweigend oder weinend da. Mütter kommen mit verletzten Kindern auf dem Arm zu uns und bitten verzweifelt um Hilfe.

Dr. Mahinda richtet in dem Schulgebäude, dass das Zentrum des Camps bildet, eine Krankenstation ein und Helfer eine Kleiderausgabe. Sangarathana Thero aus unserem Tempel in Pitaramba war schon vor uns da und saß in einem provisorisch aufgebauten „Büro" vor der Schule. Zusammen mit einigen Helfern registrierte er die Menschen und will mithelfen, die Verteilung der Hilfsgüter zu koordinieren.

11.01.2005

Heute sind wir an der Stelle gewesen, an der ein Zug von der zweiten Welle erfasst und versenkt wurde. Einige Hundert Menschen in dem wie immer überfüllten Zug starben. Die Bahngleise ragen wir Spiralen hoch in die Luft. Für diese Wassergewalten schienen sie wie Knetgummi zu sein. Bis an die Zähne bewaffnete sri-lankische Militärs bewachen den gesamten Abschnitt. Plünderer sind auf dem Weg und holen sich alles, was nicht niet-und nagelfest ist. Leichenfledderer.

Im Camp habe ich begonnen, mit den Kindern zu malen. Unglaublich, was die Kids da aufs Papier bringen. Wände und Möbelstücke, die durchs Wasser treiben; Palmen, an denen Menschen hängen und schreien; Spielzeug, das auf einem Wellenkamm treibt; immer wieder Menschen im Wasser, deren Arme sich hilfesuchend in die Luft recken. Ich muss mich sehr zusammenreißen.

Die Kinder drängen sich an mich und wollen mir nah sein. Für die meisten hat sich das Leben total verändert und doch lachen sie auch schon wieder und schnattern wie kleine Entchen, hängen auf meinem Schoß oder an meinen Armen und strahlen in die Kamera, wenn wir fotografiert werden. Viele von ihnen sind jetzt Waisen oder Halbwaisen. Ich mag nicht darüber nachdenken, was das für sie in diesem Land bedeutet.

29.03.2005
Ich komme mit dem Schreiben nicht mehr nach. Zu viel geschieht jeden Tag. Die Jungs aus Lübeck sind enorm fleißig. Sie helfen einer Familie, die ihren kleinen Laden an der Galle Road verloren hat, und bauen den Leuten aus den Trümmern einen neuen. Sie stellen Getränkeflaschen und kleine Tütchen mit Knabberzeug zur Verfügung, die die Frau des Hauses dann verkauft. Von dem Gewinn kauft sie neue Waren und so weiter. Es funktioniert! Die strahlenden Gesichter der Familie zeigen es. Die Jungs helfen auch beim Wiederaufbau von nicht gänzlich zerstörten Häusern, decken Dächer neu und räumen auf.

Vom Tempel in Pitaramba aus werden mit dem Van Lebensmittelpakete in die umliegenden, betroffenen Dörfer gebracht und verteilt. Die Lübecker verteilen erstes Kochgeschirr an die Menschen, die in gespendeten Zelten untergekommen sind. Ein Neugeborenes ist dabei. Die Familie bekommt Lebensmittel für die erste Zeit.

Die Amerikaner sind genauso schnell wieder verschwunden wie sie aufgetaucht waren. Ende Januar haben sie mit ihrem Schiff bereits den Militärhafen von Galle verlassen.

Ein Hausprojekt wurde angestoßen – 10 Häuser für Tsunamiopfer. Auch unser Verein beteiligt sich mit Spenden, die aus ganz Deutschland bei uns eingegangen sind.

Am 12. Februar wurde im Jovel ein Benefizkonzert für uns veranstaltet. Renate und Josh vertreten mich dort. Überall hingen wohl Plakate. Es haben sich Firmen aus München unser Projekt auf die Fahne geschrieben und sammeln, was das Zeug hält. Mein Fernsehinterview und der Zeitungsartikel haben viel bewirkt. Es ist grad so, als ob sich jeder Münsteraner und Menschen über die Stadtgrenzen hinaus mit mir persönlich verbunden fühlen. Jeder will helfen.

Wir werden hier eine Fischerkooperative gründen. Die ersten Schritte sind bereits getan und ich habe mich nach zwei Booten für einige Fischerfamilien erkundigt. Die Lübecker organisieren Material für den Selbstbau von Plexiglasbooten. Sie haben tolle Ideen!

Allmählich weicht die Starre aus den Menschen und sie beginnen aufzubauen.

Es kommen nicht wenige Ausländer auf die Insel, um sich ein Waisenkind zu „kaufen"! Sie scheinen recht erfolgreich zu sein. Mir selbst wurde vorgestern ein etwa fünfjähriges Mädchen von ihrer Großmutter angeboten. Die Eltern der Kleinen sind in den Fluten umgekommen und die Großmutter ist arm, hat kein Geld, um das Kind großzuziehen. Es gibt so viele traurige Schicksale hier. Ich habe die Frau an die Kinderhilfsorganisation verwiesen, die in der Nähe ein Büro eröffnet hat. Ich kann nur hoffen, dass sie wirklich dorthin geht.

Es gibt bereits Proteste von Einheimischen, die wegen dieses Kinderhandels auf die Straße gehen und dagegen protestieren. Jeder Weiße wird zunehmend misstrauisch beäugt, was die Arbeit der echten Helfer ziemlich erschwert. An Mauern und Strompfosten hängen Plakate mit weißen Köpfen, die ihre bluttriefenden Münder mit spitzen Zähnen weit aufreißen. Darunter steht: Foreigners, go home! Let us build up our country alone!

05.04.2005

Wir wollen ein Grundstück in Induruwa kaufen, um dort einen Ausbildungsworkshop für junge Frauen aufzubauen. Erste Verhandlungen laufen bereits. Es ist ein verwildertes Stück Land nicht weit der Galle Road. Als ich vorgestern Abend, kurz vor einbrechender Dunkelheit, mit meiner Taschenlampe vom Strandhaus meiner Freunde Gitti und Heinz, bei denen ich übernachtete, hinüberging, um noch einmal einen Blick auf das Land zu werfen, sah ich auf dem Rückweg im Lichtkegel meiner Taschenlampe zwei Kobras, die sich im Liebesakt fast senkrecht, nur auf den Schwanzspitzen stehend, umfingen, ineinander versunken und so verletzlich. Ich war von diesem äußerst seltenen Anblick fasziniert und betrachte es als ein gutes Omen.

Sonne, Mond und Sterne

Der schrille Ton in seinem Kopf wurde stärker. Er nahm noch einen Schluck aus der halb leeren Arrak Flasche. Es half nicht, wenn er trank, aber er sehnte sich nach diesem dumpfen Gefühl der Schwerelosigkeit, wenn die erste Flasche geleert war. Er hatte gestern Abend das ange-fangene Tagebuch Veros unter ihren Sachen gefunden, die er zusam-menpacken und ins Haus seines Bruders nach Aluthgama bringen wollte. Es war an der Zeit, all ihre Sachen wegzuräumen. Ein Jahr nach ihrem Tod lagen sie immer noch unter seinem Bett in Plastiktüten und Taschen, die sie hier gelassen hatte, bevor sie zurück nach England ge-fahren war. Er hätte es nicht lesen sollen, noch nicht. Der Schmerz, der ihn durchflutete und alle Erinnerungen, die über ihn einstürzten, hat-ten ihn geradezu bewegungsunfähig gemacht. Er hatte sich schwer at-mend auf sein Bett setzen müssen.

Etwas schien seinen Brustkorb einzuklemmen, zusammenzudrücken wie eine Zentnerlast. Sie war tot, das war Fakt, und sie würde nie mehr mit ihm auf den Felsen sitzen und über das Leben streiten.

Tilina, seine älteste Tochter, war hereingekommen und hatte den Va-ter mit besorgtem Gesicht angesehen. „Alles in Ordnung, Tata, möch-test du einen Tee?", hatte sie ihn gefragt. Aber er hatte nur den Kopf geschüttelt und ihr mit einer schwachen Handbewegung zu verstehen gegeben, dass er allein sein wollte. Niemand konnte ihm helfen, nie-mand, seit seine Hoffnung auf ein anderes Leben gestorben war.

Die Flasche war leer und er warf sie verächtlich hinter sich in den Sand. Langsam und schwankend stand er auf und ging in Richtung der Hütte, die Upul und er sich aus Strandgut aufgebaut hatten, die ihr eigentliches Zuhause war, in der sie schliefen und tagsüber vor der Sonne Zuflucht suchten. Die Nacht war sternenklar und die schwache Brandung des Meeres brach sich in sanften Wellen am Strand. Die Lichter der Hotels warfen leichte Schatten auf den Sand und er hörte leises Lachen aus einem der Gärten.

Als er bei der Hütte ankam, winselte Upuls Hund Agnes ihm freudig entgegen. Die kleine Hündin schlief jede Nacht zwischen ihnen und war in kühleren Nächten ihre Wärmequelle. „Bist du's, Manju", murmelte Upul schlaftrunken. Er versuchte etwas zu sagen, aber aus seinem Mund kamen nur unzusammenhängende Laute. Bevor er sich neben Upul auf seine Matte legte, ging er hinüber zum Boot, mit dem sie morgen früh wieder zum Fischfang hinausfahren würden, und erleichterte sich. Als er sich niedergelegt hatte, spürte er Schwindel und eine leichte Übelkeit. Er drehte sich zur Seite und fiel in einen tiefen traumlosen Schlaf.

Manjus Blick streifte zum Horizont, wo er die weißen Schaumkronen der Brandung am Riff sehen konnte. Nein, heute würde das Boot am Strand bleiben müssen. Die See war zu unruhig, um ungefährdet die beiden Netze einzuholen, die seit zwei Tagen draußen lagen. Sie waren sehr teuer gewesen und sind jetzt sicher stark beschädigt. Der Fang von zwei Tagen zum Teufel, dachte er und biss sich unruhig auf die Unterlippe. Wenn das noch so weitergeht mit dem schweren Wetter da draußen, könnte er die Netze vergessen. So viele Löcher ließen sich nicht mehr stopfen. Er drehte sich um und ging frustriert an den Felsen vorbei hinunter zum Strand, wo Upul und Kasun am Boot standen und diskutierten. Beide hatten besorgte Gesichter. Für sie alle war der Verdienstausfall ein großes Problem. Die Frauen würden lange Gesichter machen und maulen, wenn sie wieder mit leeren Händen nach Hause kämen. Kein Geld, kein Reis, so einfach war das.

Upul sah Manju entgegen. „Es hat keinen Zweck, nicht wahr", sagte er mehr wissend als fragend und hielt Manju seine Zigarette entgegen. Manju tat einen tiefen Zug und reichte die Zigarette an Kasun weiter.

Die Luft roch nach Fisch. Das Meer war voll von Fischen in allen Größenordnungen. Sie kamen zu Tausenden ganz nah an die Küste, als würde sie sich lustig machen über die gebundenen Hände der Fischer, die tatenlos auf besseres Wetter warten mussten. Sie tummelten sich im schäumenden Wasser und manche sprangen gar vor Freude in einem hohen Bogen über die Wellenkämme. „Sieh sie dir an, wie sie sich vergnügen," brummte Kasun und trat gegen den blauen Rumpf des Katamarans. Das schmale Boot mit den zwei Auslegern lag etwas schräg auf dem Sand.

Sportfischen, Schnorcheln, Küstenfahrten stand in Deutsch und Englisch mit weißer Farbe auf den Außenwänden. Aber auch dieses Geschäft ließ auf sich warten. Die Saison hatte gerade erst begonnen und die Hauptarbeit der Männer bestand noch aus dem täglichen Fischfang. Es war schwer, das ungelenke Holzboot ins Wasser zu ziehen, um es dann mit der vereinten Kraft ihrer Arme über die Brandungswellen hinaus aufs offene Meer zu rudern. Da half auch der kleine Motor nicht, der nur in ruhigem Wasser zu gebrauchen war. Manchmal waren die Wellen zu hoch und warfen sie immer wieder auf den Strand zurück. Dann fluchten die Männer und schimpften und drohten damit, alles an den Nagel zu hängen und nie mehr diesen verdammten Knochenjob zu machen, der ja doch nur dem Bootsbesitzer Geld einbrachte. Ihnen blieb das Kleingeld und ein paar Fische für den Verkauf oder für den Eigenbedarf. Nicht mehr.

Kasun schnippte die aufgerauchte Kippe in den Sand. „Lasst uns frühstücken gehen", sagte er schlecht gelaunt. Die Männer verließen den Strand und gingen über die Bahnlinie zu Nilanthas Frau Rohani. Aus ihrer Küchenhütte drang der Duft von frischem Fischcurry und Roti, die am besten schmeckten, wenn sie heiß direkt vom Feuer kamen, sodass man sie kaum anfassen konnte.

Die Männer hockten sich vor der Tür auf den Boden und riefen Rohani einige scherzhafte Worte zu, die sie verlegen machten.

„Hey, Nangi, kleine Schwester, wie war die Nacht? Hast du gut gelegen?"

„Ach, ihr Dummköpfe", schalt Rohani grinsend, „was quatscht ihr immer für ein Zeug. Stopft euch lieber den Bauch voll, damit ich etwas verdienen kann an euch."

Die frischen Roti in kleine Stücke reißend und in das Curry tauchend, lachten und feixend die Männer mit vollem Mund und triefenden Fingern.

Was war das Letzte, das er von Vero gehört hatte? Manju versuchte angestrengt die Einzelheiten zu rekonstruieren. Den ganzen Tag hatte er mit den anderen bei Nilantha verbracht. Sie hatten geredet und getrunken, bis er diesen unangenehmen Pfeifton im Kopf nicht mehr aushalten konnte und aufgestanden war, um noch einmal kurz nach Hause zu gehen.

Diese Mail, die er unbedingt finden musste, ließ ihm keine Ruhe. Es war eine Mail gewesen, die Vero ihm an seine Adresse im Internetshop geschickt hatte. Irgendwo musste der Ausdruck doch sein. Fieberhaft suchte er in den Sachen, die er ungeordnet auf dem Bett und dem

Fußboden ausgebreitet hatte. Vero war Englischlehrerin in der Tempel-schule des Dorfes gewesen. Er hatte sie oft am Strand beobachtet, wie sie joggte oder spazieren ging in den Pausen oder nach Schulschluss. Ihm gefiel Veros jungenhafte, offene und unvoreingenommene Art, mit der sie mit jedermann schnell in Kontakt trat.

Der Ausdruck lag zwischen einem kleinen Bündel Briefe, die er von ihr bekommen hatte, fünf insgesamt, jeden Monat einen, seit sie Anfang Mai letzten Jahrs die Insel verlassen hatte, bis zu ihrem Tod Ende Ok-tober. Mit leicht zitternden Fingern zog er ihn hervor. Er wischte sich mit dem Handrücken über die Augen, die wie von einem Schleier ver-hangen schienen.

Mail an Manju
Wie geht es dir? Hast du meinen letzten Brief bekommen? Was machst du?
Wo lebst du? Fängst du genügend Fische? Wie geht es der Familie und den
Kindern? Komm, lass uns per Mail in Kontakt bleiben. Ich habe eine neue Ad-
resse. Das ist schneller als ein Brief und billiger als ein Telefongespräch. Also
NUTZE ES!!!!! Ja, die Sonne, der Mond und die Sterne sind eine mehr als
gültige Form der Kommunikation, aber ich möchte von dir wissen, was du
wirklich tust und denkst und fühlst. Erzähl mir alles. Bitte lass mich bald von
dir hören. ICH LIEBE DICH, Vero

Er konnte durch den Tränenschleier nichts mehr sehen. Eine Welle des Selbstmitleids schwappte über ihn hinweg. Und Wut war es, die er fühlte. Wut auf sie, die ihn verlassen hatte, noch bevor er ....

Kraftlos legte er den Ausdruck zur Seite. Es war in einer dieser beson-deren Vollmondnächte gewesen. Sie hatten lange eng beieinander ge-sessen und schweigend den Himmel betrachtet, der sich über ihnen wie ein schützendes Tuch ausbreitete und sie vor den neugierigen Augen anderer zu verbergen schien.

„Was wirst du tun, wenn ich fort bin?" Vero hatte ihn gefragt, ohne ihn anzusehen. „Ich meine, mit wem wirst du reden, wer wird dir zuhören?"

„Wir sehen nur einen Mond und eine Sonne." Hatte er ihr geantwortet. „Und wir sehen den Sternenhimmel über uns. Ganz gleich wo du bist, du wirst immer den gleichen Himmel sehen und wissen, dass ich ihn auch sehe."

Was war geschehen an dem Abend im Oktober, als sie allein in ihrer Londoner Wohnung war und starb? Die Ungeheuerlichkeit dieses Wortes ließ ihn schier verzweifeln. Verbrannt! Was war geschehen? Niemand schien Genaueres zu wissen. Er konnte es nicht glauben, als man es ihm sagte, hatte gelacht und an einen schlechten Scherz geglaubt. War wie in Trance durch die nächsten Tage gegangen, bis im Tempel eine Zeremonie für Vero abgehalten wurde. Da hatte er begriffen, dass sie wirklich fort war, für immer. Er hatte geglaubt, sein Herz müsse zerspringen. Und er konnte nichts tun als trinken. Nur so war dieser wütenden Schmerz in ihm, war das Tosen im Kopf einigermaßen zu ertragen. Er hatte keine Möglichkeit gehabt, sich von ihr zu verabschieden, sie noch einmal zu sehen. Ein epileptischer Anfall hieß es, am Herd, am Abend, als sie etwas für sich kochte. Als die Feuerwehrleute sie fanden, war sie bereits tödlich verletzt und ohne Bewusstsein. Sie starb einige Stunden später im Krankenhaus, ohne das Bewusstsein wiedererlangt zu haben.

Vero hatte fast jeden Morgen auf den Felsen unten am Strand gesessen. Er stand oft schon dort an der Spitze der ins Meer hinausragenden Felsengruppe, angelte oder suchte Muscheln. Der frühe Morgen war die beste Zeit, noch bevor sie mit dem Boot hinausfuhren. Er schlief nicht viel. Zwischen drei und vier Uhr wachte er gewöhnlich auf und genoss den geradezu mystischen Übergang von der Nacht zum Tag, beobachtete den Himmel und das Meer, konnte Schildkröten sehen, wie sie noch in der Dunkelheit an den Strand krochen, um ihre Eier abzulegen, wusste die Sprache des Meeres zu deuten und konnte die Zeichen der Sterne lesen.

Irgendwann hatte sie ihn angesprochen. Sie wollte wissen, was er denn so angele. Er hatte ihr von den verschiedenen Fisch- und Muschelarten erzählt, die es vor allem am frühen Morgen zu sehen gab. Da hatte er ihr einen Kugelfisch gezeigt, der mit einer Welle auf den Felsen gespült worden war. Der Fisch hatte da gelegen, mit blinden Augen, die Lippen seines Mundes zu einem erstaunten O geformt, ein O, so rund und voll wie sein ganzer erstarrter Körper. „Schade", hatte Vero leise gesagt und den Fisch mit traurigen Augen angesehen. Eine Träne war ihre Wange entlang gelaufen. Sein Herz hatte sich zusammengezogen und etwas Warmes war aus seinem Bauch heraufgestiegen bis in seine Kehle, sodass er einige Male schlucken musste.

Von da an trafen sie sich fast jeden Morgen an den Felsen und redeten miteinander. Er war fasziniert von ihrer Offenheit und dem Vertrauen, das sie ihm entgegenbrachte. Das war nicht selbstverständlich. Er galt als Beachboy so wie die meisten anderen Männer hier am Strand auch. Und Beachboys wollten Geld und Sex. Das war kein Vorurteil. Es war eine Sache von Angebot und Nachfrage. Es war die beste Einkommensquelle für die Jungen, vor allem wenn sie gut aussahen, oder wenigsten leidlich gut. Den meisten weißen Frauen genügte die dunkle Hautfarbe, ein strahlendes Lächeln unter begehrlich dunklen Augen und Freundlichkeit. Etwas, was sie offensichtlich in ihren Ländern daheim vermissten. Arbeit und Vergnügen in einem. Das konnten die wenigsten Jobs bieten, wenn es denn Jobs gab. Hatte eine der Frauen angebissen, war es ein Leichtes, ihnen mit ein paar Liebesschwüren und der geschickten Einstellung auf ihre Bedürfnisse das Geld aus der Tasche zu ziehen. Dazu gab es jede Menge Sex, den sie in der Regel von einer einheimischen Frau erst nach der Eheschließung bekommen konnten. Altersgrenzen gab es für die Jungs nicht und auch die äußere Erscheinung war ziemlich gleichgültig. Wichtig war nur die Großzügigkeit der Frauen, die fast alle so einfach und schnell zu kriegen waren.

Manju fuhr jedoch auch mit ihnen hinaus aufs Meer, konnte ihnen von den Fischen und dem Leben im Meer erzählen, kannte die besten Fischgründe und Schnorchelstellen, wusste, wo man tanzende Delfine beobachten konnte und fliegende Fische. Das Fleisch der weißen Frauen war allemal schwach, so einsam und allein sie herkamen, oftmals harte Zeiten hinter sich lassend. Es war für ihn nie schwierig gewesen. Selten hatte er Skrupel verspürt. Man saß abends am Strand beim Feuer zusammen, rauchte Ganja und trank ein Gläschen Arrak, hörte den Trommlern und Sängern zu und sehnte sich, von all dem berauscht, unter einem unglaublichen Sternenhimmel nach Nähe und Zärtlichkeit. Was war falsch daran? Und wenn diese Frauen ihm zum Abschied etwas Geld gaben, dann war das Ausdruck ihrer Freude und Dankbarkeit für einen wunderbaren Urlaub. Alle kamen auf ihre Kosten.

Mit Vero war es etwas anderes. Sie war als Lehrerin nach Sri Lanka gekommen, hatte selbst kaum finanzielle Mittel und wurde von Freunden in England unterstützt, die eine Patenschaft mit der Schule hatten. Sie war fasziniert von buddhistischer Meditation und versuchte, so viel wie möglich darüber zu erfahren und zu lernen. Ihre Ansichten waren manchmal etwas verrückt, aber sie gaben ihm eine erstaunlich neue Sicht auf die Dinge des Lebens, auf die Welt.

Nichts ließ sie offen, hatte tausend Fragen und war nicht leicht zufriedenzustellen, wich keinem Streitgespräch aus, konnte unerbittlich sein und ihre Ausbrüche von Fröhlichkeit hatten etwas Überbordendes. Sie glaubte fast immer recht zu haben, war kaum von einer einmal gefassten Meinung wegzubringen. Das hatte ihn oft an den Rand eines Wutausbruchs getrieben. Sie hatten sich dann stundenlang gestritten und versucht, sich gegenseitig zu überzeugen. Meistens hatte er irgendwann nachgegeben, weil er die Unsinnigkeit einer solchen Streiterei erkannte, die in der Regel ja doch zu nichts führte, und er einfach müde war von zu vielen Worten. Außerdem musste er mitfühlend sein und aufmerksam. Er wusste, dass dies den Frauen am meisten fehlte. Zärtlichkeit war die stärkste Waffe im Wettbewerb.

Vero hatte ihm etwas zurückgebracht von jener Zeit in England. Acht Jahre! Seine Mundwinkel zogen sich leicht nach unten, als er die Lippen aufeinanderpresste und die Augen zu schmalen Schlitzen zusammenzog.

Mit offenem Mund und staunenden Augen war er damals in ein neues Leben voller unbekanntem Luxus geschlittert, dass ihn veränderte und am Ende zynisch werden ließ. Vero war der erste Mensch gewesen, dem er diese Geschichte erzählen konnte, der ihm zuhörte, ihn dabei voller Liebe ansah, ihm niemals das Gefühl gab ein schlechter Mensch zu sein.

1991 lernte er Tom und Jennie kennen. Sie wohnten im Taprobane Hotel, in einer Suite, die sie für zwei Monate gemietet hatten. Manju war das Paar am Strand aufgefallen. Sie schienen direkt aus der Palette eines Malers herausgehüpft zu sein. Tom hatte eine rötliche Haut und seine grau-blonden Haare waren auf dem Oberkopf schon sehr dünn, sodass man seine rosige Kopfhaut sehen konnte. Im Nacken hingen die Haare in dünn wehenden Fähnchen bis auf die Schultern herab. Wenn er den Kopf drehte oder ihn lachend nach hinten warf, so als wolle er nach Luft schnappen, hüpften diese Fähnchen lustig im Wind hin und her. Sein Gesicht war rund und von einem gräulichen Bart umgeben, der, von einem Ohr zum anderen gehend, leicht fransig vom Kinn abstand.

Manju fiel auf, dass Toms Oberlippe bartlos war, was dem Gesichtsausdruck etwas Mondähnliches gab. Die große Nase mittendrin erinnerten ihn an die Hügel, die er in klaren Nächten auf der Oberfläche des Mondes ausmachen konnte, nur dass diese nicht so rot waren. Tom hatte ein grün-buntes Hawaiihemd zu gelben Shorts getragen und Jennie ein pinkfarbenes Top, das viel von ihrer goldbraunen Haut und der schönen Brust freigab. Die farblich passenden Leggings präsentierten lange schlanke Beine. Manju hatte noch nie in seinem Leben eine Frau mit so großen Füßen gesehen. Sicher würde es ihr schwerfallen, hier passende Schuhe zu finden. Überhaupt schien alles groß an ihr zu sein. Der große volle Mund leuchtete in knalligem Orange und schien die Sonne übertrumpfen zu wollen. Finger- und Fußnägel hatten die gleiche Farbe. Die goldfarbenen Sandalen, mit kleinen bunten Steinchen besetzt, glitzerten wie Juwelen im Sand. Ihre übergroße Sonnenbrille hatte verspiegelte Gläser und ihre blonden Haare waren wie ein Gebilde aus Zuckerwatte zu einem Dutt auf dem Oberkopf mit bunten Kämmen drapiert.

Die Frau erinnerte ihn an die Wolkenmädchen von Sigiriya, die ein Maler vor vielen Hundert Jahren auf die Felsen hoch über dem Dschungel gemalt hatte. Die Brüste der Wolkenmädchen waren nur von einem schleierartigen Oberteil bedeckt und der Anblick ihrer schlanken, nackten Taillen und runden Hüften ließ ein sehnsüchtiges Gefühl im Betrachter aufsteigen.

Als er nun dieses englische Paar Arm in Arm an sich vorbeischlendern sah, hatte sich ein ehrfürchtiges Staunen in ihm eingestellt. Er war noch nicht lange am Strand und die Ausländer, die er bisher gesehen hatte, waren in der Regel nicht besonders schön. Ihre blasse Haut schien die Sonne nicht besonders gut zu vertragen und färbte sich nach kurzer Zeit feuerrot. Diese beiden Exemplare aber waren wie Papageien und sie drückten beständig die Lippen aufeinander. Ein schamloses Verhalten. Aber so waren diese Menschen aus jenem anderen Teil der Welt. Sie zeigten bedenkenlos ihre halb nackten Körper, hielten sich an den Händen, umarmten sich gar vor jedermann und küssten sich ungeniert. Sie hatten nur kurz zu Manju herübergeblickt und waren eng umschlungen lachend weitergegangen. Er sah ihnen lange nach und träumte vor sich hin.

Dann waren sie wiedergekommen, an einem der folgenden Tage, und hatten Manju nach der Möglichkeit einer Bootstour gefragt. Er war aufgeregt gewesen, als er sich mit Tom und Jennie am nächsten Tag traf. Sie fuhren mit dem Boot, das einem seiner Freunde gehörte, in die

Mangroven und ein wenig den Bentota River flussaufwärts, bis zu einer kleinen Felsengruppe, die sich für ein Picknick eignete.

Sie hatten Flussfisch geangelt und ein kleines Barbecue veranstaltet, was diese reichen Engländer auf Höchste zu entzücken schien. Aus dem angrenzenden Dörfchen hatte er frischen Toddy organisiert und sie hatten dieses leicht gegorene Kokosnussgetränk sichtlich genossen.

Danach hatten sie zu dritt fast jeden Tag miteinander verbracht. Manju wartete vormittags am Strand auf sie, in der Nähe des Hotels. Sie waren großzügig und gaben ihm für jede Kleinigkeit, die er für sie tat oder organisierte, ein prächtiges Trinkgeld. Und kurz bevor sie wieder zurück nach Birmingham abflogen, luden sie ihn ein, nach England zu kommen. Er konnte sein Glück kaum fassen. Er war 19 Jahre alt und bekam ein neues Leben präsentiert, auf einem goldenen Tablett.

Vero hatte ihm schon nach kurzer Zeit gesagt, dass sie eigentlich Frauen bevorzuge und in London bis kurz vor ihrer Abreise nach Sri Lanka mit Sylvie zusammengelebt habe. Als junges Mädchen habe sie eine flüchtige Affäre mit einem Mann gehabt, aber das sei nicht der Rede wert gewesen. Auch, dass sie krank war, hatte sie ihm gesagt. Vorwarnend sozusagen, denn einer ihrer Anfälle konnte jederzeit passieren und er müsse doch dann Bescheid wissen.

Wenn er an Veros überschlanke, jungenhafte Gestalt dachte, dann fühlte er eine schmerzhafte Zärtlichkeit. Sie hatte viel jünger ausgesehen als sie war, wie 30 und nicht wie eine 40-Jährige. Sie hatte sich ihr langes, schwarzes Haar kurz schneiden lassen. Er sah es deutlich vor sich, sah die feinen grauen Fäden, die es durchzog, sah ihr lachendes, schmales Gesicht mit den Sommersprossen und der Brille auf der Nase, ihre hellbraunen Augen unter dichten schwarzen Augenbrauen – ein Erbe des italienischen Vaters - hörte ihre sanfte Stimme, als sie ihn fragte, ob sie ihn in den Arm nehmen dürfe.

Es war an einem der vielen Abende gewesen, die sie zusammen oben auf den Felsen verbrachten. Die Dunkelheit war tiefschwarz und samtig warm. Das leise Rauschen der Brandungswellen, die sich an den Felsen unter ihnen brachen, war beruhigend und tröstlich. Über ihnen ein Sternenhimmel, der sie winzig sein ließ. Winzig und unbedeutend. Ihre Schultern berührten sich leicht, wie sie so dasaßen und sprachlos das Universum anstaunten.

Manju deutete auf einen Stern, der sich zu bewegen schien, und erklärte, dass es sich dabei um einen Satelliten handele, der die Welt umkreise und von Zeit zu Zeit an dieser Küste zu sehen sei. Er spürte, wie Vero leicht fröstelte und rückte ein wenig näher an sie heran. Sein Herz schlug schneller als sonst. Er hatte einen Kloß im Hals und wagte es nicht, sie anzusehen. „Darf ich dich in den Arm nehmen?" Hatte sie leise gefragt, plötzlich und unerwartet. Und so hatten sie fast die ganze Nacht gesessen, hoch oben auf den Felsen, schweigend, staunend und erwartungsvoll.

Als Manju im April 1992 mit einem nagelneuen Reisepass und einem Visum für England die Passkontrolle am Katunayaka Flughafen passierte, fühlte er sich so leicht und beschwingt wie nie zuvor in seinem Leben. England! Dieses Wort verriet Hoffnung. Hoffnung auf ein neues, anderes Leben, auf ein Leben in Freiheit. Er wollte arbeiten, so viel er konnte, die Sprache beherrschen, zuerst, dann etwas lernen, um eines Tages seinen Gönnern zurückzugeben, was sie ihm großmütig zur Verfügung stellten. Er wollte nichts geschenkt haben. Er hatte viel zurückgelassen, allerdings ohne große Gewissensbisse, obwohl seine Familie und die Leute im Dorf nicht mit seiner Abreise einverstanden gewesen waren. Chandrika hatte drei Monate zuvor seine Tochter geboren und war am unglücklichsten von allen. Sie hatte geweint und gefleht, geschimpft und gedroht. Aber er konnte nur an England denken. Diese Chance durfte er nicht einfach so vorbeistreichen lassen.

Eine Woge der Zärtlichkeit über ihn gerollt, als er Tilina nach der Geburt das erste Mal in den Armen gehalten hatte. Beim Anblick ihres kleinen feinen Näschens über einem entzückenden Mund, der dunklen Augen und der vielen schwarzen Härchen auf dem runden Kopf, glaubte er an ein Wunder. Und dieses Wunder hatte er und Chandrika gemeinsam vollbracht.

Chandrika war die Nachbarstochter und Manju kannte sie schon lange. Sie war drei Jahre älter als er, klein und rund, mit einem bezaubernden Lächeln. Er konnte sich nicht mehr genau daran erinnern, wann sein Blick auf sie sich verändert hatte, wann er anfing, ihre üppigen Brüste und Hüften zu sehen und mit seinem Blick länger als erlaubt darauf verweilte.

Es war kurz nach seinem 19. Geburtstag. Chandrikas Eltern mussten zu einer Beerdigung nach Kurunegala und sie war allein zu Hause. Seine Mutter hatte ihn zu ihr rüber geschickt, um sie um etwas Kokosöl zu bitten.

Manju war durch den Garten gegangen und hatte sie am Brunnen stehen sehen, als sie sich gerade einen Eimer mit Wasser über den Kopf schüttete. Das Wasser durchnässte augenblicklich ihren hellen Sarong und gab die prallen Formen ihres Körpers auf erregende Weise preis. Zuerst wollte er sich verlegen abwenden und wieder gehen, als sie ihn rief. Er solle doch nicht weglaufen, sie sei sofort fertig. Sie könnten einen Tee zusammen trinken und ein wenig plaudern. Sie sei das Alleinsein satt. Drei Tage seien die Eltern nun schon fort. Sie schien sich nicht vor dem Jungen zu genieren und bewegte sich frei, fast schon aufreizend vor ihm, als sie in das Haus ging.

Er folgte ihr mit zittrigen Knien. Er sah an sich herunter. Zum Glück war sein Sarong genau über der Stelle geknotet, die ihn hätte verraten können. Am liebsten wäre er davongelaufen und fühlte sich doch gleichzeitig unfähig umzukehren. Durch den Vorhang der Schlafzimmertür konnte er im Gegenlicht die Konturen ihres Körpers sehen, hörte fallenden Stoff.

Später konnte er nicht mehr sagen, was er dachte oder fühlte, als er den Vorhang beiseiteschob und auf sie zuging. Als sei da eine Kraft am Werke, die stärker war als er. Sie hatte nur dagestanden, nackt und wunderschön, das Haar fiel in schwarzen Wellen über die Schultern bis hinunter zum Po, ein Duft von Kokosnussöl und Schweiß schwebte leicht im Raum. Sie hatte ihn angesehen und die Arme ausgebreitet.

Tilina war das Kind dieser Begegnung. Ein leidenschaftlicher Moment, voller Begehren aber ohne Liebe, hatte ein Kind gezeugt, für das er nun verantwortlich war. Die etwas überhastete Hochzeit fand zwei Monate später ohne großen Aufwand bei Verwandten auf dem Lande statt. Man hatte eine Schande zu verbergen. Und Manju war dort bei dem Onkel und der Tante in seinen ersten Jahren aufgewachsen. Sie standen ihm ebenso nahe wie die Eltern. Somit gab es eine vernünftige Erklärung für alle, die neugierig fragten. Er blieb mit Chandrika und dem Baby noch ein paar Wochen dort. Bei ihrer Rückkehr gab es dann kaum noch Gerede im Dorf. Alles war normal und ging im normalen Alltag unter.

Kurz nach seiner Rückkehr mit Frau und Kind kam der Brief mit der Einladung und dem Ticket nach England. Es schien das zweite Wunder im Laufe eines Jahres zu sein. Er wollte etwas daraus machen. Wenn er arbeitete und Geld verdiente, konnte er regelmäßig so viel schicken, dass die Familie gut leben konnte.

Da stand er nun mit seinem Pappkoffer, in den er seine wenigen Habseligkeiten gepackt hatte, bereit für das große Abenteuer. Er hatte die Fülle seiner langen schwarzen Haare zu einem ordentlichen Zopf gebunden und an seinen Füßen trug er zum ersten Mal im Leben geschlossene Schuhe. Die hatte ihm der Vater geschenkt. Sicher könne man in England nicht barfuß laufen. Man höre immer wieder über das kalte Wetter dort und der Sohn solle sich schließlich nicht gleich am ersten Tag erkälten und krank werden. Tee hatte er dabei und Zimtstangen als Geschenk für Tom und Jennie.

Sein Flug war aufgerufen worden und er setzte sich noch etwas zaghaft in Bewegung. Das prickelige Gefühl von Angst im Bauch vertrieb er mit einer Melodie, die er leise vor sich hin summte.

Vero war ihm so vertraut wie noch nie jemand zuvor gewesen. So, als bestünde eine alte karmische Verbindung zwischen ihnen, die sie ein weiteres Mal zueinander geführt hatte. Viele Nächte hatten sie zusammen auf den Felsen verbracht, redend, träumend, schweigend. Sie hatten sich an den Händen gehalten, die Köpfe ganz nah beieinander. Aber nie war es weiter als zu sanften Zärtlichkeiten gekommen.

Sie hatte ihm ihr ganzes Leben auf einem Tuch ausgebreitet, eine reichhaltige Mahlzeit, die er langsam und mit Genuss zu sich nahm. Und er erzählte von seinem Leben, seiner Verbindung mit Chandrika und den drei Töchtern. Aber warum er ihr gesagt hatte, mit Chandrika lediglich zu leben ohne verheiratet zu sein, war ihm nach wie vor nicht ganz klar. Er hatte es dabei belassen und die Sache nie richtig gestellt.

Er sprach von den Jahren in England und der Zeit danach in den Arabischen Emiraten, in der er gutes Geld verdient hatte.

Natürlich hatte er den größten Teil davon in der Hoffnung nach Hause geschickt, dass Chandrika etwas für die Aussteuer der Mädchen zurücklegte. Eine gute Mitgift ermöglichte auch eine gute Heirat. Doch nach seiner Rückkehr musste er feststellen, dass nicht eine einzige Rupie übrig geblieben war. Chandrika und die Familie hatten das ganze Geld in alle Winde verstreut, ausgegeben für Tand und Plunder, aus Angabe und Ignoranz.

Vero hörte schweigend zu, schenkte ihm ihre Nähe, hielt ihn im Arm, wenn die Tränen der Wut und des Selbstmitleids bei der Erinnerung an all die Enttäuschungen und verlorenen Träume über ihn kamen. Sie sah nur Schmerz in seinen Tränen, war da für ihn und schien ihn bis ins

Innerste zu verstehen. Dafür wollte er für den Rest seines Lebens bei ihr bleiben.

Eigentlich hätte er den Inhalt seines kleinen Koffers in den Müll werfen sollen. Diese Einsicht kam ihm bereits, als er in Toms Bentley saß, der von einem uniformierten Chauffeur durch den brausenden Abendverkehr Birminghams mit sanftem Rauschen geleitet wurde, und mit ungläubigem Staunen das lichterfüllte Leben außerhalb der getönten Scheiben wahrnahm. Er war etwas müde von dem langen Flug und gleichzeitig aufgekratzt von dem Erlebten. Da waren die hübschen Stewardessen gewesen, die ihn fragten, ob er etwas zu essen oder zu trinken haben wolle, der aufregenden Moment, als das Flugzeug sich mit ungeahnten Kräften in die Luft erhob, sodass er von dem Druck in den Sitz gepresst wurde, die vielen unterschiedlichen Menschen um ihn her und ihr leises Gemurmel, ihr Lachen, das Weinen eines Babys in der vordersten Sitzreihe.

Ein Blick aus dem Fenster hatte ihn schwindlig werden lassen, als er unter sich die große Stadt Colombo immer kleiner werden und schließlich unter den Wolken verschwinden sah.

In der Nacht war er aufgewacht und hatte durch das Fenster die klare Mondsichel und leuchtende Sterne gesehen. Es kam ihm so vor als stünde er auf einem Fleck, bewegungslos. Und doch wusste er, dass er mit großer Geschwindigkeit flog, hoch in der Luft, auf dem Weg in eine andere Welt.

Dann hatte er sich erstaunlich mühelos in dem riesigen Flughafengebäude Birminghams zurechtgefunden, war einfach den andern Leuten hinterhergegangen und zu der Gepäckausgabe gelangt. Er schämte sich für seinen schäbigen braunen Pappkoffer inmitten der meist neuen Koffer und Taschen in Schwarz oder in leuchtenden, glänzenden Farben. Seine Hände hatte er in den Hosentaschen seiner viel zu kurzen grauen Stoffhose vergraben und blickte angestrengt auf das Laufband. Die Hosenbeine waren zu weit für seine dünnen Beine, die viel eher zu einem Mädchen passten als zu einem Jungen.

Die Nachbarkinder hatten ihn früher deswegen oft gehänselt und ausgelacht. Aber so viel er auch lief und rannte und im Fluss schwamm, es wollten sich einfach keine Muskeln an den Beinen bilden, seit er mit dieser seltsamen Krankheit als kleiner Junge monatelang ans Bett gefesselt war und nicht laufen konnte, von Fieberschüben geschüttelt wurde und immer nur das besorgte Gesicht der Mutter im Halbdunkel der kleinen Hütte über sich auftauchen sah.

Damals hatten sie ihn mit Freude gequält und sich über ihn lustig gemacht. Er sah sich selbst wieder vor diesen Burschen stehen, die alle schon größer und vor allem viel kräftiger waren als er. Sie hatten ihn zu sich gerufen nach der Schule und ihm mit einem halben Brot vor der Nase herumgefuchtelt, sodass ihm vor Hunger schwindelig wurde. Den ganzen Morgen hatte er noch nichts gegessen, war mal wieder ohne Frühstück zur Schule gegangen und wusste genau, dass es auch heute kein Mittagessen gab, wenn er nach Hause kam. Wenn er das Brot haben wolle, dann müsse er zuerst mit einem von ihnen kämpfen, hatten sie ihn verhöhnt und kreischend gelacht, dass es ihm in den Ohren nur so klingelte. Wie hatte er sie alle gehasst. Töten wollt er sie, einen nach dem anderen, wenn er erst einmal groß und stark war.

Und dann hatte er gekämpft mit der Kraft und der unbändigen Wut des Gedemütigten, konnte nur noch an das Brot denken, hatte nichts mehr gefühlt von den Schlägen und Tritten, die er einstecken musste, bevor der Gegner heulend am Boden lag und sich wand. Dem hatte er es ordentlich gegeben. Dann hatte er dem einen von ihnen das Brot aus der Hand gerissen und war davon gerannt, an den Fluss, wo er sich versteckte im dichten Gebüsch, das das Ufer begrenzte und hatte mit zitternden Händen den halben Leib festgehalten und endlich gegessen.

Manju tauchte aus seinen Erinnerungen auf, als ihn jemand von hinten leicht anstieß und etwas Unverständliches murmelte. Er traute sich nicht hochzusehen. Sicher starrten ihn all diese Leute an. Als er seinen Koffer auf sich zukommen sah, zog er seine etwas zitternden Hände aus den Taschen heraus, beugte sich zum Laufband hinunter und zog ihn mit Schwung zu sich herüber.

Er machte es wieder wie zuvor, schaute verstohlen den anderen zu, was sie taten, wohin sie gingen. Er verstand kaum etwas von den Ansagen der freundlichen Stimme aus dem Lautsprecher und konnte erst recht nichts lesen, was auf den vielen Schildern und Türen stand. Also folgte er den anderen Fluggästen, ging mit ihnen durch eine Tür zur Passkontrolle, wo ein Officer ihn mit seinem intensiven Blick noch unsicherer machte.

Unruhig trat er von einem Fuß auf den anderen, kam sich vor, als habe er etwas verbrochen und verstand die Frage des Mannes nicht, dessen Gesichtsausdruck Misstrauen auszudrücken schien. Dann, endlich, deutete der Mann ihm an weiterzugehen.

Eine Tür öffnete sich wie von Zauberhand direkt vor seiner Nase und er sah sich unvermittelt einer großen Menschenmenge gegenüber. Manche trugen Blumensträuße oder einzelne Rosen in den Händen. Ihre Gesichter wirkten angespannt oder strahlten in freudiger Erwartung. Fremde Gerüche schlugen ihm entgegen, fremde Laute. Töne, die er nicht einzuordnen wusste. Sein Herz hatte so heftig geschlagen, dass er fürchtete zu explodieren.

Sofort erkannte er Tom in der Menge, der ihm mit beiden Armen wild gestikulierend zuwinkte. Seine große rote Nase leuchtete wie ein Signal zu ihm herüber und schien ihm den Weg zu weisen. Tom umarmte ihn ein wenig umständlich und sagte, wie sehr er sich freue, dass er endlich da sei.

Und dann saß er in diesem riesigen silberfarbenen Auto, vor sich eine Glasscheibe, die den Fahrer von ihm und Tom trennte, hörte Tom neben sich fragen, ob er etwas trinken wolle und sah, wie von allein aus der Rückwand des vorderen Sitzes eine Bar mit Gläsern und kleinen Flaschen auftauchte. Tom öffnete eine Flasche und goss eine gelbliche, prickelnde Flüssigkeit in zwei Gläser. „Lass uns anstoßen", sagte Tom und sah ihn mit strahlenden Augen an.

Gier war ihm sicher nicht unbekannt, dennoch hatte Manju Vero oft nicht verstanden. Ihre Gier war anders, elementar, lebenshungrig und doch auch ohne Eigennutz. Sie wollte möglichst drei Sachen auf einmal tun, sprang von einer Idee zur Nächsten, manchmal verwirrt und richtungslos, ja fast schon orientierungslos wie ein Schiff mit gebrochenem Ruder auf hoher See. Er hatte sich über ihre Krankheit erkundigt und konnte zumindest von dieser Perspektive aus ihr Verhalten erklären. Diese Form der Epilepsie führte zu einer großen Unruhe, die Anfälle schädigten das Gehirn nachhaltig, sodass der Kranke mit der Zeit das Gedächtnis verlieren konnte. Ihre sprichwörtliche Orientierungslosigkeit bei kleinen Entscheidungen, ob sie nun rechts oder links nach Hause abbiegen musste, schienen ein Vorbote von Schlimmerem zu sein. Aber sie weigerte sich Medizin zu nehmen. Mit 30 hatte sie beschlossen, die müde und kraftlos machende Medizin abzusetzen und sich ihrem Willen zur Gesundung oder einfach dem Schicksal zu überlassen. Wenn schon, dann wollte sie bewusst abtreten und nicht unter dem lethargisch und stumpf machenden Einfluss der Pillen.

Das Ergebnis war regelmäßige Anfälle, die von ihrer hektischen Lebensweise noch gefördert wurden. Manchmal hatte sie zwei Anfälle in einer Woche, manchmal passierte einen ganzen Monat gar nichts.

Das erste Mal, dass Manju einen der Anfälle mitbekam, hatte einen bleibenden Eindruck bei ihm hinterlassen und den Wunsch, sie zu beschützen und bei ihr zu sein, um ein Vielfaches verstärkt. Sie hatten wie so oft auf dem Felsen gesessen und sich auf die Reise ins Universum begeben. Um sie her nur die warme Schwärze einer tropischen Nacht mit dem millionenfachen Strahlen der Sterne. Das Meer schien heute besonders ruhig zu sein und das sanfte Plätschern der Wellen, wenn sie auf den Strand aufliefen, beruhigte das Gemüt.

„Lass uns zur kleinen Bucht gehen" sagte Vero „Ich möchte mich ein wenig in den warmen Sand legen."

Sie gingen Hand in Hand und legten sich in die schützenden Umhüllung der kleine Felsenbucht. Zuerst hatten sie nur beide auf dem Rücken gelegen und wortlos in den Nachthimmel geschaut. Dann berührten sich ihre Hände und sie hielten einander fest. Irgendwann trafen sich ihre Augen und ihre Körper folgten dem Impuls eines neuen Begehrens.

Sie mussten schon eine ganze Weile geschlafen haben, als ein fürchterlicher Schrei Manju hochfahren ließ. Er sah Vero in Zuckungen neben sich liegen, der Körper verkrampft und hart, die Augen verdreht. Was sollte er tun? Was war richtig? Er fasste sie instinktiv nicht an, sondern redete zu ihr mit sanfter und beschwörender Stimme. Er sah, dass sich zwischen ihren Beinen eine Urinlache bildete. Als sie sich beruhigte und ihr Körper sich langsam wieder entspannte - er konnte nicht sagen, ob das alles eine Minute oder drei oder fünf gedauert hatte – schlief sie weiter, ohne wach zu werden. Vorsichtig säuberte er ihren Unterkörper mit Meerwasser, zog sie nah zu sich heran und bedeckte sie mit seinem Sarong. Im Schlaf schmiegte sie sich an ihn. Er hielt ängstlich und aufgewühlt Wache bis zum Morgen.

Zuerst schickten Tom und Jennie Manju in die Schule. Da er außer Sinhala nichts anderes konnte, musste er ganz von vorne schreiben und lesen lernen. Die Kinder in den Schulbänken betrachteten ihn wie ein Zwischending von King Kong und Mickey Maus. Er schien für sie direkt einem bunten und abenteuerlichen Bilderbuch entsprungen zu sein, Mogli aus dem Dschungelbuch, wie er da saß mit seiner tiefdunklen Hautfarbe und den fast hüftlangen, gelockten Haaren, um die ihn alle

Mädchen beneideten. Er ließ es zu, dass sie ihn in den Pausen umringten, seine Haare nahmen und bürsteten oder ihm Zöpfe flochten. Friseursalon, nannten sie dieses Spiel, das ihm das alberne Gelächter der Jungen einbrachte, aber Rufe des Entzückens bei den Mädchen auslöste.

Manju lernte schnell und fand sich nach sechs Monaten in der Sprachenschule wieder, wo er zusammen mit Japanern, Russen, Afrikanern und jungen Leuten aus Südamerika lernte.

Tom und Jennie ließen ihn zwei Jahre lang einen Kurs nach dem anderen belegen, während sie ihn zu Hause in ihrer Villa wie einen Sohn behandelten. Da sie keine eigenen Kinder hatten, glaubte Manju an sein großes Glück und eine Fügung des Himmels.

Nach den ersten Monaten, die er wie einen Traum durchlebte und erste Erfahrungen mit dieser fremden Kultur machte, fand er Gefallen an einem Leben im Luxus. Die breite Auffahrt zum Haus hinauf, das auf einem kleinen Hügel lag und von einem wunderschönen Park umgeben war, wurde sehr bald eine neue Heimat für ihn. Zuerst hatten sie ihm ein geräumiges Zimmer im ersten Stock der Villa gegeben, von wo er einen herrlichen Blick auf den rückwärtigen Garten und den überdachten Swimmingpool hatte, der im Winter von Glaswänden umgeben und von einer dunkelblauen himmelsgleichen Kuppel mit den westlichen Sternbildern überdacht war.

Doch nach zwei Jahren war es ihm in diesem Zimmer zu eng geworden, hatte er das Gefühl gehabt, nicht genügend Luft zu bekommen, eingesperrt zu sein, sodass Tom sich entschloss, das kleine Gartenhaus zu einem bequemen Appartement für ihn umzubauen.

Manjus Kleidung war gegen Hosen, Hemden und Shirts aus den edelsten Stoffen ausgetauscht worden. Maß gefertigte Schuhe ersetzten das ärmliche Paar, das ihm sein Vater voller Stolz zum Abschied geschenkt hatte, die langen Haare hatten einem schicken Haarschnitt weichen müssen.

Zum 23. Geburtstag bekam er das neueste BMW-Cabrio geschenkt und einen Scheck in vierstelliger Pfundhöhe. Tom nahm ihn bald mit in die Firma, ließ ihn in den einzelnen Abteilungen lernen und zeigte ihm nur zu deutlich, dass er mit Manju noch viel vorhatte. Tom war sehr zufrieden mit Manjus Arbeit, mit seiner raschen Auffassungsgabe, seiner charmanten Art, den Mitarbeitern zu begegnen, seinem technischen Verständnis und seiner Flexibilität, die erforderlich war in diesem sich schnell verändernden Metier der Datentechnik. Wenn Manju später die Fotos betrachtete, auf denen er im Smoking mit Kummerbund neben seinem Cabrio zu sehen war, lässig mit Siegerlächeln an den Wagen gelehnt, das neueste Handy in der Westentasche und einer unbegrenzten Kreditkarte im Portemonnaie, auf dem Weg zu einer der Schicki Micki Partys der Stadt, dann zeigte sich nur noch ein schwaches Lächeln auf seinen Lippen. Zu hoch war der Preis, den er hatte zahlen müssen.

Manchmal, wenn er nach Hause ging, um wieder einmal in einem richtigen Bett zu schlafen, sah Manju Chandrika und die Mädchen wie in einem Film vor sich. Sie waren da, lebten und existierten, hatten ihre

Sorgen und Nöte. Er war nur ein Gast im eigenen Hause, und wenn er an Chandrika dachte, ein nicht gern gesehener Gast. Sie ging ihm aus dem Weg, redete nur das Notwendigste mit ihm und verweigerte ihm jegliche Fürsorge. Nur die Töchter bemühten sich um den Vater, brachten ihm Tee und versuchten, an sein Herz zu gelangen. Aber was konnte er erwarten, nach all dem, was geschehen war. Nach all den Szenen und Tränen und tausendfachen Flüchen.

Als er mit verletzter Seele und angeschlagenem Ego im November 2000 aus England zurückkehrte, erwartete ihn nicht etwa Verständnis und Mitgefühl, nein, alle machten ihm Vorwürfe, beschuldigten ihn der Dummheit und des Egoismus, er denke niemals an seine Frau und die beiden Mädchen, ginge wie immer nur seine eigenen Wege.

Die zweite Tochter Nethmini war das Ergebnis eines kurzen Urlaubs in der Heimat, als er bereits zweifelnd und unglücklich Sehnsucht nach Hause hatte, Sehnsucht nach dem Leben im Dorf, nach der Sonnenwärme und dem Rauschen des Meeres. Nethmini erschien ihm jetzt wie eine Meerjungfrau, mit ihren sternenklaren Augen und dem langen wehenden Haar, den zarten Gliedmaßen und seiner eigenen Sehnsucht nach dem Meer. Schon damals hatte Chandrika ihn nur widerwillig und missmutig empfangen und schien die Dachziegeln zu zählen, während er verzweifelt, wütend und vergeblich in ihrem Körper seine Heimat suchte. Aber dieses Haus, in dem ein Stück von ihm sich immer noch zu Hause fühlte, das Haus seiner Eltern, war der einzige Ort, an dem auch die wenigen positiven Erinnerungen seiner Kindheit und Jugend lebten. Und Erinnerungen an Vero.

Er hatte Chandrika gesagt, dass er sich in eine andere Frau verliebt hatte und mit ihr leben wollte. Das war jetzt etwas mehr als zwei Jahre her und zuerst sah es so aus, als stünde dieser neuen Liebe nichts im

Wege. Manju hatte sich mit Chandrika schon vor Jahren darauf geeinigt, dass ihre Beziehung lediglich eine wirtschaftliche Angelegenheit war und der Aufzucht ihrer drei Töchter diente. Die Zeugung der dritten Tochter Sachithra, seiner sanften und stillen Kleinen, geschah in der Nacht vor seiner fluchtartigen Abreise in die Arabischen Emirate, nur sechs Monate nach seiner Rückkehr aus England.

Er hatte zu viel Arrak getrunken, um den Orkan im Kopf zu besänftigen. Chandrika hatte ihn beschimpft und ihn angeschrien, er sei unfähig, gut für seine Familie zu sorgen und das, nachdem er Monat für Monat einen Scheck an sie geschickt hatte, von dem sie eigentlich wie eine Königin hätte leben können. Da hatte er sie gepackt, auf das Bett geworfen, war mit Gewalt in sie eingedrungen und hatte ein drittes Kind gezeugt. Später hatte er sich für diese Dummheit gegeißelt und an den Kopf gefasst, aber es war geschehen und Sachithra war da, ein hübsches stilles introvertiertes Kind, das Chandrika wie aus dem Gesicht geschnitten war.

Zwei Monate vor ihrer Abreise nach England hatte er Vero in sein Haus gebracht. Chandrika hatte gekocht und ein fürstliches Mahl bereitet. Die Mädchen trugen ihre schönsten Kleider. Tilina, die seinen technischen Verstand und seine schnelle Auffassungsgabe geerbt hatte, versuchte mit ihren Englischkenntnissen zu glänzen und schloss sich Vero schnell an.

Vero war entzückt von der Familie, hatte Chandrika umarmt, sich für alles bedankt und war so glücklich gewesen, von ihr mit offenen Armen empfangen worden zu sein. Chandrika bot Vero ein Zimmer an, als Vero Probleme mit ihrer Unterkunft bekam und umziehen musste. Sie hatte das Angebot freudig angenommen und war eine Woche später mit Sack und Pack in Manjus Haus gezogen.

Sie lebten einen Monat zusammen unter einem Dach wie eine große Familie. Vero und Chandrika schienen sich sehr gut zu verstehen, trotz der großen Sprachbarriere, aber Tilina tat ihr Bestes, um zu übersetzen und Vero redeten mit Händen und Füßen, wenn sie mit Chandrika allein im Haus war. Sie lachten viel zusammen und verbrachten Stunden damit, gemeinsam Essen vorzubereiten, Bilderalben anzuschauen oder Musik zu hören. Wenn Chandrika Probleme mit ihrem Rücken hatte, massierte Vero sie mit ihren starken einfühlsamen Händen, bis Chandrika Besserung verspürte, gab den Mädchen Englischunterricht und verdrängte das leise Gefühl, doch nur ein Gast, vielleicht sogar ein Eindringling zu sein.

Manju kroch in aller Frühe aus der Strandhütte. Agnes lag zu einem winzigen Knäuel zusammengerollt in der Armbeuge des schlafenden Upul. Sein Kopf brummte ein wenig und er hatte einen schalen Geschmack im Mund. Er hatte gestern zu viel Betelnuss gekaut und spuckte eine reströtliche Flüssigkeit im hohen Bogen in den Sand. Ein leichter Schwindel erfasste ihn, als er die wenigen Schritte bis zum Wasser ging. Rasch putzte er sich mit Sand die Zähne und gurgelte das unangenehme Gefühl mit Meerwasser aus Rachen und Mund. Er fuhr mit der Zunge über die Außenseite seiner Zähne, spürte ihre Glätte und genoss den intensiven Geschmack des Salzes.

Die Luft in kurzen Stößen prüfend einatmend, konnte er am Geruch des Windes den Tag erkennen, die besten Stellen zum Angeln, die Launen des Meeres. Und all das war ihm doppelte Heimat gewesen, an der Seite Veros. Er seufzte tief, schüttelte einmal kurz den Kopf, um diesen Gedanken zu vertreiben und machte sich auf den Weg zu Johannas Haus.

Johanna war wie damals Vero, eine Lehrerin im Tempel. Sie kam aus Deutschland und unterrichtet in der Nachmittagsschule Deutsch und Englisch. Als er von Veros Tod erfahren hatte, war Johanna diejenige gewesen, mit der er seine Erinnerungen an seine Geliebte teilen konnte. Es war eine Freundschaft zwischen ihnen gewachsen. Johanna war für einige Wochen in die Heimat gereist und er hatte den Job übernommen, Haus und drei Hunde zu hüten. Eine Last, das konnte er nicht leugnen, aber auch eine, die er gerne trug. In ihrem Haus war er so frei wie am Strand, konnte kommen und gehen, wann er wollte, niemand beschimpfte ihn, wenn er arrakseelig in der Nacht nach Hause kam, sich angezogen aufs Bett warf und schnarchte.

Sein Blick wanderte hoch zum heller werdenden Himmel, an dem das volle Rund des Mondes noch zu sehen war. Dieser Tag würde wolkenlos sein und gute Einnahmen bringen. Das Meer war ruhig und beruhigte mit seinem sanften Rauschen den Geist. Es würde jetzt keine drei Stunden mehr dauern, bevor die ersten Touristen und Sonntagsgäste am Strand eintrafen, um spazieren zu gehen, zu spielen oder zu baden. Wenn die Netze schon nicht voll wurden, so versprach ein solcher Sonntag anderweitig gute Einnahmen.

Ein Frühstück wäre gut, er könnte gleich etwas für die Hunde mitnehmen, etwas Trockenfisch vielleicht, wenn es schon keinen frischen gab. Manju fasste mit der linken Hand in die Hosentasche. Er fühlte einen länglichen, rauen Gegenstand und zog ihn hervor. Ein Lächeln zog über sein Gesicht, als er den mumifizierten Körper eines Seepferdchens in seiner Handfläche betrachtete.

Vero hatte gesagt, dass es ein Zeichen des verärgerten Meeresgottes sei, wenn man ein Seepferdchen fände. So wie sie in vielen Dingen Zeichen sah, die einem Glück oder Unglück vorhersagen konnten - die fallende Sternschnuppe als das Verlöschen eines Erdenlebens, dem Hauch einer aufsteigenden Seele, das Jucken des Nasenrückens als Vorhersage eines Lottogewinns, das Jucken der Handinnenfläche als die Aussicht auf eine unerwartete Erbschaft, der Schluckauf als die übermittelten Gedanken eines guten Freundes. Für einen Moment glaubte er ihre Stimme zu hören, wie sie seinen Namen rief. Was sie wohl zu seiner seltsamen Vision gesagt hätte, die er vor ein paar Tagen ...

Er wollte gerade die Bahnschienen überqueren, als der Zug nach Galle mit lautem Getöse an ihm vorbeiratterte und ihn um Haaresbreite verfehlte. Erschrocken wich er zurück. Der Sog der vorbeirasenden Wagen ließ ihn schwanken. Ob er denn wohl verrückt geworden sei, schrie ihm Nilantha von der anderen Seite der Bahngleise entgegen.

„Wohl lebensmüde, wie? Baselt daher wie ein Traumtänzer und lächelt auch noch idiotisch vor sich hin." Ob er denn meine, sein Körper böte einen schönen Anblick, wenn der Zug ihn in Stücke risse. Er hätte schließlich nicht die Sauerei wegzumachen. Manju machte eine wegwerfende Handbewegung und ignorierte sein wild pochendes Herz und die zittrigen Knie.

Immer öfter beschlich ihn ein böses Gefühl, wenn er sein Leben in dieser luxuriösen Villa betrachtete, wenn er sich zwang zurückzutreten wie von einem Bild in einer der Ausstellungen in den großen Galerien der Stadt. Diese Bilder, die erst dann ihre Geheimnisse preisgaben, wenn man mindesten zwei Meter weiter entfernt von ihnen stand.

Die Ereignisse der vergangenen Jahre, die ihn umschlossen hielten wie ein heftiger Strudel, an ihm zerrten und zogen, ihm oftmals die Luft nahmen, sodass er das Bedürfnis hatte hinaus zu laufen oder sich das Hemd aufzureißen, die seinen Geist verwirrten und die Worte in seinem Kopf verdrehten, die alles verändert hatten, was für ihn Wert gehabt hatte, all diese Ereignisse, die zu viel waren für ihn und seine Gefühle, drohten über ihm zusammenzubrechen und ihn zu zerschmettern wie eine riesige Welle.

Das Brausen und Fiepen in seinen Ohren hörte nicht mehr auf. Tag und Nacht dröhnte und schepperte es. Es hatte zuerst ganz leise angefangen, wie das sanfte Rauschen des beginnenden Monsuns. Doch mit der Zeit hatte es zugenommen, war durch nichts mehr zu bändigen.

Manju war sich nicht mehr sicher, wann es angefangen hatte, aber es musste kurz nach dieser Nacht gewesen sein, als plötzlich Tom auf seinem Bettrand gesessen hatte. Als er mit dem Gefühl aufgewacht war, nicht mehr allein im Raum zu sein, wollte er erschrocken aufspringen.

Doch Tom hatte ihn mit leiser Stimme beruhigt und ihn mit den Händen zurück in die Kissen gedrückt. Tom hatte angefangen ihn zu streicheln und dabei zärtliche Worte gemurmelt. Er war so verwirrt und überrascht gewesen, dass er sich zuerst gar nicht rühren konnte. Erst als Toms leicht aufgedunsenes Gesicht sich dem seinen näherte, Whiskeygeruch und Schweiß ausdünstend, und ihn auf den Mund küssen wollte, wich die Lähmung aus seinem Körper. Mit aller Kraft schleuderte er den Mann von sich weg, sprang auf, rannte mit einem Schrei hinaus in den Flur und hinein ins Bad, das er von innen zweimal verriegelte.

Manju wusste später nicht mehr, wie lange er zitternd auf der Toilette gesessen hatte. Zuerst war Tom ihm nachgelaufen, hatte gegen die Tür geklopft, er solle doch nicht böse sein, es sei doch nur ein Scherz gewesen, es täte ihm leid. Dann war es irgendwann still geworden und Manju war langsam und vorsichtig zur Badezimmertür gegangen, hatte mit dem Ohr an der Tür gehorcht, ob draußen ein Geräusch zu hören war. Erst, als er sich ganz sicher war, hatte er sich getraut, die Tür einen Spalt breit zu öffnen und herauszutreten. Von da an verschloss er seine Eingangstür.

Damals war etwas in ihm zerbrochen, dieses Gefühl der Sicherheit und des Vertrauens zu diesen beiden Menschen, die ihm so viel bedeutet hatten. Damals hatte das leise Rauschen im Kopf angefangen, das sich steigerte, als er entdecken musste, dass auch Jennie ihn mit sehnsüchtiger Gier ansah und immer öfter einen Knopf mehr an ihren Blusen aufließ, wenn er in ihrer Nähe war.

Jennie trank viel zu viel und wenn ihr großer Mund lachte, kam es ihm vor, als blicke er in den Schlund eines Allesfressers, der gierig und wild alles hinunterschluckte, was er bekommen konnte. Ihr Blick, der so spöttisch und liebevoll sein konnte, hatte sich zu Tentakeln verwandelt, die sich an ihm festzusaugen schienen, wann immer er in ihr Blickfeld kam. Er hatte die verschwörerischen Blicke zwischen den beiden gesehen, die ihn einzukreisen drohten, die ihn in die Enge drängten, seine Triebe anstachelten und seine Gefühle verhöhnten.

Manju hörte ihre immer häufiger werdenden Auseinandersetzungen und Streitigkeiten, ihre keifenden Stimmen in der Nacht bis in sein Gartenhaus hinüber, wenn sie mal wieder völlig betrunken von einer Party nach Hause kamen. Auch er hatte angefangen Whiskey zu trinken, den besten aus Schottland, der in der Bar im Salon stand. Erst ein Glas zur Beruhigung, dann ein zweites, bis die Flasche leer war und er über nichts mehr nachdenken musste.

Das silberne Zigarettenetui Jennies, den Siegelring, den ein Gast im Bad vergessen hatte, die 500 Pfund aus Toms Jackentasche, alles setzte er in Nachtklubs um. Er konnte sich dunkel an wilde Partys erinnern, Männer, Frauen, bunt gemischt, Kakofonie der Stimmen, Gerüche, Fleisch, Rauch in den Lungen, Schnee auf dem Tisch. Irgendwann hielt er es nicht mehr aus. Konnte den Ekel mit nichts mehr verdrängen, wusste nur noch eines zu seiner Rettung – weg, weit weg, nach Hause.

Manju nahm etwas Trockenfisch und Reis mit hoch zu Johannas Haus, das auf einem kleinen Hügel lag. Die Hunde hatten ihn kommen hören und begrüßten ihn mit lautem Gejohle. Doch kaum hatte er das Tor geöffnet, als die beiden jüngsten Tiere an ihm vorbeistürmten, mit eingezogenen Schwänzen die Straße hinunterstürmten und an der Wegbiegung verschwanden. Verwundert sah er ihnen nach. Das war so schnell gegangen, dass er ihnen nicht einmal nachrufen konnte. Ein seltsames Verhalten. Weiß der Teufel, was die zwei geritten hat. Sie würden schon wiederkommen, wenn der Hunger sie an zu Hause erinnerte.

Er sah mit hochgezogenen Augenbrauen die schwarze Hündin an, die vor ihm im Kies der Einfahrt stand. Auch sie schien unruhig zu sein, winselte leise und schnüffelte an seinen Füßen. Er streichelte dem Tier über den Kopf und redete mit leiser Stimme zu ihr. Als sie vor dem Tor auf und ab zu laufen begann und das Futter ignorierte, schob er den Futternapf mit dem Fuß zu Seite, murmelte „Na dann eben nicht", und setzte sich auf den Liegestuhl in der Gartenhütte. Langsam legte er sich zurück. Wahrscheinlich liegt es am Vollmond, dachte er, dass die Tiere so ein seltsames Benehmen zeigen. Er schloss die Augen und atmete den leichten Blütenduft, der vom Jasmin herüberwehte, tief ein. Wie seltsam still es war. Kein Geräusch, keine einzige Vogelstimme, so als habe die Natur den Atem angehalten.

Im Dahindämmern sah er wieder dieses Bild vor sich, diese seltsame Vision, die er vor einigen Tagen hatte, als er kurz vor Sonnenaufgang auf den Felsen geklettert war, um die Stimme des Meeres aufzunehmen und über den Beginn des Tages zu entscheiden.

Er hatte auf der Felsspitze gestanden und an Vero gedacht, wie immer, wenn er des Morgens an diesen Ort kam. Das Meer war ruhig gewesen, wie heute. Der Horizont war klar und die Sonne deutete bereits ihr Erscheinen an. Der erfrischende Morgenwind umspielte seine nackten Beine und er sog die salzige Brise genussvoll ein.

Da sah er es auf sich zukommen, ein gewaltiges Pferd aus weißem Schaum, das über die Wellen direkt auf ihn zu galoppierte. Die Mähne vom Wind gepeitscht, mit wildem fast irrem Blick, den Schwanz gerade nach hinten gestreckt, die mächtigen Hufe in rasendem Wirbel. Er rieb sich die Augen, verwirrt schüttelte er den Kopf. Als er die Augen wieder öffnete, war das Schaumpferd verschwunden. Der Ton, der aus seinem Mund kam, war trocken und hart. Ein Gefühl der Angst sprang ihn an, ganz kurz nur. Als er nervös mit beiden Händen über sein Gesicht fuhr, fühlte er kalten Schweiß.

Ob Vero dieses Pferd auch gesehen hätte? War er auf dem Wege verrückt zu werden? Die kühle Schnauze der Hündin berührte leicht seine Hand, die von der Lehne heruntergerutscht war, und holte ihn aus dem traumähnlichen Zustand zurück. Offensichtlich hatte er einige Minuten geschlafen. Sie sah ihn mit großen, dunklen Augen an und winselte leise. Ja, sie hatte recht, es war an der Zeit zum Strand hinunterzugehen und endlich mit der Arbeit anzufangen. Sicher warteten Upul und Kasun schon auf ihn.

Er stand auf und dehnte seinen etwas schmerzenden Rücken. Manju ging hinter das Haus, um die Angel zu holen, die neben der Küchentür an der Hauswand lehnte. Er hatte die Hündin zu sich gerufen und war auf das Tor zugegangen, als sie ihn plötzlich am Hosenbein fasste und ihn knurrend vom Tor wegzuziehen versuchte. Verdammt noch mal, was sollte denn das schon wieder. Sind denn heute alle durchgedreht.

Er versuchte das Tier mit einer Schüttelbewegung des Beines loszuwerden, aber sie hielt ihn fest. Wütend schleppte er sich, die knurrende Hündin am Hosenbein, in den hinteren Garten, wo er sich nach einem Stock bückte und sie damit auf den Rücken schlug. Ihretwegen kam er garantiert zu spät an den Strand und die Touristen würden sich nach einem anderen Boot umschauen. Dann würde Lakmal ihm sein grinsendes und schadenfrohes Gesicht zeigen, wenn er ihm eine Tour vor der Nase wegschnappen konnte.

Die Hündin ließ nicht locker, obwohl er wieder und wieder auf ihren Rücken schlug. Sie hatte sich geradezu in seiner Hose verbissen und zog und zerrte an ihm. Manju versetzte ihr einen Schlag auf den Kopf und endlich ließ sie ihn jaulend los. Laut fluchend stapfte er zum Tor. Die Hündin wich ihm nicht von der Seite.

Auf dem Weg hinunter zum Strand dachte er daran, wie er mit Vero nach Kandy gefahren war und die letzten zwei Wochen bis zu ihrem Rückflug nach London mit ihr zusammen im Seminarbereich eines Tempels gelebt hatte. Er im Männerflügel und sie im Frauenflügel. Man traf sich zur gemeinsamen Meditation und zum Essen. Dazwischen gab es nur wenig Raum für Zweisamkeit, von Intimität ganz zu schweigen. Sie wollte sich intensiver mit Meditation befassen und er war ihr brummend gefolgt. Aber hätte er sie denn allein nach Kandy reisen lassen sollen? In ihrem Zustand, in dem sich die Anfälle in immer kürzeren Abständen häuften? Er wollte bei ihr sein, mit ihr sein, wo sie doch nur noch so kurze Zeit beisammen sein konnten. Und dabei hatte er eigentlich nicht an Meditation gedacht. Aber es war ihr dringlicher Wunsch und so fügte er sich in das Unabänderliche ihrer Beschlüsse. Dann war es doch eine unerwartet intensive Zeit, voller Nähe und Wärme, auch ohne ein geteiltes Bett.

Sie waren dort von einer ruhigen und sanften Atmosphäre umgeben gewesen, die Veros unruhigem Geist sehr gutzutun schien. Sie wirkte entspannter als in all den Monaten zuvor, fand Zugang zu tieferen Ebenen ihrer Empfindungen und schien einem inneren Frieden entgegenzugehen.

Es machte ihn glücklich, sie so zu sehen, und er wusste auch, dass sein Hiersein einen positiven Einfluss auf eine gemeinsame Zukunft mit ihr in England haben würde. Wann immer sie Zeit fanden, allein miteinander zu sein, gingen sie auf einen Hügel hinter dem Kloster, von dem aus man einen wunderbaren Blick auf den Milchsee und das hügelige Umland von Kandy hatte. Dort saßen sie, schauten auf den See hinab, tauschten Erfahrungen aus. Vero versprach, zurückzukommen, schon bald.

Das Getöse in Manjus Kopf wurde von Tag zu Tag schlimmer und machte ihn schier wahnsinnig. Manchmal schlug er sich mit den Fäusten gegen den Kopf, damit es darin endlich aufhörte, endlich wieder stiller wurde, nur für eine einzige Sekunde. Er trank zu viel und sein Körper schmerzte. Seine Hauptmahlzeiten bestanden aus Zigaretten, Whiskey und Chips. Er begann schon am frühen Morgen damit. Tom gab ihm immer häufiger freie Tage, war nicht mehr so erpicht darauf, ihn in der Firma zu sehen. Nachdem er dann auch noch mit dem Cabrio im betrunkenen Zustand vor eine Wand gefahren war, hatte Tom ihm, nur zur Vorsicht natürlich, den Führerschein abgenommen und ihn gewarnt. Es war demütigend, beschämend. Konnte Tom denn nicht sehen, dass das alles seine Schuld war, dass er, Tom, ihn in diese Lage gebracht hatte? Er wollte raus aus diesem Kreislauf. Er wollte ein anderes Leben als dieses hier.

Als er Tom und Jennie mitteilte, dass er wieder zurück nach Hause wolle, reagierten sie anders als erwartet. Er hatte mit Vorwürfen gerechnet oder wenigstens mit der Bitte, es sich noch einmal zu überlegen. Aber die beiden sahen weder nachdenklich noch betroffen aus. Sie akzeptierten sofort.

Das seltsame Benehmen der Hündin nervte Manju. Er fuhr sie an, sie solle zurückgehen und sich nicht wie eine Klette an ihn hängen, aber was immer er auch sagte, sie blieb bei ihm, unruhig winselnd.

Als er die Bahngleise überquerte, hörte er schon von Weitem das fröhliche Geschrei und Gejohle. Als er an den Strand kam, sah er die Ursache der Unruhe und des Gelächters. Wo sonst das Wasser war, befand sich nichts weiter als Sand und auf dem Sand zappelnde Fische, die von juchzenden Kindern und Erwachsenen eingesammelt wurden. Kein Tropfen Wasser soweit das Auge reichte.

Noch nie in seinem Leben hatte Manju die etwa eine Meile entfernten Felsen im Trockenen gesehen, hatte nicht gewusst, wie groß ihre Formationen wirklich waren. Wo war das Meer? Wo war das Wasser? Mit ungläubigen Augen starrte er an den Horizont, wo er das Glitzern des

Wassers ausmachen konnte. Dann ging sein Blick hinüber zum Boot, vor dem Upul und Kasun zusammen mit einigen Touristen fassungslos dastanden. Die Hündin sprang schrill kläffend um ihn herum und versuchte erneut ihn am Hosenbein wegzuziehen.

Er sah Kinder draußen den Fischen nachspringen, sah lachende Touristen, die sich über dieses Phänomen unterhielten, sah die Menschen aus dem Dorf zusammenströmen, um das Unglaubliche mit eigenen Augen sehen zu können, sah seine Freunde aufs Meer starren, fühlte das Zerren der Hündin an seinem Bein, sah das Pferd aus Schaum vor seinem geistigen Auge und wusste, dass das Wasser zurückkommen würde, sehr bald sogar und mit ungeheurer Kraft.

Er trat mit dem freien Bein nach der Hündin, schrie sie an, schleuderte sie ein Stück weit in den Sand, rannte auf die Menschen draußen zu und schrie aus vollem Halse, dass sie rennen sollen, rennen, rennen, nur weg vom Strand, weg vom Strand, hinauf auf die Hügel, raus aus den Hotels. Und da hörte er auch schon das schrille Pfeifen und Brausen vom Horizont herüber wie das Gekreisch eines Flugzeugtriebwerks. Upul und Kasun begriffen nun auch, was das zu bedeuten hatte und fingen ebenfalls an zu schreien.

„Das Wasser kommt zurück, lauft Leute, das Wasser kommt zurück."

Manju rannte auf das trockene Meer zu, zog Kinder an den Armen und schubste sie in Richtung Strand, schrie sie an aus Leibeskräften, dass sie rennen sollen, rennen um ihr Leben. Stieß Menschen vor sich her, brüllte ihnen Befehle zu, als mit ohrenbetäubendem Gedonner und mit unvorstellbarer Kraft die erste Wasserwoge ihre Massen auf den Strand schleuderte, Boote und Menschen vor sich hertreibend. Panisches Geschrei erfüllte die Luft, rennende Menschen stürzten hintereinander her, versuchten dem Wasser zu entkommen, als auch schon eine zweite Woge mit ungeheurer Wucht die Hotels erreichte.

London

Veronika war erst am späten Nachmittag nach Hause gekommen. Sie war mit Einkaufstüten bepackt die vielen Treppenstufen bis in den vierten Stock hinaufgestiegen und hatte beim Kramen in der Manteltasche, in der sie ihren Haustürschlüssel vermutete, die Hälfte der einen Tüte ausgeschüttet. Äpfel, ein Stück Butter, ein kleines abgepacktes Schnittbrot, ein halbes Pfund Zwiebeln kullerten über den beigen Fliesenboden.

„Shit", fluchte sie halblaut in das dämmerige Licht des Flures. Nicht nur, dass sie kurz vor dem Ziel mit dem Rad durch einige Scherben gefahren war und sie den Rest des Weges ihr plattes Fahrrad hatte schieben müssen, nein, jetzt war auch noch die Flurbeleuchtung kaputt. Sie fand ihren Schlüssel in der Tiefe der Manteltasche nicht gleich und hätte am liebsten alle Tüten auf den Boden geworfen.

Endlich fand sie den Schlüssel und schloss umständlich die Tür auf. Zuerst brachte sie die volle Tüte in die Küche und legte sie auf den kleinen Küchentisch, ging dann zurück in den Hausflur, um die ausgeschütteten Lebensmittel einzusammeln. Müde und verschwitzt ließ sie sich auf einen der Küchenstühle fallen, streckte die Beine von sich und schloss einen Moment lang ihre Augen.

Sie hätte eigentlich froh sein sollen. Denn heute früh hatte sie endlich die langersehnte schriftliche Genehmigung erhalten, in London mit dem Fahrrad fahren zu dürfen, was ein schwieriger Akt angesichts ihrer Epilepsie Krankheit gewesen war. Welch ein Triumph! Sie lachte kurz und verächtlich auf, als sie an das hochmütige und spitze Gesicht mit dem verkniffenen Mund des Beamten dachte, der sich so lange geweigert hatte, ihr diese Genehmigung auszustellen. Die Berichte ihres Arztes und ihr langer Brief an das Verkehrsministerium hatten aber Erfolg und dieser Schnösel musste klein beigeben.

Und doch war sie nicht wirklich froh. Was machte sie hier in dem kalten und griesgrämigen London? Es war Ende Oktober und die schrecklichste Zeit des Jahres lag noch vor ihr. Sie sehnte sich nach Manju, nach ihrem Felsen am Meer, an das warme, sanfte Wehen des Windes, an den unvorstellbar schönen Sternenhimmel in der Nacht. Sie streifte die Stiefeletten von den Füßen und ließ ihre Zehen ein paar kreisende Bewegungen machen, zog den schweren Wollmantel aus und hängte ihn an die Garderobe.

Als sie ihre Einkäufe verstaut hatte, setzte sie den alten Kessel mit Wasser auf den Gaskocher, zog die Küchentür hinter sich zu und ging ins Wohnzimmer.

Sobald sie diesen Raum betrat, wurde ihr wärmer zu Mute. An den Wänden hingen plakatgroße Fotos, die sie Anfang des Jahres am Strand geschossen hatte. Sonnenuntergänge in drei verschiedenen Stadien. Wundervolles goldenes Licht verbreitete sich von diesen Bildern im ganzen Raum, nahmen ihn ein wie eine Erscheinung aus wärmenden Strahlen. Sie sah auf das glühende Orange der im Meer versinkenden Sonne auf dem mittleren Bild und atmete tief ein.

Manju ... Was er jetzt wohl tat?

In der rechten oberen Ecke des Bildes sah sie das flimmernde Silber eines aufgehenden Sterns. Sie fuhr sich mit der rechten Hand durch das kurze Haar. Bevor sie Abendessen machte, musste sie unbedingt einige Fotos sortieren und nummerieren. Oder sollte sie vielleicht doch erst Sylvie anrufen und ihr von der Genehmigung berichten? Nein, später, besser wäre es, sich auf ihr Kissen zu setzen und ein paar Yoga-Übungen zu machen, die Meditationskassette von Selagawesi Thero anzuhören und zu chanten. Sie zog ihre dichten schwarzen Augenbrauen zusammen, sodass eine steile Falte dazwischen zu sehen war. Dieser Druck im Kopf hielt jetzt schon den halben Tag an und wollte nicht verschwinden. Sitzen und singen würde ihr guttun und sie entspannen.

Veronika nahm ihr Meditationskissen aus dem Regal, stellte den Kassettenrekorder auf play und setzte sich vor den kleinen Altar, den sie im zweituntersten Regalfach aufgebaut hatte. Ein paar Minuten Ruhe, bis das Teewasser kochte. Eine Buddhastatue aus Sandelholz, die von einem leichten, weißen Schal bedeckt war, und eine nach Patschuli duftende Kerze stimmten sie sanft. Sie zog den Schal von der Statue und legte ihn sich um die Schultern, schloss die Augen und versuchte sich zu entspannen, hörte die angenehme Stimme des Mönches singen und stimmte nach einer Weile in den Gesang ein.

Glas klirrte, als die Wassermassen durch die Fenster und Türen in die Hotelzimmer drangen. Boote, Gartentische und Stühle wurden mit krachendem Gesplitter zerfetzt und gegen Beine und Rücken der

Flüchtenden geschlagen. Ein Mann trug eine Frau mit vor Entsetzen geweiteten Augen auf den Armen durch das zurückströmende, brusthohe Wasser, versuchte sie hinter die kritische Linie zu bringen, mit verzweifelter Kraft gegen den enormen Wasserdruck ankämpfend. Drei Jungen aus dem Dorf hielten sich hinter dem Hotel oben auf einer über zwei Meter hohen Mauer, wohin die erste Welle sie geschleudert hatte, aneinander festgeklammert. Sie schrien um Hilfe. Einige junge Männer, unter ihnen Pradeep, der Fahrer des Tempels, den Manju seit vielen Jahren kannte, standen etwas erhöht und in sicherem Abstand von der Mauer, riefen ihnen zu herunterzukommen, da die Mauer dem Druck des Wassers womöglich nicht gewachsen sei. Im nächsten Augenblick stürzte die Mauer auch schon mit einem knirschenden Geräusch unter der anstürmenden zweiten Woge ein und begrub die Jungen unter sich.

Manju wurde von den strudelnden Wassermassen angehoben und wie im Schleudergang einer Waschmaschine herumgewirbelt. Für eine unendliche Weile, in der Zeit aufgehört zu haben schien, Zeit zu sein, rauschte, gurgelte und dröhnte das Meer in seinen Augen und Ohren, in seinem ganzen Körper. Er spürte, wie ihn mehrere Hände an Armen und Beinen packten und aus dem Wasser zerrten. Das Geschrei der Menschen im Wasser und das der Helfer am erhöht liegenden, rettenden Ufer erfüllte die Luft. Manju erkannte das eine und andere Gesicht, rappelte sich auf, spürte, dass er unverletzt war und hetzte, ohne nachzudenken, den Hügel hinauf zu Johannas Haus.

Johannas Hündin lief aufgeregt jaulend um die Menschentraube, die sich in die geöffnete Einfahrt drängte. Manju schob sich an den Menschen, teilweise mit weinenden Kindern auf dem Arm, vorbei, um eine verschlissene Schwimmweste aus dem Gartenhaus vom Nagel zu reißen, gab mit sich überschlagender Stimme einige Anweisungen, zog im Weiterlaufen die Schwimmweste an und hastete hinunter zum Hotel.

Seitwärts vom Hotel sah er Pradeep mit Upul und Randika bis zur Brust im Wasser stehen, nach einer Hand greifend, die wie losgelöst von einem Körper aus dem Wasser ragte. Nur die Hand konnte er sehen und das verzerrte Gesicht der Freunde, die mit verzweifelter Kraft versuchten, die Mauer hochzustemmen, unter der ein Mensch begraben war.

Manju hastete durch die im zweiten Stock liegende Empfangshalle des terrassenförmig und leicht abschüssig vom Strand gebauten Hotels, in der sich panische Menschen versammelt und vorerst in Sicherheit gebracht hatten.

„Es sind noch Leute unten", hörte er eine Stimme schreien. „Von außen sind die Fenster und Türen blockiert. Bootsteile, Gartenmöbel. Das Wasser steht bis zur Decke."

„Oh, mein Gott, sie werden ertrinken. Hilft denn niemand."

Er sah, dass die Flure zu den Gartenzimmern fast vollständig unter Wasser lagen, zerrte die Schwimmweste wieder von seinem Körper herunter, holte tief Luft und tauchte in den Gang.

London

Veronika saß tief versunken in der Wärme ihres Zimmers. Sie hatte jedes Gefühl für Zeit verloren, spürte ihren Körper kaum mehr, der leicht und fast schwebend in eine andere Dimension eingedrungen war. Wie sehr sie diese Stille im Kopf genoss. Wie wundervoll eins sie war mit sich und allem um sie her. Es war wie die Sonne, wenn sie untergeht hinter den Felsen, wie das Meer, dessen sanftes Abendsäuseln bis in ihr tiefstes Innerstes vordringen konnte.

Ein seltsamer Geruch rief sie in die Wirklichkeit zurück. Unwillig öffnete sie langsam die Augen. Sofort stellte sich der unangenehme Druck im Kopf wieder ein. Es schien von irgendwoher Qualm ins Zimmer zu dringen. Mein Gott, ja, der Kessel, dachte sie mit Schreck. Sie sprang auf und lief zur Küchentür, unter der Qualmschwaden hervortraten. Als sie die Tür öffnete, drang beißender Qualm in ihre Augen. So ein Mist, sie hatte doch völlig das Wasser vergessen. Wie sollte sie denn jetzt den rot glühenden Kessel anfassen? Sie zerrte den Schal von ihren Schultern, umwickelte ihre rechte Hand damit und griff nach dem Kessel, in dem es laut knackte und riss.

Manju tauchte zur ersten Tür und versuchte sie zu öffnen. Sie gab nach und er konnte ins Zimmer hineinschwimmen. Kein Mensch zu sehen. Auch im zweiten und dritten Zimmer war niemand mehr. Er musste sich mit aller Kraft gegen die vierte Tür stemmen, bevor sie nachgab und er in das Zimmer hineintauchen konnte. Durch das Grau des Wassers und den umher schwimmenden Gegenständen, konnte er die Beine eines Mannes ausmachen, der zu hüpfen schien. Manju tauchte auf und konnte etwa zwanzig Zentimeter unter der Zimmerdecke Luft holen.

Er sah in das auf- und abtauchende Gesicht eines älteren Deutschen, der mit panischer Stimme etwas von seiner Kreditkarte stammelte. Immer wieder ging er unter Wasser und ruderte mit den Armen haltlos herum, tauchte wieder auf und schaute Manju mit verwirrten Augen an.

Manju fasste ihn am Arm und redete mit beruhigender Stimme auf ihn ein, dass sie hier heraus müssten, es können noch eine neue Welle kommen, er sei in Gefahr, er müsse jetzt tief Luft holen und mit ihm zusammen aus dem Zimmer tauchen. Der Mann schien nicht zu begreifen, was Manju von ihm wollte und tauchte erneut unter Wasser. Da packte ihn Manju mit festem Griff und zog ihn in Richtung Zimmertür. Er hatte mit Gegenwehr gerechnet, aber der Mann ließ sich willig von ihm dirigieren.

„Tief Luft holen und tauchen", sagte er noch einmal und drückte den Mann vor sich her durch die Tür hinaus auf den Flur, durch das Wasser hinüber zur Treppe, wo sie bereits von vielen helfenden Armen empfangen wurden.

Als Manju den Mann in Sicherheit wusste, drehte er sich wieder um und tauchte in den Flur zurück. Zimmer fünf und sechs waren leer. Die Tür von Zimmer sieben klemmte und er hörte von drinnen Hilferufe und das Wimmern eines Kindes. Er tauchte nach oben zur Luftschicht.

„Weg von der Tür", schrie er, tauchte ab und drückte sich mit aller Kraft, die er aufbringen konnte, gegen die Tür. Er drückte immer wieder mit seinem ganzen Körpergewicht dagegen, bis sie so weit offen stand, dass er in den Raum gelangen konnte. Als er auftauchte, sah er einen Mann, der auf und ab sank und mit hochgestreckten Armen sein kleines Mädchen gegen die Zimmerdecke drückte. Neben ihm tauchte das angstverzerrte Gesicht seiner Frau auf.

Beruhigend redete er auf die Menschen ein und gab Instruktionen, was zu tun sei. Zuerst solle der Mann mit dem Kind hinaus, er würde sich um die Frau kümmern.

„Du musst jetzt ganz tief einatmen und die Luft anhalten", hörte Manju den Vater sagen und sah, wie er dem Kind seine große Hand vor Mund und Nase drückte. Die beiden tauchten zur Tür. Manju gab der Frau ein Zeichen, tauchte zusammen mit ihr durch den Flur bis zur Treppe und übergab sie den wartenden Helfern. Dann tauchte Manju noch einmal zurück, um in die restlichen Räume zu schauen, in denen sich aber niemand mehr aufhielt.

Erschöpft und völlig außer Atem schwamm er zur Treppe zurück, ließ sich hochziehen und sank schwer atmend auf den Fliesenboden der Empfangshalle. Seine Lunge brannte und es war ihm, als habe er keine Beine mehr.

London

Die glühende Hitze des Kesselgriffs drang durch das dünne Gewebe des Schals tief in Veronikas Hand. Aufschreiend ließ sie den Kessel los, doch die herunterhängenden Fransen des Schals hatte bereits Feuer gefangen. Der Geruch verbrennenden Stoffes drang in ihr Bewusstsein. Sie sah kleine Flammen vor ihrem Bauch. Stechende Schmerzen schossen ihren Arm hoch und schienen ihr die Luft aus den Lungen zu pressen. Mit der freien Hand versuchte sie nach den Flammen zu schlagen, versuchte sich zu drehen, an die Spüle zu gelangen, als ein dumpfer Schlag in ihrem Kopf das gleißende Licht der Flammensonnen und die tausend Sterne vor ihren Augen auslöschte.

Als Manju die Augen öffnete, sah er in die besorgten und ängstlichen Gesichter vieler Menschen. Gäste und Hotelpersonal hatten sich um ihn geschart, versuchten ihn hochzuheben, ihn zu stützen. Man half ihm auf einen Sessel und bot ihm ein Glas Wasser an. Er wollte aufspringen, hinunter zum Strand laufen, vielleicht konnte er ja noch helfen, irgendwem, irgendwie, aber seine zitternden Beine hatten keine Kraft mehr und gaben einfach nach. Er fiel in den Sessel zurück.

Seine Hütte am Strand, das Boot, alles war zerstört. Mit einer verzweifelten Geste presste er seine Hände gegen die pochenden Schläfen. Er sah den Deutschen mit den zerschnittenen Beinen, an denen das Blut in Bächen herunterlief und Nadeesha von der Rezeption, die beruhigend auf ihn einredete.

„Ja, wir werden sofort das Hotel verlassen. In wenigen Minuten. Bleiben Sie bitte alle ruhig."

Er sah die Familie mit dem kleinen Mädchen beieinander sitzen, sich eng umschlungen haltend. Er sah Menschen mit Todesangst in den Augen, fast alle mit blutenden Beinen und Armen, mit zerschundenen Rücken. Manche saßen einfach da, so wie er, starrten stumm vor sich hin oder ließen ihre Blicke unruhig hin und her wandern. Andere liefen von rechts nach links, so als suchten sie etwas. Er sah Pradeep und die anderen, die sich um verwundete oder weinende Gäste kümmerten, hörte verzweifelte Rufe nach einem vermissten Ehemann und nach einem Kind, hörte die aufgeregten Stimmen der Menschen jenseits des Bahndamms.

Der Hotelmanager und einige junge Angestellte bemühten sich um eine kaum noch atmende ältere Frau, die besinnungslos am Boden lag. Man rief vergebens nach einem Arzt. Einige Männer rannten hinaus, um nach Fahrzeugen zu suchen, die die verletzten Menschen von hier fortbringen könnten, hoch auf den Tempelhügel, in Sicherheit.

Mittendrin, so gut es ging die eigene Angst verschluckend, saß Manju. Er betrachtete all diese Szenen wie in einen Film auf der Leinwand, als erneut mit brüllendem Getöse, sodass die Erde und alles auf ihr erbebte und erzitterte, das Schaumross mit überirdischer Geschwindigkeit auf den Strand zu stampfte, um nur ein paar 100 Meter weiter mit seinen mächtigen Hufen die schmale Landzunge zu durchschlagen, so als bestünde die Erde nicht aus fester Materie, um sich vorwärtspreschend einen neuen Weg in den dahinterliegenden Fluss zu verschaffen. Alles, was ihm im Wege stand, wurde von seiner Kraft zerschlagen und im Meer begraben. Nichts hielt seinem Toben stand. Dann war es still.

Still war es auch endlich in Manjus Kopf. Still wie eine sternenklare Nacht, wenn das volle Rund des Mondes sich auf den sanft wiegenden Wellen des Meeres spiegelt.

Die Wahrsagung

Ich weiß, was geschehen ist. Ich habe es kommen sehen. Verstehen kann ich es noch nicht.

Pradeep hatte mich angerufen und mir von Suneths Unfall erzählt. Seine Stimme hatte verstört geklungen. Ich organisierte daraufhin in aller Eile ein Auto und war auf dem schnellsten Wege ins Krankenhaus nach Colombo gefahren.

Vor der Notaufnahme standen seine Verwandten und sahen mich erstaunt an. Nur Cousin Nalin mit blutverschmierter Jeans kannte mich und wusste Bescheid. Er lächelte angestrengt zu mir herüber. Dann wurde Suneth auf einer Bahre herausgeschoben, das Gesicht voller Schmerz.

„Woher weißt du es?" Fragte er mich mit kaum hörbarer Stimme. Mein Magen schien sich umdrehen zu wollen, als ich das viele Blut und die notdürftigen Verbände sah, die seine ganze rechte Seite bedeckten.

Suneth wurde operiert und ich saß den ganzen Tag im Warteraum der Intensivstation, bis der Chirurg herauskam und mich ansprach. Ich wusste nicht mehr, an was ich gerade gedacht hatte, als die Stimme des Arztes mich von weither zurückholte. Ich saß dort allein, denn seine Verwandten mieden den Kontakt zu mir, betrachteten mich als feindlichen Eindringling in einen Bereich, in dem ich ihrer Meinung nach nichts zu suchen hatte. Sie wollten ihn nicht teilen. Nicht mit mir, einer Weißen. Wie sehr mich die Verachtung in ihren Augen schmerzte.

„Die Verletzungen sind nicht mit dem Leben kompatibel."

Diese Worte, sanft und mit leiser Stimme ausgesprochen, waren ein Todesurteil. Nicht kompatibel. Ich spürte den eisigen Lufthauch, der durch die offene Tür hereinzog und meine Härchen an den Armen und im Nacken aufrichtete.

So hatte ich in einem eigenartigen Schwebezustand die folgenden Tage verbracht, wartend, vor dem Fenster sitzend, das zweimal täglich den Blick freigab auf die Schwerkranken und Sterbenden der Intensivstation, auf diesem stickigen Flur, dessen Türen vor Schmutz starrten.

Einmal saß ich in Gedanken versunken, als vor mir etwas von der Decke zu Boden rieselte. Staub, Kalk, trockenes Blattwerk. Ich schaute hoch und entdeckte eine halb herunterhängende Platte der Deckenverkleidung, dahinter einen Holzbalken, über den sich der Körper einer gelben Schlange elegant und still ins Dunkel schlängelte.

Hinein ließ man mich nur selten, meist heimlich, wohl aus Mitgefühl, da ich mich durch nichts und niemanden vertreiben ließ, selbst nicht von den beiden Wachmännern, die mit dem Gewehr unterm Arm auf mich zukamen und zum Gehen zwingen wollten. Schließlich waren die Männer gegangen, beschämt und mit niedergeschlagenem Blick.

Für das Krankenhauspersonal war ich eine Heldin, die verzweifelt Liebende, eine lebendig gewordene Hindi-Film-Tragödin, die sich keiner Konvention beugt, um bei ihrem Liebsten sein zu können, dessen Familie ihre Besuche untersagt und die sich mithilfe des Personals außerhalb der Besuchszeiten, sogar in der Nacht, hineinschleicht, zu ihm, der da liegt, mit aufgeblähtem, zerstörten Leib, aufgeschnitten, zweigeteilt, eine Intubationsröhre im Mund, die tief hineinfährt in seinen Körper, die ihn am Leben erhält und ihn furchtbar schmerzt, der kaum mehr sprechen kann, der Angst hat, den Tod spürt und doch nicht sterben möchte, der mich stumm anfleht, nicht zu gehen, und den ich doch verlassen muss.

Das Mitgefühl der Ärzte hat seine Grenzen. Sie haben ihre Vorschriften, fürchten die Konsequenzen ihres Ungehorsams.

Ich denke darüber nach, wie es zu dem Unfall gekommen war. Suneth war zu schnell gefahren, hatte versucht, mich anzurufen, an dem Morgen nach drei durchzechten Nächten, in denen er seinen Frust und seine Furcht mit Alkohol hatte betäuben wollen. Er wollte den vor ihm fahrenden Pkw überholen und hatte auf der andern Fahrspur den viel zu schnell fahrenden Bus nicht gesehen. Der Bus hatte sich in seine rechte Seite gebohrt.

Aber er hat es doch gewusst. Sie hatten es ihm doch vorausgesagt, den Unfall, die Verletzungen. Das Horoskop war so eindeutig und klar gewesen. Warum hatte er nicht aufgepasst?

Wir hatten uns auf dem Hof seines Antiquitätenladens kennengelernt. Ich wollte mich nach einem Bett für mein neues Haus umsehen. Er hatte mich erstaunt angesehen. Groß und kräftig, die langen Haare zu einem Pferdeschwanz gebunden, hatte er dagestanden und mich nicht aus den Augen gelassen, während er mit mir sprach und mir sein Möbellager zeigte. Das, was da vor sich ging, wollte ich nicht sofort sehen, denn ich bin zu lange auf dieser Insel, um nicht zu wissen, wohin solche Geschichten führen. Und doch musste ich später immer wieder an ihn denken, an seine sanfte Stimme, die klugen Augen, die immerzu lächelten, seine enorme körperliche Präsenz, die den ganzen Hof auszufüllen schien.

Es vergingen ein paar Wochen, ehe wir uns verabredeten. Suneth hatte das bestellte Bett mit einem Moskitonetz geliefert, das an mehreren Stellen zerrissen war. Somit war ich gezwungen bei ihm anzurufen, um das Netz zu reklamieren. An seiner belustigten Stimme hörte ich deutlich, dass er es genau darauf angelegt hatte. Ich sei doch an alten Häusern interessiert, sagte er, und er könne mir eine wunderschöne Walauwa zeigen, ein altes sri-lankisches Haus, das er mit Möbeln und antiken Accessoires ausgestattet habe. Die englischen Besitzer seien zurzeit nicht auf der Insel und er habe die Schlüssel. Amüsiert sagte ich zu.

Der Abend war sehr lau, die Luft weich und voller Blütenduft. Wir saßen im Garten des Anwesens auf einem bequemen Lounge-Sofa und schauten auf das angeleuchtete Haus, das in der Dunkelheit wie ein kleiner Palast wirkte. Das Eis in unseren Gin-Gläsern klirrte leise. Der Garten mit seinen versteckten Steintreppen, mit geheimnisvoll in Hecken und Büschen auftauchenden Kopf- und Tierplastiken, von grünem Moos und Ranken überwuchert, mit verträumten Sitzecken unter tropischen Gewächsen, Palmen und Muskatnussbäumen, erinnerte mich an die Gärten Jeffrey Bawas, der vielen herrschaftlichen Häusern Sri Lankas mit seinen architektonischen Ideen einen Stempel aufgedrückt hatte. Aus einem entfernten Teich klang das Gequakte von Fröschen herüber. Glühwürmchen tanzten um uns her.

Suneth saß ein wenig abgewandt von mir, sodass ich sein markantes Profil sehen konnte, seine dominante Nase mit der starken Einkerbung am Übergang von der Stirn zum Nasenrücken. Sein barocker Körper lehnte entspannt in den Kissen.

„Wir haben nicht viel Zeit, Johanna", sagte er mit ruhiger Stimme, ohne mich anzusehen. „Lass sie uns nicht vergeuden."

Ich sah rote Lichter vor meinen Augen. Warnsignale. Ein ernsthafter Verführer. Gefahr im Verzug! Doch ich wusste in diesem Moment, dass ich an ihm nicht vorbei kommen würde.

Ja, ich weiß, dass ich nicht die einzige Frau in seinem Leben bin. Ich weiß aber auch, dass ich die einzige Frau bin, die ihn auf diesem schweren Weg begleitet, begleiten will und kann. Da hat Suneth nie einen Zweifel aufkommen lassen. Unsere gemeinsame Indienreise war erst drei Monate her.

Wir waren durch verschiedene Städte gereist, hatten in Antiquitätenläden gestöbert, wundervolle farbenprächtige Stoffe gekauft, gut gegessen, getrunken, uns geliebt. Wir waren wie in einem Rausch lachend und weinend, fröhlich und traurig durch diese Tage und Nächte geflogen, hatten Abende singend und trinkend verbracht, hatten uns gegenseitig Geschichten erfunden, hatten getanzt und Grimassen geschnitten, Sandburgen gebaut, waren im Meer geschwommen.

Wir hatten uns kaum einige Minuten aus den Augen gelassen, waren einander gefolgt, mit kindlicher Neugier, wollten alles voneinander wissen, in jeder Situation, waren eingedrungen in die kleinen Geheimnisse, die jeder Mensch mit sich herumträgt ... und in die großen.

Er hatte mir mit schonungsloser Offenheit sein Leben erzählt und viel von mir verlangt. Ich hatte jeden Widerstand aufgegeben. Den Schmerz, den mir das einbringen würde, ahnte ich. Einmal überfiel mich geradezu eine solche Gewissheit, eine Vorahnung, dass ich voller Verzweiflung schrie und weinte und ihn heftig abwehrte, als er erschrocken versuchte, mich in den Arm zu nehmen und zu beruhigen. Damals hatte ich das Gefühl, auf einem schlafenden Vulkan zu tanzen, hatte die Hitze des Feuers unter den Füssen gefühlt und sie so gut es ging ignoriert.

Wir fuhren zwei Tage auf einem Hausboot über die Backwaters von Kochin, einem romantischen Strohboot, gelenkt von einer kleinen dreiköpfigen Crew, die sich auch um unser leibliches Wohl kümmerte. Ein zauberhaftes Märchen aus tausendundeiner Nacht. Auf dem Fluss dahingleiten, vorbei an exotischen Dörfern und Szenen des alltäglichen Lebens, an Frauen in bunten Saris, eng umschlungen an der Reling stehend, schweigend den Sonnenuntergang bestaunen mit offenen Herzen.

Suneth hatte nach dem Abendessen nach einer Trommel gegriffen, die in der Ecke der Kajüte stand, und war eingetaucht in einen immer intensiver werdenden Rhythmus, der mir das Blut in den Adern rauschen ließ wie eine Sturmflut. Wie sehr ich ihn liebte, als ich ihn so völlig in sich versunken trommeln sah, weit entrückt in einem Universum, in dem es keinen Schmerz und keinen Abschied gab, sondern nur ihn und mich.

Die letzten Tage verbrachten wir auf einer kleinen romantischen Insel vor der Küste Trivandrums. Der Blick von der Veranda unseres Zimmers eröffnete uns einen wundervollen Garten. Eine beständige Meeresbrise brachte die warmen Düfte der verschiedensten exotischen Pflanzen zu uns hinein, die manchmal so intensiv waren, dass es schien, als wolle die Natur unsere Sinne mit aller verfügbarer Kraft betören, als sei all diese Pracht und Schönheit allein für uns bestimmt. Dort sprach Suneth auch das erste Mal über das Horoskop. Er lachte, aber ich konnte die Furcht in ihm spüren.

„Ich werde jung sterben, Johanna", hatte er gesagt, und sein Lachen verschluckt. Er roch nach frisch gebackenem Brot.

Die Versuche, Indien in den Alltag zu Hause hereinzuholen, waren nicht sehr erfolgreich. Zu anders war es hier und zu weit weg waren wir voneinander in einer Welt, in der unsere Liebe unerwünscht war.

Ich dachte daran, das Suneth so oft traurig war, ohne jede wirkliche Freude. Er scherzte und tanzte, spielte den Entertainer und Charmeur wo immer es etwas zu feiern gab. All das schien wie der Versuch, sich an einem Holzbalken auf stürmischer See festzuhalten, um nicht unterzugehen. Ich wusste um die Momente, in denen Panik ihn erfasste und eine undefinierbare Angst. Dann betrank er sich mit Freunden, trank und stampfte aggressiv alles in den Boden, bis seine Empfindungen in eine seltsam entspannte Gelassenheit umschlugen.

Unser Verein „Pitaramba e.V." feierte die Eröffnung des Schneiderworkshops am 01. Juni 2006 im festlich mit Fackeln erleuchteten Garten. Renate war extra aus Deutschland angereist. Marga und Josef vom Hotel gegenüber hatten mir ihren Koch zur Verfügung gestellt, der ein großartiges Buffet gezaubert hatte. Andere Freunde hatten Wein gespendet, mit dem wir nun auf den ersten Erfolg unserer Arbeit anstießen. Suneth war zusammen mit seinem Freund Deepal, einem Journalisten des Daily Mirror, aus Colombo gekommen. Deepal wollte einen Artikel über den Start des jungen Ausbildungsunternehmens schreiben.

Der Abend war warm, das intensive Parfum der Nachtblüher wehte über den Tisch und vermischte sich mit dem Duft verschiedenster Curries, die in traditionellen Tongefäßen auf die hungrigen Gäste warteten. Das leise An- und Abschwellen der Brandungswellen vom nicht weit entfernten Strand war zu hören. Fröhliches Gelächter und angeregte Gespräche um den Tisch herum mischten sich mit tropischen Tierstimmen.

Ich spürte, wie Suneth meine Hand nahm und unter dem Tisch fest in seiner hielt. Als ich aufblickte, um in seine dunklen Augen zu schauen, sah ich Tränen über seine Wangen laufen.

Am 05. Juni brachte der Postbote einen Brief von meinem Vater, als ich nach einem Rundgang durch den Workshop auf der Veranda bei einer Tasse Tee saß. Das Tageblatt eines Abreißkalenders fiel mir auf den Schoss. Der 18. Mai, Vaters Geburtstag, mit einem Rilke-Gedicht auf der Rückseite. Er hatte eine getrocknete Blume dazugelegt, die beim Herausnehmen in ihre Einzelteile zerfiel.

Plötzlich übermannte mich eine nie gefühlte Todesangst. Mein Körper verkrampfte sich und mein Herz schlug doppelt so schnell. Alles wird sich auflösen mit dem Tod. Alles wird zerfallen. Wir werden alles loslassen, aufgeben müssen im Tod. Die taube Benommenheit wollte an dem Tag nicht von mir weichen.

Ich erzählte Suneth von diesem Vorfall, als ich ihn am nächsten Tag in seiner Werkstatt besuchte. Es gehe etwas vor, sagte er, etwas, das wir beide nicht verstehen könnten, etwas, das Angst mache, wie eine dunkle Wolke sei, irgendwie verrückt. Die Ruhe in seinen Augen hatte mich erschreckt.

„Lass uns wieder nach Indien fahren, bald, Johanna, ehe es zu spät ist."

Dann stellte er sein Handy ab, rief mich nicht mehr an, bis auf die Nacht vor dem Unfall. Da erklärte er mir seine Liebe. Alles werde gut.

Im Krankenhaus war es wie immer wie in einem Bienenhaus. Menschen strömten rein und raus, lautes Stimmengewirr, Unruhe überall. Man hatte mich nicht zu Suneth lassen wollen. Voller Wut und

Verzweiflung wollte ich schon hinauslaufen und aufgeben, als Suneths jüngere Schwester, die Einzige der Familie, die mir wohlgesonnen war, mich an ihrer Stelle hinein gehen ließ. Suneth lag mit geschlossenen Augen da. In seinem schwarzen Haar sah ich eine erste graue Strähne. Ich beugte mich zu ihm hinunter und flüsterte in sein Ohr. Bevor ich ging, sagte ich leise: „Geh, wenn du willst. Geh, wenn es zu schwer ist, zu bleiben." Ich küsste seine warme, trockene Stirn und ging, ohne mich umzusehen, ohne mit jemandem vor der Tür zu sprechen, ohne auf die Menschen zu achten, die mich anstarrten. Es war, als ginge ich wie auf Watte. Suneth starb in der darauffolgenden Nacht.

Einige Tage später besuchte mich Suneths Vater und lud mich ein, dem Sohn ein letztes Lebewohl zu sagen. Suneths Tod hat ihn weich und mitfühlend gemacht, ging es mir durch den Kopf, und ich sah ihn schweigend an.

Jetzt warte ich auf eine Freundin, die mich zur Beerdigung begleiten wird. Ich habe mich schön gemacht und trage den weißen Salwar, den Suneth mir in Indien geschenkt hat.

Ich denke an gestern, als ich der Einladung des Vaters gefolgt war. Meine Knie hatten gezittert, als ich Suneths Haus betrat und all die Menschen sah, die sich innen aufhielten, saßen und standen, leise redeten. Die Luft im Haus war Formaldehyd geschwängert. Teetassen klapperten, eifrige Helferinnen boten den Trauergästen Kuchenstücke, Bananen und gefüllte Wassergläser auf bunt bemalten Tabletts an.

Zuerst sah ich die Füße Suneths auf der Bahre, die auf der rechten Seite des lang gestreckten Raumes stand. Der Rest war durch einen Paravent verdeckt. Ich spürte, wie mir das Blut aus dem Kopf wich. Sterne tanzten vor meinen Augen. Als ich fast ohnmächtig zu Boden glitt, fingen die Arme zweier Männer mich auf, damit ich nicht auf den Boden schlug. Sie hielten mich fest und führten mich zu ihm. Ich schlug die Hände vors Gesicht. Ich wollte das nicht sehen. Dann ließ ich meine Hände langsam sinken.

Das, was dann über mich kam, hatte ich nicht vorhergesehen. Ich schien ferngesteuert, von übermenschlicher Kraft getrieben, als ich mich scheinbar gegen meinen Willen mit einem lauten Schrei auf Suneths Körper stürzen wollte. Wieder umfingen mich starke Männerarme, bis mein Widerstand plötzlich zusammenbrach und ich schluchzend in die Knie ging.

Man setzte mich auf einen schnell herbeigeschobenen Stuhl. Als ich aufblickte, sah ich in das Tränen überströmte Gesicht von Suneths Vater.

Ich stehe auf dem Hof vor Suneths Haus. So viele Menschen. Die muslimische Nachbarschaft hat sich auch versammelt. Suneth ist sehr beliebt. Heute Morgen wurde sogar ein Gebet in der Moschee für ihn gesprochen. Alle wissen nun, wer ich bin. Viele schauen mich mitfühlend an, andere aber auch mit voyeuristischer Begierde angesichts des Leids. Aus den Augen seiner älteren Schwester sprüht blanker Hass, die irrationale Anklage ‚Du bist schuld'. Jetzt wird der Sarg aus dem Haus getragen.

Jemand zieht mich auf die Hofmitte. Die versammelte, weiß gekleidete Menschenmenge schreit und weint hemmungslos, drängt mit Macht zum noch geöffneten Sarg. Ich höre einige buddhistische Mönche singen, die am Rand des Hofes sitzen. Ein großer Mann bietet mir seinen Arm an. Sein Gesicht kommt mir bekannt vor. Ich gehe neben der Freundin inmitten der Menge hinter dem Sarg her, der von Suneths Freunden und Cousin Nalin zum Krematorium getragen wird. Weiße

Tücher liegen auf dem Weg und werden immer wieder von hinten nach vorne geschleudert, damit die Sargträger nicht den nackten Boden berühren müssen.

Auf dem Vorhof des Krematoriums wird der Sarg noch einmal abgestellt und geöffnet. Ich bin fassungslos. Die hysterischen Schreie schrillen in meinen Ohren. Geh nicht, Sohn. Komm zurück, Bruder. Da spüre ich einen Schlag in den Rücken, der mich direkt auf den Sarg zu stößt, sodass ich stolpere und mit meinem Mund Suneths eiskalte, steinerne Wange berühre. Ich möchte schreien. Kein Ton kommt aus meinem Mund. Mein Hals ist zugeschnürt. Ich muss würgen. Der Sarg wird geschlossen. Das Schreien wird lauter. Schmerz und Entsetzen schwängern die Luft. Der Sarg wird in das Gebäude hineingeschoben.

Die Menschenmenge beginnt es im Uhrzeigersinn zu umkreisen. Suneths ältere Schwester geht vor mir her und muss von zwei Frauen gestützt werden. Ihr Körper bäumt sich auf. Der Kopf fliegt nach hinten.

Ich bleibe stehen. Ich will nicht mehr weiter gehen. Ich sehe die Tür, hinter der ich Suneth weiß. Ich lehne mich dagegen. Horche. Schließe die Augen. Warte. Eine seltsame Tonfolge, fast schon eine zärtliche Melodie, kündet das Feuer an. Ich kann seine Kraft durch die Tür fühlen. Dann ziehen sich die Schreie der trauernden Menge aus meinem Bewusstsein zurück und ich betrete einen stillen, menschenleeren Raum

Quantum of light

Erscheinungen

Ich sitze im Auto hinter Pradeep, der mich mit kleinem Gepäck in die Gegend von Peradeniya im Hochland Sri Lankas bringen würde, wo ich mich für 10 Tage in ein Vipassana Retreat-Zentrum, ins Dhamma Kuta, zurückziehen will.

Erst vier Wochen sind seit Suneths Tod vergangen und ich habe keine Ahnung, wie ich mit dem Schmerz umgehen soll. Die Sonne scheint, das Meer rauscht, ich habe so gut es ging meine Arbeit im Workshop wieder aufgenommen, kümmere mich um die Hunde, die mir Schwanz wedelnd und etwas schüchtern hinterherlaufen, als wüssten sie genau Bescheid, besuche Freunde, die versuchen, mich auf jede erdenklich Art zu trösten. Alles ist mir zu viel. Was kann mich denn trösten? Eine Ayurvedamassage? Ein leckeres Essen? Wein? Arrak? Lächerlich. Ja, sicher, die Zeit würde etwas bewirken, aber wenn ich daran denke, dass Monate dieses grausamen Schmerzes, womöglich Jahre vor mir liegen, dringt ein Stöhnen aus meinem Mund wie aus dem einer Fremden und ich schließe müde die Augen.

Pradeep sieht mich durch den Rückspiegel besorgt an und fragt, ob alles in Ordnung sei. Ich schweige und schaue auf das vorbeigleitenden Brückengeländer, als wir kurz vor Aluthgama den Bentota Fluss überqueren.

Der Wagen biegt rechts nach Dhargatown. Als wir an der Einfahrt zu Suneths Haus vorbeifahren, wende ich den Kopf ab. Übelkeit steigt in mir hoch. Diese vielen Menschen, die von allen Seiten überholenden

Tuk-Tuks und Lastwagen, der Anblick der Straßenhunde, die sich erst kurz bevor das Auto über ihnen ist, träge vom Boden erheben und auf die sichere Seite trotten, saugen den letzten Rest Energie aus mir heraus. Die Kakofonie und der Duftüberfluss des muslimischen Viertels gefallen mir eigentlich sehr. Ich kaufe die meisten Dinge des Lebens hier in den kleinen trubeligen Geschäften und auf dem Markt ein. Jetzt ist alles wie in Watte gepackt und dumpf. Schlaf übermannt mich ...

Nach Suneths Beerdigung bekam sie Anrufe und SMS von sogenannten Freunden Suneths, die ihr Mitgefühl auf verstörende Art und Weise ausdrückten. Zweimal war es vorgekommen, dass jemand ihr am Telefon Suneths Nachfolge anbot. Sie hatte fassungslos die Verbindung unterbrochen und war in Tränen ausgebrochen.

Vor ein paar Tagen traf eine Gruppe Jugendlicher vor dem Tor ein, die darum baten, mit ihr sprechen zu dürfen. Die gute Seele des Hauses, Vimala, hatte sie ins Büro geführt, wo Johanna mit der Buchführung beschäftigt war. Sie erinnerte sich an fünf junge Männer, die sie schweigend anstarrten. Einer war auf sie zugekommen und hatte ihr ein Päckchen mit Schokolade auf den Tisch gelegt. Sie seien Kumpels von Suneth und wollten ihr Beileid ausdrücken. Ihre Blicke hatten jedoch alle etwas gierig Voyeuristisches, das einen sauren Geschmack in Johannas Mund aufkommen ließ. Sie hatte das Gefühl, sich übergeben zu müssen. Vimala sah ihre Not und bugsierte die Besucher aus dem Büro hinaus in den Innenhof. Johanna hörte sie noch etwas auf Sinhala sagen, worauf die Gruppe sich zum Tor zurückzog und endlich ging. Johanna verschränkte die Arme auf der Tischplatte, legte ihren Kopf darauf und schloss die Augen.

Vimala brachte ihr eine Tasse Tee und Johanna ging, gefolgt von ihren Hunden, hinaus in den Garten. Sechs von sieben Tieren hatte sie noch, von ganz klein bis mittelgroß wie Junior, ein Border Collie-Mix mit üppiger Mähne und herrlichem Charakter. Es waren Findlinge, Geschenke oder hatten sich einfach überlegt, bei ihr zu leben, so wie es Brownie, der siebte und älteste von ihnen getan hatte. Er war erst vor Kurzem an Altersschwäche gestorben.

Sie setzte sich unter den gigantischen Ficus Baum, dessen meterlange Luftwurzeln bis auf die Erde reichten, auf einen bequemen Liegestuhl, nahm einen Schluck süßen Tee und schaute durch das Ast- und Blättergewirr hoch in den tiefblauen Himmel. Solch ein Wetter war im Juli ungewöhnlich. Normalerweise war es zu dieser Jahreszeit verhangen und es regnete oft wie aus Eimern gegossen, sodass die Wiese 20 cm unter Wasser stand. Seit ein paar Tagen jedoch war der Regen verschwunden und der Himmel zeigte sich von seiner Bilderbuchseite.

Sie hörte das Summen der Nähmaschinen, die Stimmen der Mädchen im Arbeitsraum, spürte, wie ihre Hündin Joey ihren schwarzen Kopf mit den hellbraunen Punkten über den Augen auf ihren Oberschenkel legte. Aus den Augenwinkeln sah sie das schwarz-weiß gemusterte Fell Luckys, einer Schwester Juniors, die sich von der anderen Seite langsam in der Hoffnung an sie heranschob, von Joey nicht vergrault zu werden. Johanna blickte lächelnd auf die blonde Mellie und die kaffeebraune Toffie, die in gebührendem Abstand zu Joey ihren Platz eingenommen hatten, und versank in Erinnerungen an den Tag, an dem man ihr sagte, dass Suneth gestorben sei.

Johanna verließ das Krankenhaus eilig, nachdem sie dank Suneths jüngerer Schwester an deren Stelle zu ihm hineingelassen worden war.

„Er ist sehr müde", hatte die junge Ärztin gesagt, die neben dem Bett stand und mitleidsvoll auf Suneth hinunterblickte.

„Ja, das ist er." Johanna war neben dem Bett auf die Knie gegangen und hatte ihren Mund nah an Suneths Ohr gebracht.

„Ich habe letzte Nacht von deiner Mutter geträumt", flüsterte sie. „Sie lässt dir ausrichten, dass sie bei dir ist und dir helfen wird, sollte das Leben dich wählen. Wenn nicht, wird sie da sein, wenn du gehst."

Vor dem Krankenhaus stand der Wagen von Susan und Michael, Suneths australischen Freunden, bei denen sie seit einigen Tagen wohnte. Der tägliche Weg von Bentota nach Colombo war zeitaufwendig und anstrengend, und so hatte Johanna das Angebot der beiden dankbar angenommen, ein Zimmer in ihrem geräumigen Haus im Vorort Peradeniya zu beziehen. Drei junge Männer traten ihr schüchtern in den Weg und fragten, wie es Suneth gehe. „Betet für ihn", flüsterte sie und stieg schnell in den Wagen ein.

Es war bereits dunkel, als sie im Haus der Freunde ankam. Ein Bediensteter öffnete Johanna die Tür und ließ sie schweigend ein. Warmes Licht beleuchtete die von kunstvoll geschnitzten, dunklen Holzsäulen getragenen Vordächer der umlaufenden Veranda des u-förmigen Gebäudes. Der Duft der Nachtlilien schwebte über dem Innenhof. Eine fast drei Meter hohe Steinmauer, die dem Gebäude etwas von einer Festung verlieh, lag im Schatten des hinteren Gartens und begrenzte das Grundstück zur Straße. Von dort war das Plätschern eines Springbrunnens zu hören. Susan und Michael saßen Arm in Arm auf einem alten, an vier gewaltigen Eisenketten vom Verandadach herabhängenden, antiken Tagesbett. Michael war wie Suneth Antiquitätenhändler und so war das Haus überall mit alten Möbeln und antiken Kunstgegenständen bestückt. Johanna konnte sehen, dass Susan geweint hatte. Sie ging nach einigen knappen Grußworten ohne Abendessen auf ihr Zimmer, entkleidete sich, legte sich ungewaschen auf ihr Bett und fiel in einen tiefen traumlosen Schlaf.

Die schwüle Wärme im Zimmer weckte sie früh. Sie fühlte so etwas wie Fröhlichkeit in sich aufsteigen. Später konnte sie sich noch gut an dieses seltsame Gefühl schwebender Leichtigkeit erinnern, als sie aufstand und ins Bad ging. Sie wusch sich, kämmte ihre Haare, kämmte sie noch einmal, sah in den Spiegel, lächelte, nahm erneut die Bürste, dann die Zahnbürste, konnte sich nicht entscheiden, ob sie diese oder jene Hose anziehen sollte, das rote einfarbige oder das rot geblümte T-Shirt. Bevor sie das Bad verließ, stand sie lange unbeweglich vor dem Spiegel. Sie schaute nur und empfand nichts.

Dann verließ sie ihr Zimmer und ging hinaus auf die Veranda, wo an einem gedeckten Frühstückstisch Susan mit Gayani, einer Freundin des Hauses, saß und ihr entgegenblickte. Mit lächelndem Gesicht begrüßte sie die beiden schweigenden Frauen, rückte sich einen der Stühle zurecht und griff nach einem Stück Weißbrot, das in einer länglichen Schale aus Kokosnussholz lag. Susan war aufgestanden und rasch in die Küche gegangen, um Kaffee zu holen. Gayani sprach kein Wort, drehte nur unaufhörlich mit gesenktem Blick einen Kaffeelöffel zwischen den Fingern. Zögerlich kam Susan mit der Kaffeekanne in der Hand zurück.

„So etwas habe ich noch nie gemacht", sagte sie mit stockender Stimme. „Johanna, es tut mir so leid, Suneth hat es nicht geschafft." Ihr Gesicht war tränennass.

So musste es sein, wenn man in einen bodenlosen Abgrund fällt. Was war das, was sie da überspülte und mit sich riss? Lange saßen die drei Frauen wortlos am Tisch. Irgendwann stand Johanna auf und ging zurück auf ihr Zimmer. Ihre Augen brannten. Sie setzte sich auf ihr Bett und starrte die Wand an. Weinen konnte sie nicht. Alles war leer.

Spät am Abend, nach einem schier endlosen, tauben Tag, saß sie allein mit Michael an dem großen ovalen Holztisch, auf dem noch die Reste des Abendessens standen, von dem sie kaum etwas angerührt hatte. Michael trank golden schimmernden Whiskey aus einem Kristallglas und blies schweigend kleine Rauchwölkchen in die Luft, nachdem er von einem schwarzen Zigarillo einen tiefen Zug genommen hatte. Vor

Johanna stand ein Glas Wasser, an dem sie hin und wieder nippte. Die schwüle Hitze des Tages war einer leichten kühlen Brise gewichen, die den am Körper herabrinnenden Schweiß trocknete.

„Leg deine Füße auf meinen Schoß", sagte Michael, „Ich werde sie dir ein wenig massieren."

Johanna lehnte sich gegen die hohe, geschnitzte Rückenlehne des Stuhles und schloss die Augen. Während Micheal ihre Füße mit sanftem Druck massierte, erzählte er ihr von seiner Zeit als Soldat in Vietnam, davon, dass er der einzig Überlebende von sieben Freunden aus seinem Heimatort war, keiner älter als 19, dass er nach dem Krieg seine amerikanische Staatsbürgerschaft abgelegt und nie wieder heimatlichen Boden betreten hatte. Er habe sich für Australien entschieden und für die restliche weite Welt. Damals habe er geglaubt, nie wieder glücklich zu werden, nie wieder lachen zu können, nie wieder normal leben zu können. Der Alkohol halte ihn seither fest im Griff. Dann sei jedoch Susan in sein Leben getreten und vieles habe sich positiv verändert. Dennoch könne er nicht vom Whiskey lassen, zu schlimm seien die Bilder, die ihn jede Nacht heimsuchten. Aber es lasse sich damit leben.

„Du wirst es schaffen Johanna, da bin ich sicher. Du bist eine starke Frau. Darf ich dir einen Rat geben? Ich habe hier die Adresse eines Vipassana Retreat Zentrums in den Bergen. Überleg es dir und fahre dorthin, sobald es dir möglich ist. Es wird dir helfen." Als er aufstand, legte er eine Visitenkarte vor Johanna auf den Tisch, gab ihr einen Kuss auf die Wange und verließ die Veranda.

Nachdem Michael sich zurückgezogen hatte, ging Johanna über eine steile Treppe im hinteren Teil des Innenhofs auf den Dachgarten, der sich über dem Wirtschaftsgebäude befand. Der frische Wind umfing sie. Sie setzte sich in eine Ecke auf den Boden, lehnte sich gegen das schmuckvoll gestaltete steinerne Geländer und blickte in einen sternenübersäten Himmel. Hier oben fühlte sie sich der Unendlichkeit des Universums ein Stückchen näher.

Wie lange sie so gesessen hatte, konnte Johanna nicht sagen, als sie plötzlich das Gefühl hatte, nicht mehr allein zu sein. Sie nahm etwas am Treppenaufgang wahr und wandte den Kopf in diese Richtung. Ihr stockte der Atem. Zuerst sah sie eine durchsichtig erscheinende, in einen Sari gekleidete Frauengestalt, surreal, durchzogen von flackernden Lichtreflexen, die an alte Super-8-Film denken ließ. Ihr folgte mit unklaren Konturen … Suneth. Johanna schloss die Augen, öffnete sie wieder, die beiden waren noch da. Sie kniff sich in den Unterarm und spürte Schmerz. Sie kniff fester, der Schmerz wurde stärker. Sie war also wach. Es war kein Traum. Sie strengte ihre Ohren an, doch die nächtlichen Geräusche der Großstadt waren verschwunden. Sie hatte das Gefühl, in absoluter Stille zu sein.

Die durchscheinenden Konturen Suneths, die mehr zu ahnen als zu sehen waren und doch wie lebendig schienen, näherten sich ihr. Er setzte sich vor ihr auf den Boden und legte seinen Kopf in ihren Schoß. Die Frau blieb an der Treppe stehen und blickte zu ihnen herüber. Johanna wollte seinen Kopf berühren, ihn streicheln, griff jedoch ins Leere.

Dennoch ... es war, als fühle sie ihn. Er sah zu ihr hoch und blickte sie an. Eine Handbewegung der Frau ließ Johanna aufblicken. Sie schien Suneth zu sich zu winken. Er erhob sich und ging auf sie zu. Bevor beide den Treppenaufgang hinunter verschwanden, wandte er sich noch einmal zu ihr und lächelte.

Dann war sie wieder allein, verwirrt, unsicher.

Kurz darauf kehrten auch die Geräusche zurück. Sie hörte ein Auto am Haus vorbeifahren, in der Ferne bellte ein Hund, Zikaden zirpten laut. Johanna schaute auf ihre Hände, die schlaff in ihrem Schoß lagen. Was war denn das? Wurde sie jetzt verrückt? So etwas kann es doch gar nicht geben. Welchen Streich hatte ihr Geist ihr gespielt? Sie schüttelte den Kopf und spürte in sich hinein. Alles war ruhig, ihr Herz schlug normal, sie verspürte keine Angst. Sie war so klar wie den ganzen Tag nicht, klar und ruhig.

Tränen liefen über ihre Wangen. Ein Gedanke schob sich drängend in den Vordergrund. Wenn es wahr ist, was auch die Quantenphysik sagt, dass Leben reine Energie, Energie unsterblich und eine Koexistenz mehrerer Energie geladener Universen denkbar ist, dann ... ja, dann wäre es doch möglich, dass Transfers zwischen diesen Universen nicht ausgeschlossen werden konnten. Wenn lediglich fünf Prozent des Kosmos aus sichtbarer Materie besteht, der Rest jedoch nicht physisch und somit nicht sichtbar ist, dann war das, was sie gerade erlebt hatte, nicht unmöglich. Es war genau das, was die Hindus Shi-va nannten, ‚das, was nicht ist'.

Drei Wochen später rief Johanna in dem Retreat-Zentrum an, das Michael ihr empfohlen hatte. Eine freundliche Frauenstimme sagte, dass alle Plätze für das nächste Retreat, das in einer Woche beginnen sollte, ausgebucht seien. Es täte ihr sehr leid. Doch schon eine Stunde später klingelte das Telefon und dieselbe Dame teilte ihr mit, dass soeben eine Frau abgesagt habe. Somit könne sie gerne kommen und teilnehmen.

„Gleich sind wir in Peradeniya", höre ich die Stimme Pradeeps wie aus weiter Ferne und richte mich aus der unbequemen Schräglage auf, in die ich während meines unruhigen Schlafes gerutscht war.

Ich musste lange geschlafen haben, denn als ich den Kopf hebe und mir den steif gewordenen und schmerzenden Nacken reibe, sehe ich, dass wir durch den Nuwara Eliya Distrikt mit seinen berühmten Horton Plains fahren. Obwohl ich schon mehrere Male hier war, beeindruckt mich immer wieder die Schönheit dieser Landschaft, die Stille abseits der Hauptstraßen mit seinen fremdartigen Tieren, exotischen Vögeln und einer unglaublichen Pflanzenvielfalt, die das Herz eines jeden Naturliebhabers hören schlagen lässt. Der Anblick der von den Bergen herabdonnernden Wasserfälle, die weiten grünen Teeplantagen, diese atemberaubenden Ausblicke lassen mich für einen Augenblick den Schmerz vergessen.

Der Tag ist klar und sonnig, dennoch weiß ich aus Erfahrung wie kalt und nass es hier in den Bergen sein kann. Je näher wir unserem Ziel kommen, desto mehr denke ich an die kommenden Tage. Seit vielen Jahren bin ich vertraut mit der buddhistischen Meditation der tibetischen Nyingma Linie. Würde Vipassana mir einen neuen Zugang zeigen?

Etwa vier Kilometern hinter Peradeniya biegen wir links in Richtung Mowbray ab. Nach einer holprigen Fahrt über steil ansteigende Wege erreichen wir endlich Dhamma Kuta, das Meditationszentrum.

Meine Vermutungen bezüglich des Wetters bewahrheiten sich. Als wir das Zentrum erreichen, das auf den weitläufigen Terrassen einer ehemaligen Teeplantage erbaut worden war, ist der Himmel bereits grau und ein leichter Nieselregen fällt. Die Bergkuppen der Horton Plains sind hinter einem dichten Wolkenvorhang nur zu ahnen. Ich verabschiede mich von Pradeep, der sich sogleich auf die Heimreise nach Bentota macht, und gehe mit meiner Tasche zu einem kleinen Rezeptionshäuschen, wo ich von einer lächelnden Dame mittleren Alters empfangen werde. Ich habe nicht damit gerechnet, dass mein Aufenthalt hier völlig kostenlos sein soll.

„Sie können am Ende etwas spenden", meint die Dame und gibt mir einen Zettel mit einem gezeichneten Lageplan sowie eine Aufstellung von Verhaltensregeln, die jeder Teilnehmer strikt zu befolgen habe.

Ich verlasse die Rezeption und schaue mich um. Auf der linken Seite der Anlage liegt der Männerbereich, in der Mitte thront auf einem grünen Hügel ein weißer Stupa, auf der rechten Seite befinden sich die Frauenquartiere bestehend aus einem lang gestreckten Gebäude und einigen kleinen Hütten. Dazwischen herrliche, fast baumhohe Büsche mit dunkelrot und violett blühenden Bougainvillea, weißen Tempelblumen und anderen tropischen Gewächsen. Einige Meter von der Rezeption entfernt, gegenüber dem Stupa und erreichbar über einen schmalen abschüssigen Weg, liegt offenbar das Versammlungshaus mit dem großen Meditationssaal, direkt dahinter die Küche mit dem Speiseraum.

Anhand des Lageplans orientiere ich mich und gehe hinunter zum Haus der Frauen, wo bereits einige Frauen unterschiedlichen Alters dabei sind, sich in ihren Schlafkojen einzurichten. Jede hat ein Bett und ein schmales Regal zur Verfügung. Der private Schlafbereich ist nur durch einen Stoffvorhang von dem der Nachbarinnen abgetrennt, was bedeutet, dass an Privatsphäre nicht zu denken ist.

Von einer etwa 50-jährigen Singhalesin, die offenbar schon häufiger an diesem Ort war, lasse ich mir mein Bett, den Baderaum und die Toiletten zeigen. Der Baderaum erinnert mich an die Gemeinschaftsduschen in alten Jugendherbergen, aber zumindest sind die Toiletten in einzelnen Kabinen mit halbhohen Wänden untergebracht.

Hot water shower from 9-11.30pm steht an einem leicht verwitterten Blechschild neben der Eingangstür. Es gibt abends warmes Wasser, ein kleiner Luxus.

Nachdem ich meine wenigen Habseligkeiten ausgepackt und die Tasche unter dem Bett verstaut habe, setzte ich mich auf die angenehm feste Matratze und stelle fest, dass ich seit meiner Ankunft nicht mehr an Suneth gedacht habe. Vielleicht wird mir der Aufenthalt hier tatsächlich guttun, geht es mir durch den Kopf. Dann nehme ich mir den Verhaltenskodex vor.

Ab dem morgigen Tag gelte ein absolutes Schweigegebot, das erst am Ende des neunten Tages aufgehoben werde, Blickkontakt sei zu vermeiden und der Blick auf die Erde zu richten. Die Teilnahme an den Sitzungen sei verpflichtend, ebenso die Einhaltung der Essenszeiten. In der Vipassana Meditation seien drei praktische Aspekte zu entwickeln:

1. *Während der 10 Tage wirst du Sila folgen, einem Verhaltenscode, der dich zur Enthaltung von Rede und Handlungen verpflichtet, die für dich selbst und andere schädlich sind.*

2. *In den ersten drei Tagen wirst du die Anapana Meditation praktizieren, die Beobachtung des Atems, um dir dabei zu helfen, dich zu beruhigen und den Geist zu fokussieren.*

3. *Von Tag vier an wirst du Vipassana praktizieren, die Meditation der geistigen Reinigung durch Einsicht.*

Innerhalb der ersten drei Tage könne man das Zentrum noch verlassen. Danach nicht mehr, um sich selbst und der Gruppe durch die Unterbrechung der Vipassana Meditation keinen Schaden zuzufügen.

Ich lese zum ersten Mal etwas über S. N. Goenka, der 1924 in Mandalay zu Welt gekommen war und in den 60/70er Jahren zu einem der bedeutendsten Vipassana Lehrer in Indien wurde. Seither unterrichte er weltweit in über 130 Vipassana Zentren. Goenka, lese ich, vertrete die Ansicht, dass der Buddha keine Religion gelehrt habe, sondern Dharma, den Weg zur universellen Befreiung. Demnach stünde die von ihm vertretene Lehre jedem Menschen, unabhängig von dessen Glauben und Konfession, offen. Er, Goenka, sehe es als seine Aufgabe, die Lehre Buddhas im heutigen Indien und darüber hinaus auf der ganzen Welt zu verbreiten und verstehe sich dabei als Restaurator eines ursprünglichen Buddhismus. Vipassana solle den Menschen einen möglichen Weg zur Befreiung von ihrem Leiden aufzeigen. Anstatt von einer organisierten Religion zu einer anderen zu konvertieren, sollten die Menschen versuchen, von Trübsal zum Glücklichsein, von Unfreiheit zu Freiheit und von Grausamkeit zu Mitgefühl zu konvertieren.

Das ist mir vertraut, jedoch nicht die strengen Regeln, die mir wie die eines kontemplativen Klosters erscheinen. Ich werde das durchhalten, irgendwie. Mit einer Taschenlampe in der Innentasche meiner Regenjacke gehe ich hinaus, um ein wenig die Umgebung zu erforschen. Bald würde es dunkel werden und auf diesem unebenen, von Treppen,

Felsen und Böschungen durchzogenen Gelände gibt es sicher einige Stolperfallen sowie die eine oder andere Kobra, auf die ich später achten muss.

Nach dem Abendessen, dass das letzte für die kommenden Tage sein würde, teilt man uns mit, dass es vom nächsten Tag an nach der ersten Sitzung, 5.30h-7.15h, Frühstück um 07.30h und nach der zweiten Sitzung, 08.15-12.30h, Mittagessen um 13h gäbe. Danach sei bis zum nächsten Morgen fasten angesagt. Zwei weitere Meditationssequenzen seien von 14.00h-16.45h und von 17.15h-20.45h. Neulinge, die zum ersten Mal ein Vipassana Retreat mitmachten, könnten auf Wunsch um 17h eine Tasse gesüßten Tee und eine Banane erhalten. Das ist hart!

Obwohl es nicht gern gesehen wird, wenn Lebensmittel mit hierher gebracht werden, habe ich in weiser Voraussicht eine Tüte Rosinen, Cashewkerne und eine Tafel schwarzer Schokolade eingepackt. Das Wissen um diese Schätze beruhigt mich einigermaßen.

All das, heißt es weiter, was die Teilnehmer zu den Mahlzeiten erhielten, seien Spenden einzelner Familien des nahe gelegenen Dorfes. Jeden Tag sei eine Familie für das Frühstück und eine andere für das Mittagessen in einem rotierenden System verantwortlich. Da die Familien nicht alle über den gleichen Lebensstandard verfügten, solle sich niemand über die unterschiedliche Quantität und Qualität der Speisen wundern. Jede Familie gäbe das, was ihr möglich sei. Es sei eine Ehre für das Dorf, die Meditierenden mit Nahrung zu versorgen, da so die Segnungen der Meditation auch auf seine Bewohner übergingen.

Die erste Nacht im Schlafraum, in dem ich jeden Atemzug und jede Bewegung der Nachbarinnen hören kann, verbringe ich in einem unruhigen Schlaf. Ich wälze mich auf der dünnen Matratze hin und her und bin froh, als die Glocke um fünf Uhr zum Aufstehen ruft. Zwei

Deckenlampen tauchen den Gang des Schlafraums in gelbliches Licht. Schnell schlüpfe ich in meine Kleidung, sie ist kalt und etwas klamm, wasche mir mit eisigem Wasser das Gesicht und folge anschließend dem schweigenden Zug der Frauen, die sich auf den Weg durch die feuchte Dunkelheit zum Versammlungshaus machen.

In dem kalten und nur mit ein paar Kerzen erleuchteten Meditationsraum liegen Decken und Kissen verteilt auf dem Boden. Die Männerseite ist bereits gefüllt. Die Frauen nehmen eine nach der anderen einen Platz am Boden ein. Ich setze mich in die dritte Reihe, von wo aus ich einen guten Blick auf die beiden Frauen habe, die der Gruppe zugewandt in der Meditationshaltung mit geschlossenen Augen sitzen.

Als Ruhe in die Gruppe einkehrt, begrüßt zuerst Anusha, eine zierliche, etwa 40-jährige Singhalesin, deren dicker, schwarzer Zopf ihr bis auf die Hüften reicht, auf Sinhala die Versammlung. Danach tut es ihr Claire auf Englisch gleich, die mit ihrer hellen Haut, den Sommersprossen und den kurzen roten Haaren gegensätzlicher nicht sein könnte.

Ich sehe mich ein wenig im Raum um und entdecke unter den Frauen lediglich noch eine Ausländerin und auf der Männerseite zwei weitere hellhäutige Gestalten. Alle anderen sind komplett in Weiß gekleidete Singhalesen. Die Ausländer tragen die übliche bunte Freizeitkleidung, Schlabberhosen und überlange T-Shirts mit Hoodies. Es mögen insgesamt an die 60 Menschen sein, überschlage ich rasch.

Nachdem Anusha und Claire einen kurzen Überblick über den Tagesablauf gegeben sowie an das Schweige- und Blickkontaktverbot erinnert haben, stellt Claire einen Kassettenrekorder an, der zu ihrer Linken steht. Die gutturale tiefe Stimme Goenkas erklingt und die Meditation beginnt.

Die folgenden drei Tage sind eine Qual. Ich bin es nicht gewohnt, so lange bewegungslos auf einem Kissen am Boden zu sitzen. Alles tut mir weh. Mein Rücken scheint ein morsches Stück Holz zu sein, die Beine schlafen regelmäßig ein und die stundenlange Konzentration auf das kleine Dreieck unterhalb der Nase will und will nicht wirklich gelingen. Meine Stimmungen wechseln von Verärgerung zu Wut, von Verzweiflung zu Fluchtgedanken unterbrochen von schmerzhaften Erinnerungen an Suneth. Dabei spüre ich, dass mich Claire oft beobachtet, der ich am ersten Tag erzählt habe, warum ich hier bin. Wenn ich es kaum noch aushalten kann, schaue ich zu Claire, die mich mit einem warmen Lächeln auffordert, nicht aufzugeben.

In einer der Pausen höre ich Anusha zu Claire sagen: „Wir sollten Johanna nach Hause schicken. Es ist viel zu früh für sie. Sie schafft das nicht." Worauf Claire antwortet: „Nein, nein, lass mal, sie ist auf einem guten Weg. Ich bin sicher, dass sie es packt." Davon bin ich mittlerweile nicht mehr überzeugt.

Am Vormittag des vierten Tages hören wir wieder die Stimme Goenkas vom Band, der sagt, dass es nun an der Zeit sei, in die Vipassana Meditation einzutauchen. Nach den Instruktionen in Anapanasati, dem achtsamen Atmen, folge nun der Schritt, der unser ganzes Leben verändern werde.

Wir beginnen mit der Konzentration auf den Scheitelpunkt, die Stirn, die Augen, die Wangen. Jedes Teil des Gesichtes wird bedacht. Ich staune über das Prickeln und Kribbeln an den Stellen, auf die ich mich konzentriere. So gehe ich immer weiter durch meinen Körper von Körperteil zu Körperteil. Vorher habe ich noch nie meine Körperseiten und Waden im Ruhezustand so bewusst gespürt. Sobald es wie Ameisen kribbelt, wende ich mich einer anderen Stelle zu, bis ich bei den

Zehenspitzen angelangt bin. Danach geht es den gleichen Weg wieder zurück, hoch durch den Körper bis zum Scheitelpunkt und erneut hinunter zu den Zehenspitzen.

Später gehen wir mit einer Art kehrender oder fegender Bewegung mit unserer Bewusstheit durch jede einzelne Körperregion. Von oben nach unten, von unten nach oben, von links nach rechts, von rechts nach links, stundenlang. Es ist harte Arbeit. Empfindungen erscheinen und lösen sich wieder auf, sobald ich weitergehe. Kein Raum mehr für Gedanken. Goenkas dunkle Stimme leitet schon längst nicht mehr durch die Meditation. Wir sind auf uns allein gestellt. Mein Körper fühlt sich leichter an. Das Sitzen fällt mir nicht mehr so schwer und ich habe das Gefühl für Zeit verloren.

Als der Tag sich dem Ende zuneigt, geschieht etwas Merkwürdiges. Die Stille im Raum wird lediglich ab und zu von einem leisen Seufzer oder vom Rascheln eines Kleidungsstückes durchbrochen, wenn sich jemand vorsichtig bewegt. Alle sind in ihre „Arbeit" vertieft. Ich verspüre eine leichte Irritation und öffne die Augen. Ich schaue hinunter auf meine Hände und erschrecke. Etwas hat sich verändert. Ich blicke auf und sehe ihn, Suneth. Ich sehe Licht, das seine Körperumrisse formt, die ich so gut kenne. Dann ist mir, als hörte ich seine Stimme in meinem Kopf ...

,Bitte hilf mir. Ich schaffe es nicht allein. Du kannst mir dabei helfen, wieder heil zu werden.'

,Wie soll ich das anstellen? Wie kann ich dir helfen?'

,Was auch geschieht, hab keine Angst, dir kann nichts passieren.'

In diesem Augenblick ist die Gestalt verschwunden und ich spüre, wie sich erneut etwas in mir verändert. Ich habe das Gefühl, als sei mein Körper Suneths Körper, verwundet, gespalten, zerstört. Da beginnen auch schon die höllischen Schmerzen. Meine rechte Seite brennt wie in einem Feuer, das mich zu verschlingen droht. Als der Schmerz schier unerträglich wird, höre ich wieder seine Stimme:

‚Halte durch, bitte, dir kann nichts geschehen.' Ich kann die Tränen nicht mehr aufhalten und spüre, wie sich mein Gesicht vor Schmerz verzerrt. Hilfesuchend blicke ich zu Claire, die mich offenbar schon eine ganze Weile beobachtet und bemerkt hat, dass etwas mit mir vorgeht. Claire nickt mir wissend, aufmunternd zu. Ich schließe die Augen. Das durchdringende Gefühl, diese Schmerzen nicht mehr länger ertragen zu können, löst sich langsam auf. Das Brennen und Reißen ebbt in einem milchigen Strom ab, weicht zuerst aus dem rechten Arm, dann aus der Brust, aus dem Bauch, zum Schluss aus dem rechten Bein, bis sich alles in Stille und Ruhe auflöst.

Ich öffne vorsichtig die Augen und sehe die Lichtkonturen, die mir so vertraut sind. Dann lösen sie sich auf und verschwinden.

Die Erschöpfung, die meinen ganzen Körper erfasst, ist schrecklich und wohltuend zugleich. Es gibt keine Worte für das, was ich empfinde. Vorsichtig, leicht schwankend stehe ich auf und verlasse wie in Zeitlupe das Versammlungshaus. Draußen atme ich tief die kühle, feuchte Luft ein, blicke in den verhangenen Himmel und mache mich mit eingeschalteter Taschenlampe auf dem Weg zu meinem Nachtquartier.

Noch sind alle anderen im Meditationsraum, sodass ich allein durch die Nacht gehe. Außer dem leichten Rauschen des einsetzenden feinen Nieselregens und der Bäume ist nichts zu hören. Der Lichtkegel der Lampe zeigt mir den Weg. Mein Kopf ist leer und meine Beine bewegen sich automatisch. Da habe ich plötzlich wieder das Gefühl, nicht allein zu sein. Ich sehe nichts, spüre aber die Anwesenheit von jemandem, von Suneth. Ich muss grinsen. Doch da ist nicht nur Suneth, der mich zu begleiten scheint, sondern noch andere Lichter, die sich auf mich zu bewegen. Es sind nur leichte Lichtreflexe, die ich um mich herum im Dunkeln wahrnehme. Licht, das von den feinen Regentropfen gespiegelt wird? Glühwürmchen, die im Regen tanzen?

„Aus dem Weg", rufe ich laut, „Hier gibt es nur Platz für einen!"

Lachend schüttele ich den Kopf und setzte meinen Weg unbeirrt fort.

In dieser Nacht schlafe ich mit einem glücklichen Gefühl im Herzen ein. Die alles überstülpende Trauer um Suneth weicht einem tiefen Gefühl der Dankbarkeit.

Lichtspiele

Der helle Ausschnitt der Tür gibt ihm den Blick frei auf eine Welt, die nur hell oder dunkel ist, weit weg, obwohl nur ein paar Schritte von seinem Bett entfernt. Vom Halbdunkel der Hütte aus wirkt diese Welt grell heute Vormittag, voller Licht einer Sonne, die er nur noch selten sieht. Aber er weiß, dass sie da draußen ist, an diesem Himmel, der manchmal so blau ist wie das Meer und dann wieder weißlich oder grau und fleckig, voller Wolken. Er hat so gerne hochgeschaut in diesen Himmel, mit zusammengekniffenen Augen, fast tränend, weil das Licht schmerzte. Jetzt ist dieses Licht nur draußen, ein Rechteck im Türausschnitt. Weiter hinein kommt es nicht.

Er weiß links die grünen Blätter eines Busches mit kleinen weißen Blüten, deren süßer Duft manchmal zu ihm hineinweht, wenn der Wind landeinwärts drückt. Er weiß die rote Erde des Weges, der vom Dorf genau auf die Hütte zuführt. Er weiß das kleine Gebetshäuschen auf dem Holzstamm, dreiseitig mit Glas, durch das man die kleine Buddhastatue sehen kann und die Schälchen mit Essensgaben für die Geister. Mutter bringt regelmäßig etwas von den Mahlzeiten hinaus, um die Schälchen zu füllen. Mutter spricht kaum mit ihm, weiß nicht wie oder was. Er fragt sie lange schon nichts mehr.

Sein Blick gleitet die Wand hoch. Das Holz ist alt und schwarz vom Rauch. Er kann die Risse ausmachen, seine Augen sind an die Dunkelheit gewöhnt. Nachtschärfe haben sie entwickelt wie die Augen einer Katze. Am Abend macht die Mutter die Öllampe an, deren Licht einen kleinen Radius hat, sodass alles außerhalb ihres Scheins nur noch umso dunkler und verborgener scheint. Das Licht ist warm, hat was Wohliges, Angenehmes.

Sein Blick wandert weiter die Holzwand entlang bis zu dem rostigen Nagel, an dem ein alter Sarong hängt, schmutzig grau-blau und verschlissen. Der Sarong seines Vaters Amal, den die Mutter noch nicht fortgeräumt hat, obwohl Vater seit drei Jahren nicht mehr da ist. So lange schon nicht mehr. Er kann sich kaum mehr erinnern, will es auch gar nicht. Es sticht in seiner Brust und er greift in einer schnellen Bewegung an die Stelle, um etwas zu fühlen, um zu fühlen, dass er wirklich noch da ist, hier auf dem wurmstichigen Bett, auf der Kokosmatratze, die unangenehm riecht, wie ein Hund nach dem Regen. Ja, er ist noch da, noch.

Ein Rascheln auf dem Dach direkt über ihm lässt ihn hochschauen. Es rieselt in sein Gesicht. Er muss husten. Diese Ratten nagen sich überall durch und bauen Nester zwischen den Dachblättern, machen sie durchlässig für den Regen. Dann muss die Mutter ihn ein wenig an die Seite rücken und sich auf Zehenspitzen aufs Bett stellen, damit sie eine Pappe zwischen die Blätter an die undichte Stelle schieben kann. Die Ratten stört das jedenfalls nicht. Sie benutzen die Pappe für ihre Nester, das weiß er genau, denn früher hat er manchmal Pappe und Stoffreste in ihren Nestern gefunden. Oft waren vier oder sogar sechs nackte Babys darin. Er hat sie dann hinuntergeworfen vor die wartenden Katzen, die sich ein Vergnügen daraus machten, mit den Blindlingen zu spielen. Vom Dach aus hatte er dabei zugeschaut und sich nicht um das entsetzte Fiepen der Alten gekümmert, die etwas entfernt von ihm den Palmstamm hinauf und hinab lief, in schierer Verzweiflung angesichts des Todes ihrer Brut. Gerührt hat ihn das nie.

Jetzt ist er froh, dass sie über ihm im Dach leben und ungestört ihre Nester bauen. Er glaubt, ihre Sprache zu verstehen, wenn sie hin und her laufen, sich kümmern oder spielen, wenn ihnen Gefahr durch eine Rattenschlange droht. Dann kämpft er in Gedanken ihren Kampf, feuert sie an, nicht aufzugeben, ihre Jungen zu retten. Er hört Schritte auf dem Weg. Kurz darauf verdunkelt sich der Türausschnitt.

„Bist du zu Hause, Sudani" ruft Ayeesha, die Nachbarin vom Haus am Eingang des Weges. „Ich möchte fragen, ob du mir mit ein paar Bethel Blättern aushelfen kannst."

„Guten Morgen Kumara," sagt sie noch und lächelt ihn an. „Geht es dir gut?"

Ohne seine Antwort abzuwarten, geht sie an ihm vorbei zur Feuerstelle in die Küche, wo die Mutter das Essen zubereitet. Er hört die Frauen flüstern, versucht aber nicht, sie zu verstehen. Er lauscht nicht mehr, will nichts wissen von Neuigkeiten, die da draußen das Leben bewegen. Hat doch alles für ihn keinen Sinn mehr. Am liebsten würde er jetzt ausspucken, aber dann wird die Mutter zornig und bringt ihm vielleicht keinen Reis. Er hat Hunger.

„Mutter," ruft er, „wo bleibt das Frühstück!"

Für einen Moment verstummen die Flüsterstimmen und er atmet den Rauch ein, der zu ihm aus der Küche ans Bett weht. Die Mutter bringt einen Teller mit Reis und etwas Dahl. Mehr gibt es wieder nicht. Wo soll auch das Geld für mehr herkommen. Mutter verkauft in der Früh selbstgemachte Fladen an einem kleinen Stand an der Galle Road und sie erhalten Almosen von der Familie seines unseligen Vaters. Immerhin. Mühsam dreht er sich auf die rechte Seite, den Blick zur Tür gerichtet. Er sieht, dass ein Wind aufgekommen ist, hört das Rauschen in den Büschen. Mit den Fingern der linken Hand greift er in den Reis, vermischt ihn mit etwas Dahl, versucht kleine Häufchen zusammenzudrücken, die er dann langsam und mit zittrigen Fingern in den Mund schiebt. Sein Blick hängt dabei wie gebannt an der Tür. Das Licht hat sich verändert, ist unruhiger geworden, weißer. Es riecht nach Regen, der sich langsam vom Meer her auf die Küste zuschiebt. Sind da Wolkenschatten?

Als der Vater noch da war und manchmal hinausfuhr zum Fischen, gab es auch Fisch zum Reis. Natürlich nur, wenn er nicht betrunken war! Dann hatte er ganz langsam gegessen und nur winzige Stücke Fisch mit den Fingerspitzen abgebrochen, als berühre er etwas sehr Kostbares, hatte sie besonders genüsslich in den Mund geschoben, sie auf der Zunge zergehen lassen. Wenn er den herrlichen Geschmack am Gaumen spürte, war er glücklich gewesen. Ach was, was bedeutet das schon. Alles nur Erinnerung. Vater ist fort. Er hatte den Sturz in den Brunnen nur zwei Tage überlebt …

Cousin Pradeep und Onkel Mahesh versuchen vergeblich, Amal aus dem tiefen, engen Schacht heraufzuziehen. Amal kann sich nicht selbst festhalten und ist kaum mehr bei Besinnung. Sudani läuft so schnell sie kann zum Nachbarn Kamal. Ein zierlicher Mann, nicht groß, besitzt aber die starken Arme und Beine der Kokosnusspflücker, die sich mit bloßen Händen, nur ein Hanfseil um die Fußgelenke gebunden, an den schlanken Stämmen der Palmen bis in die oft 10 m hohen Wipfel hocharbeiten kann, um dort vertrocknete Blätter und die wertvollen Nüsse herauszuschneiden.

Kamal lässt sich von Pradeep ein Seil um die Taille binden und gleitet vorsichtig die glitschigen, vermoosten Brunnenwände hinunter.

Als sie Amal endlich hochziehen können, Zentimeter für Zentimeter, es dauert eine Ewigkeit, hört Kumara dessen gequältes Stöhnen und schließt die Augen. Er selbst sitzt immer noch vor dem Brunnen, unfähig sich zu rühren.

Die Männer tragen Amal ins Haus. Arme und Beine sind auf seltsame Weise verdreht, sein Kopf hängt schlaff zur Seite und Blut läuft vom Hinterkopf über Schultern und Rücken. Sudani ringt die Hände und schaut Kumara aus weit aufgerissenen, entsetzten Augen an. Er übergibt sich.

Kumara stößt mit einer heftigen Bewegung den Blechteller von der Bettkante, sodass er scheppernd auf den hart gestampften Boden schlägt.

Die Mutter stürzt hinein mit erschrockenem Gesicht, Ayeesha im Schlepptau. Die beiden Frauen werfen sich Blicke zu, die ihn wütend machen. Er lässt sich von der Seite auf den Rücken fallen, schlägt mit beiden Händen auf die Matratze, wortlos und verzweifelt.

„Ich muss", presst er hervor, „Ich muss mal."

Die Mutter macht eine Bewegung, die fast wie ein Sprung aussieht, zieht unter dem Bett einen Blechtopf hervor.

„Dreh dich zu mir herum, Kumara", sagt sie, „sonst geht es nicht, das weißt du doch."

Er dreht sich, schiebt sich näher an den Bettrand, hebt die Decke. Die Mutter hält den Topf nah an sein Geschlecht, das er über den Rand des Topfes schiebt. Seltsamerweise spürt er noch leicht diesen Drang, die Blase zu entleeren. Dr. Weerarathna, der nach dem schrecklichen Tag immer mal wieder vorbeikommt, um nach Kumara zu sehen, hatte gemeint, das sei ein gutes Zeichen und mit der richtigen Therapie könne man heutzutage vielleicht doch noch etwas retten. Pah, ja, wenn er Geld hätte, dann vielleicht. Aber so mittellos wie Mutter und er waren ...

Das blecherne Geräusch, das sein Urin auf dem Topfboden verursacht, lässt ein gequältes Grinsen auf seinem Gesicht erscheinen. Ayeesha steht schweigend daneben und schaut zur Seite. Ihr massiger Körper riecht penetrant nach Schweiß. Ihm wird übel und er schließt die Augen. Ein kranker Uringeruch erfüllt die Luft und die Mutter beeilt sich, den Topf hinauszutragen. Ayeesha hat sich herumgedreht, ist zur Tür gegangen und sagt über die Schulter, dass es wohl bald anfangen werde zu regnen.

Er lässt sich erleichtert auf den Rücken fallen und zieht die alte löchrige Decke bis zum Bauch. Er hat es rechtzeitig geschafft. Das gelingt ihm nicht immer. Dann läuft der Urin über seine Beine in die Matratze. Er spürt es kaum, dafür kann er es umso besser riechen. Dieser Geruch widert ihn an und er ekelt sich vor sich selbst. Die Mutter muss dann Cousin Pradeep oder dessen Vater Onkel Mahesh rufen, die stark genug sind, ihn aus dem Bett zu heben und auf die Matte in der Ecke zu legen.

Die Mutter trägt die Matratze nach draußen in die Sonne, um sie zu trocknen und zu lüften. So lange liegt er auf dem Boden und starrt auf die Tür, als läge dort eine Antwort auf seine Fragen, die ihm wie brennendes Öl durchs Gehirn rauschen. Manchmal hat er Angst wahnsinnig zu werden.

Irgendwann ist ihm das Gefühl für Zeit abhandengekommen. Stunden interessieren ihn nicht mehr, denn es gibt nichts, was er hätte daran messen können. Nur das Licht ist noch von Bedeutung, am Licht erkennt er die Tageszeit und die Stimmung, die draußen herrscht. Wenn die Sonne sehr hochsteht, dann ist es seltsam still vor der Tür. Das gleißende, fast weiße Licht im Türrechteck, schattenlos und hart, steht im Gegensatz zu der sanften, wogenden Stille im Raum. Die Mutter liegt in dieser Zeit fast immer auf der Matte hinter der Wand aus schwarzer Plastikfolie, direkt am Fußende seines Bettes. Er kann ihren rasselnden Atem hören.

Seit Vater fort ist, hat Mutter sich verändert. Früher war sie so lebendig und lachte gern, auch wenn es nicht so oft Grund zum Lachen und Frohsein gab. Geld war ja immer schon knapp gewesen und Vater war zu oft nicht daheim oder kam torkelnd den Weg aus dem Dorf entlang, polterte zur Tür herein und ließ sich einfach auf den Boden fallen, wo er schnarchend und billigen Fusel ausdünstend stundenlang liegen blieb und schlief.

Meistens hatte er sich dann ängstlich in die Küche geschlichen und dort abgewartet bis der Kopf der Mutter um die Ecke schaute und sie ihn mit grinsendem Gesicht zu sich winkte. „Jetzt haben wir ein paar Stunden Ruhe", sagte sie glucksend, legte ihren Arm um seine Schultern und zog ihn sanft zur Tür hinaus in den Garten, der direkt an ein Reisfeld grenzte.

Dort hatten sie gemeinsam schweigend auf das satte Grün der Reissprösslinge geschaut, eng aneinandergedrückt. Mutters Geruch war immer frisch und sauber gewesen mit einer Prise Holzrauch. Stunden voller tiefer Zufriedenheit und eines bescheidenen Glücks.

Die Erinnerung lässt ihm warm werden ums Herz und er spürt Tränen aufsteigen. Ein Seufzer zwingt sich aus seinem Mund und er leckt sich die rissigen trockenen Lippen. Er dreht ein paarmal den Kopf von rechts nach links. Tränen nützen nichts, haben nie genützt, haben nie das Herz des Vaters erwärmt, nie beschwichtigende Worte über seine Lippen kommen lassen. Nein, geweint hat er genug. Manchmal hört er die Mutter weinen und er weiß auch warum, aber er sagt nichts und sie hat schon längst die Tränen weggewischt, bevor sie zu ihm in den Raum kommt.

Mutter klagt nicht, hat nie geklagt. Auch damals nicht, als Vater anfing sie zu schlagen und damit ihr Jungmädchenlächeln aus dem Gesicht für immer verbannte. Eines Tages haben ihre Augen einfach nur noch müde und traurig geschaut und sie hat ihn nicht mehr mit hinaus zum Reisfeld genommen. Mit gesenktem Blick sitzt sie seither am Feuer, schabt die Kokosnuss, kocht Reis und Gemüse, schweigt die meiste Zeit. Durch die Tür dringt Gelächter und Gebell. Cousin Ranga spielt mit seinem Hund und tollt offensichtlich herum. Manchmal steckt Brownie seinen zottigen Kopf zur Tür hinein und bellt einmal kurz auf, so als wolle er ihn begrüßen und ihm zeigen, dass er ihn nicht vergessen hat.

Es macht ihn wütend und er beißt sich auf die Unterlippe, bis er den schalen Eisengeschmack seines Blutes schmeckt. Ja, Ranga hat gut lachen. Er kann laufen und springen, angeberisch mit dem Fahrrad herumfahren. Er liegt nicht die ganze Zeit untätig im Bett. Die Wut brennt in seinem Hals und im Herzen und er möchte am liebsten aufspringen und hinauslaufen, sich mit Ranga prügeln, ihn mit den Fäusten zu Boden zwingen.

Nur langsam beruhigt sich sein wilder Herzschlag. Schlagen möchte er, um sich schlagen und sich aus diesem Gefängnis befreien, das ihn wie ein Panzer umgibt, in das er eingesperrt ist auf Gedeih und Verderb. Sein Schluchzen hat die Mutter geweckt.

„Was ist los Kumara?"

„Nichts, nichts." Er und wendet sich ab, hin zur Wand, damit er ihr verhärmtes Gesicht nicht anschauen muss, will es nicht ansehen, nicht in diese traurigen Augen blicken, die ihn auch noch im Traum verfolgen.

Er hört, wie sie sich resigniert umdreht und hinausgeht. Für einen Augenblick wird es dunkler im Raum. Sie wird hinübergehen zur Schwägerin und schweigend, vielleicht auch weinend einen Tee trinken. Soll sie doch, denkt er, und dreht sich wieder auf den Rücken.

Von der Decke hängt ein gewaltiges Spinnennetz herunter. Manchmal glitzern die Klebepunkte, wenn ein Insekt hineingerät und das ganze Netz erschüttert. Ob das Insekt spürt, dass der Tod in der Nähe lauert? Es hat keine Chance sich zu befreien. Das Insekt wird allmählich seine Kraft verlieren, die Bewegungen werden langsamer und schwächer. Weiß es um die Gefahr, wenn die Spinne mit lautlosen Bewegungen über ihr Netz schreitet, immer näher an ihr Opfer herankommt, es mit Blicken fixiert? Oder ist der nahende Tod laut und krachend? Machen die Schritte der Spinne einen ohrenbetäubenden Lärm für das Insekt, dass dadurch wie paralysiert innehält in seinem Kampf und wie versteinert abwartet was geschehen wird?

Ja, er sitzt auch fest, so wie diese Kreatur dort oben. So fest, dass keine Verzweiflung etwas nützt.

Der Schmerz in der Brust ist schier unerträglich. Sein Herz krampft sich zusammen. Er denkt an sie, an Tushari. Manchmal erscheint ihm ihr Gesicht, kurz nach dem Aufwachen, wenn die Tür noch geschlossen ist und er für den Bruchteil einer Sekunde glaubt, noch gesund zu sein. Ihr schönes Gesicht mit den großen dunklen Augen und dem vollen Rund der Lippen. Wenn sie lächelt sieht man eine kleine Lücke zwischen den Vorderzähnen. Ihr armdicker Zopf hängt bis in die Kniekehlen hinunter.

Sie hatte ihn nach dem „Unfall" nur ein einziges Mal besucht. Am Bett hatte sie gesessen und geweint, sagte, dass sie das nicht könne, nicht so, sie liebe ihn, aber so könne sie nicht. Dann war sie aufgesprungen und fortgelaufen und er hatte dagelegen, die Hilflosigkeit und Ohnmacht hatten ihn überwältigt, das Gehirn zerrissen. Die Luft wollte nicht aus den Lungen weichen, drohte ihn zu ersticken. Schreien hatte er wollen, aber kein Ton kam aus seinem weit geöffneten Mund. Wie konnte es sein, dass man solch einen Schmerz überlebt?

Lange her. Vielleicht sogar eine Geschichte, die gar nicht seine war. Hatte er nicht nur davon gehört oder einen Film gesehen, einen dieser Hindifilme, in denen Liebe immer nur aus Tränen und Schmerz besteht, bevor das Glück die Liebenden erreicht und sie nie verlässt? Oder sie sterben. Hatte die Mutter ihm nicht auch vor einiger Zeit erzählt, Kanshanaa habe sich mit einem Jungen aus dem Nachbardorf verlobt? Es ist vorbei, für immer und für alle Zeit. Niemals wieder wird ein Mädchen ihn anders als mitleidig ansehen und versuchen, so schnell wie möglich aus seiner Nähe zu verschwinden. Er riecht nach Krankheit, nach Verfall. Wie kann er es ihnen verübeln.

Dabei hatte er einmal so viele Chancen gehabt. Die Blicke der Schönheiten, die am Dorfbrunnen vorbeischlenderten, waren interessiert und neugierig gewesen, wenn er sich dort wusch, wenn er mit einem Eimer das kalte Wasser über seinen Kopf schüttete, sodass es sich mit einem Schwall über den ganzen Körper ergoss und den um die Hüften geschlungenen Sarong durchnässte.

„Guten Morgen, Sudu Ayya", hatten sie kichernd gerufen. Weißer Bruder nannten sie ihn, weil seine Haut heller war als die der anderen. Nicht nur das machte ihn begehrenswerter als die dunkleren Jungs.

‚Verstand besitzt er', hatte er die Mutter zu den Nachbarinnen sagen hören, als er mit seinem ausgezeichneten Abiturzeugnis vor vier Jahren nach Hause gekommen war.

‚Schlau ist mein Junge und wird eine gute Arbeit finden.'

Ganz genau konnte er sehen, wie die Schönen ihn mit gesenkten Köpfen aus den Winkeln ihren funkelnden, kohledunklen Augen betrachteten und ihr Schritt langsamer wurde. Ja, er hatte Muskeln gehabt! Und was war davon übrig geblieben? Nichts, er hatte ja kaum noch die Kraft, sich allein umzudrehen, geschweige denn allein hinzusetzen.

Sein Vater hatte auch starke Muskeln gehabt. Selbst noch mit dem ausgezehrten Körper eines Alkoholikers konnte er den Sohn auf seinen sehnigen Armen hinaustragen in die Sonne, unter den Baum, von wo er den Weg hinunter ins Dorf schauen konnte. Jeden Tag hatte der Vater ihn hinaus und wieder hinein getragen. Er musste das tun, denn schließlich war es ja die Schuld des Vaters, dass er dalag wie ein leerer Reissack. Drei Jahre war es her ...

Kumara sitzt mit der Mutter auf dem Bett und erzählt ihr wohl zum hundertsten Mal mit strahlenden Augen von seinem gewonnenen Barkeeper Wettbewerb im Bentota Beach Hotel letzte Woche und über seine berechtigte Hoffnung, dort alsbald eine Arbeit zu bekommen. Er hat den ersten Preis gemacht. Das verspricht in der kommenden Saison ein festes

Einkommen und endlich mehr Unabhängigkeit von den Launen des Vaters und dessen gelegentlichen Einnahmen als Tagelöhner.

Die Mutter sinniert mit verträumtem Gesicht über die Möglichkeit eines Geschäfts mit selbst gebackenen Kuchen, die sie zusammen mit Ayeesha in der kleinen Bäckerei an der Galle Road anbieten will, als der Vater im Türrahmen erscheint.

Augenblicklich verändert sich die Atmosphäre im Raum. Das Zittern der Mutter schwappt in Wellen zu ihm hinüber, lässt seinen Körper steif werden wie den eines sprungbereiten wilden Tieres. Wie eine Schattengestalt taucht der Vater aus dem Nichts auf, nach billigem Arrak stinkend, und schleudert seine Unzufriedenheit und Aggression Mutter und Sohn entgegen, brüllt nach dem Abendessen, ohne auch nur den Raum ganz betreten zu haben.

Kumara steht auf und tritt dem Vater entgegen, der ihn mit einer heftigen Bewegung von sich stößt, sodass Kumara gegen die Seitenwand der Hütte flieg, die bedrohlich ins Wanken gerät, und stürzt.

„Geh mir aus dem Weg, Junge", brüllt er. „Hast du nichts Besseres zu tun als mit deiner Mutter faul herumzuhängen? Wieso arbeitest du nicht? Wo ist mein Essen, Weib, ich will sofort was zu essen haben!"

Er stolpert auf seine Frau zu, reißt sie vom Bett hoch, umfasst mit der rechten Faust ihren Zopf, zieht den Kopf mit einem Ruck nach hinten und schlägt mit der linken Faust in das entsetzte Gesicht.

„Bei allen Göttern, Amal, tu mir bitte nicht weh, schlag mich nicht."

Amal beugt sich mit stinkendem Atem über seine Frau, die aus der Nase und einer Platzwunde am Mund blutet und vor Schmerz wimmernd in die Knie geht. Da wird er wie von einer unsichtbaren Kraft durch den Raum geschleudert. Er fällt in den Durchgang zur Küche und bleibt einige Sekunden wie benommen liegen. Kumara stürzt sich mit einem lauten Schrei auf den Vater und beginnt, mit den Fäusten auf ihn einzuhämmern.

Als wäre der Alte mit einem Schlage nüchtern geworden, wehrt er mit ungeahnter Kraft den Sohn ab und kommt auf die Füße. Mit harten krachenden Faustschlägen, die den Sohn am Oberkörper und am Kopf treffen, treibt er den Jungen vor sich her, raus aus der Hütte, in den Garten. Kumara versucht vergeblich die Schläge des Wahnsinnigen abzuwehren, den Kopf und das Gesicht mit seinen Armen zu schützen, als er rückwärts gegen einen Stein stößt, strauchelt, das Gleichgewicht verliert und mit voller Wucht rücklings auf den steinernen Rand des Brunnens schlägt. Er hört das Knacken im Rücken, dann durchzuckt ihn ein höllischer Schmerz. Kumara rutscht zu Boden.

In Zeitlupe schwimmt alles um ihn her, das verzerrte und sabbernde Gesicht des Vaters, die Schreie der Mutter, sieht sie noch wie durch einen Nebel aus der Hütte stolpernd auf ihn zulaufen. Dann verliert er das Bewusstsein.

Das Moskitosummen direkt an seinem Ohr hört sich bedrohlich an. Er kann das Insekt mit einer kurzen Handbewegung verscheuchen, aber es wird wiederkommen, das ist gewiss. Und dann wird es eine Gelegenheit finden, ihn zu stechen und sein Blut zu saugen.

Sein Rücken tut weh vom langen Liegen. Mutter hat neulich eine wunde Stelle gesehen und gesagt, dass er dringend Medizin brauche, eine gute Salbe, sonst würde sich die Wunde eines Tages nicht mehr schließen. Wenn Großmutter noch da wäre! Die wüsste Rat. Sie kannte sich aus wie keine mit Pflanzen und Kräutern und hätte sich sofort auf den Weg gemacht, um Blätter und Rinde zu sammeln, sie zu kochen und eine Wundpaste daraus herzustellen, die alles heilen konnte. Sie war seine Zuflucht gewesen als Kind, wenn der strenge Vater ihn für alle möglichen Dinge strafte.

Einmal, es war kurz vor dem buddhistischen Neujahr im April, da hatte der Vater ihm eine Plastikpistole mitgebracht und er hatte sie beim Spiel zerbrochen. Da wurde der Vater so wütend, dass er ihn an Neujahr nur mit einem Lendenschurz bekleidet herumlaufen ließ. Die Schmach und Schande konnte er lange nicht verwinden. Alle Kinder hatten neue Kleider bekommen und feierten mit den Familien das neue Jahr. Nur er war ausgeschlossen von allem. Ohne neue Kleider konnte er sich nirgends blicken lassen. Alle hätten ihn ausgelacht.

Wie ein kleines Tier hatte er sich in seinem Lendenschurz ins Gebüsch verkrochen bis es dunkel wurde, hatte aus der Ferne das Lachen und fröhliche Singen der Verwandten und Nachbarn gehört, war ihm der Klang der Trommeln wie Faustschläge in den Magen gefahren.

Er hatte geweint, bis es keine Tränen mehr in ihm gab. Nur seine Großmutter hatte sich zwischendurch mit einem Teller voll guter Sachen zu ihm ins Gebüsch geschlichen und ihm Mut gemacht, hatte versucht ihn zu trösten und gesagt, dass ihm eines Tages Gerechtigkeit widerfahren werde. Er solle nur fest daran glauben.

Gerechtigkeit! Ein großes Wort. Lange Zeit hatte er nicht mehr daran geglaubt. Bis zu dem Nachmittag, an dem er seine tote Großmutter zu sich reden hörte, als er hinunter in den Brunnen schaute, in das angstverzerrte Gesicht des Vaters, in dessen vor Entsetzen geweitete, schwarze Augen, in denen sich die feuchten Wände des Brunnens zu spiegeln schienen, als er diese brüchige Stimme aus der Tiefe flehen hörte: „Hilfe! So hol doch Hilfe, Junge."

Aber wie konnte er, der Krüppel, denn Hilfe holen. Sicher schlief die Mutter noch und sie hatte Schlaf verdient. Er konnte sie nicht aufwecken.

Kumara dachte daran, wie der Vater ihn hinausgetragen hatte an den Brunnen, um ihn zu waschen, was er einmal die Woche tat. Natürlich nicht ohne sich über sein Schicksal zu beklagen, dass ihm einen so unnützen Sohn beschert hatte, diesen elenden Krüppel, der nichts mehr wert war, nur ein Parasit.

Der Vater hatte sich weit über den nur drei Fuß hohen, gemauerten Brunnenrand beugen müssen, um den vollen Wassereimer wieder hochzuziehen, als Kumara ihn mit Kräften, die weiß der Himmel woher kamen, gegen die Beine stieß. Hineingefallen war er, leicht wie eine Feder hinuntergeglitten. Das Seil, an dem der Eimer befestigt war, flog hinterher ...

Es plumpst kurz. Ein schmerzerfüllter dumpfer Schrei dringt zu ihm. Kumara zieht sich am Steinrand hoch, schaut hinunter, sieht die verdrehten Glieder und den blutenden Kopf des Ungeheuers.

Wie lange wird er es dort unten aushalten? Stunden? Tage? Irgend-wann wird die Mutter kommen, denkt er, und dem Alten ein Seil her-unterlassen. So lange soll er in der Hölle schmoren.

In diesem Augenblick vernimmt er die Stimme der Großmutter, ganz deutlich und klar … ‚Nun siehst du selbst, mein kleiner Kumara, dass es Gerechtigkeit gibt auf der Welt. Du musst nur daran glauben.'

Neben dem Brunnen, nur einige Handbreit von Kumara entfernt, steckt eine neugierige Kobra den Kopf aus ihrer Erdhöhle, um sich ebenso schnell wieder dorthin zurückzuziehen.

Kumara lehnt sich gegen die kühlen Steine, schließt die Augen und summt ein Liedchen. Die Sonne kommt gerade über die Palmwipfel und scheint mit ihren warmen Strahlen auf seine unnützen Beine.

Schattensprung

Was ist das nur mit dieser Selbstüberschätzung in mir völlig unbekann-ten Situationen, dachte Johanna und schüttelte leicht den Kopf. Sie mochte das englische Wort *hindsight* für den einsichtigen Blick auf ver-gangene Ereignisse, die, mit dem nötigen Abstand betrachtet, fast schon unwirklich und übertrieben erschienen.

Sie war damals bereits zwei Jahre auf der Insel und hatte immer noch nicht allzu viel dazu gelernt, hatte immer noch diesen naiven, europäi-schen Blick auf die Menschen um sie herum. Es war an der Zeit gewe-sen, etwas misstrauischer zu werden angesichts der unschönen Ereig-nisse nach dem Tsunami, dem Geldrausch in den Köpfen der Leute um sie her, der Aufgabe von Anstand und Moral bei vielen Nutznießern der Katastrophe auf beiden Seiten. Nun, jetzt war sie in der Tat schlauer, so wie man es hinterher immer ist, und blickte mit hindsight auf das Geschehen Ende Oktober 2004.

Veronika war nicht wie geplant aus London zurückgekehrt. Sie hatte ein schreckliches Ende in der Küche ihrer Wohnung gefunden, als sie am Herd wahrscheinlich einen epileptischen Anfall erlitt, von den Flammen des Gasbrenners erfasst wurde und verbrannte. Sie konnte die Nachricht zuerst nicht begreifen, die ihr Sangarathana Thero, der leitende Mönch des Dorfklosters, in dem sie und Veronika zusammen als Lehrerinnen arbeiteten, mit traurigen Augen überbrachte. Veronika war doch erst 40 Jahre alt und bis auf die Epilepsie, die sie offenbar ganz gut in Schach hielt, gesund und äußerst munter.

Benommen von der Nachricht saß sie auf der Veranda ihres kleinen Hauses, als das Tor aufging und Manju hereingestürmt kam.

„Hast du das gehört, das mit Veronika? Ich kann und will das nicht glauben," schrie er, „das ist doch Unsinn!"

Er ließ sich auf einen Stuhl fallen und schlug die Hände vors Gesicht. Sie schaute Manju mitfühlend an, wie er so dasaß, die Hände vor dem Gesicht, vornübergebeugt mit zuckenden Schultern und stummen Tränen, die durch seine Finger rannen. Außer dem Keckern der Geckos an den Hauswänden, dem gleichmäßig fallenden Regen und den leichten Brandungsgeräuschen des nicht weit entfernten Meeres war nichts zu hören. Kein Tuk-Tuk auf der Straße, keine menschliche Stimme. Es war, als ob der graue, dichte Regenschleier alles mit stiller Trauer übergoss. Sie saßen beide lange so da, wortlos weinend, zutiefst erschüttert. Manju stand irgendwann auf und ging. Wahrscheinlich geht er zu seinem Boot am Strand, dachte sie. Das Meer hat die Macht zu trösten und das Herz zu beruhigen.

Veronika und Manju waren seit einem Jahr ein Paar gewesen, trotz Manjus Familie. Er hatte eine Frau und zwei Töchter, die in einem Nachbardorf lebten. Verheiratet sei er allerdings nicht, hatte Veronika ihr erzählt. Manju lebe nur zeitweise mit Chandrika, auch aus Sorge um die Mädchen. Ansonsten lebe er mit einem Fischerfreund in einer Hütte am Strand. Manju hatte Veronika zu sich nach Hause gebracht und sie Chandrika und den Mädchen vorgestellt, und sie war mit offenen Armen empfangen worden.

Veronika und sie sahen damals nur das, was sie sehen wollten, das, was ihnen vertraut war und das, was sie als selbstverständlich und normal erachteten. Sie hörten nur das, was sie hören wollten und überhörten die Worte des Mönches, der sie warnte. Seid vorsichtig und passt auf, hatte er gesagt. Worauf denn? Schweigen. Etwas ratlos hatten sie sich angesehen, die Schultern gezuckt und waren in bester Laune zu einem Strandspaziergang aufgebrochen.

Am 26.12.2004 hatte der Tsunami viel Unheil und tiefe Schatten über die Insel gebracht und sie bekam die Möglichkeit, sich durch deutsche Spenden am Zupflastern der Wunden und an dem beginnenden Wiederaufbau zu beteiligen. Täglich füllte sich ihr Konto mit Geld. Täglich ging sie in das kleine Internetcafé in Aluthgama, um die neuesten Spendennachrichten abzurufen und sich die Kontoauszüge anzusehen. Manchmal wurde ihr schwindelig angesichts dieser neuen Verantwortung. Aber sie war willens, das Beste aus dem hereinströmenden Überfluss zu machen.

Seit der schrecklichen Nachricht von Veronikas Tod war ihre Freundschaft zu Manju enger geworden. Da sie in der Nähe des Strandes wohnte und sie ihn am frühen Morgen mit ihren Hunden dort regelmäßig bei den Fischerbooten traf, nutzten beide die Gelegenheit, so oft wie möglich über Veronika zu sprechen, wie sie gewesen war und was ihnen so sehr an ihr gefallen hatte. Manju half Johanna in Haus und Garten, brachte ihr regelmäßig etwas von seinem morgendlichen Fang und tauschte sich mit ihr über Gott und die Welt aus.

Sie war dankbar für diese unkomplizierte Freundschaft in einer Umgebung, in der viele der Küstenbewohner mit einer anderen Intention auf Fremde zugingen, sich hauptsächlich dafür interessierten, wie sie aus diesem Kontakt Kapital schlagen konnten. Manju war anders. Er half, wo er konnte, war zurückhaltend und ruhig, hatte einen feinen Humor, philosophischen Tiefgang in seiner Art, über viele Dinge des Lebens zu reflektieren. Sie erinnerte, dass genau das die Eigenschaften waren, die Veronika so sehr an ihm geschätzt hatte. Dazu kam, dass er ihr gegenüber niemals zweideutig wurde oder die Grenzen der Freundschaft überschritt. Vertrauen baute sich auf und das Gefühl, etwas so Seltenes wie einen wahren Freund gefunden zu haben.

Im März 2005 nahm Manju sie mit in ein 10 km entferntes Fischerdorf, das besonders hart vom Tsunami betroffen war. Er kannte dort einige Fischerfamilien und wollte diesen mit ihrer Hilfe Unterstützung anbieten. Die überlebenden Dorfbewohner befanden sich in einem Camp landeinwärts an der Uragasmahandiya-Kreuzung. Zelte, Medikamente und Kleidung waren von Hilfsorganisationen zur Verfügung gestellt worden. Viele Freiwillige aus Colombo und der Umgebung kümmerten sich um die Menschen und die aufwendige Organisation des Camps. Auch Johanna war zusammen mit einem sri-lankischen Arzt aus Bentota seit ihrer Rückkehr aus Deutschland Anfang Januar in diesem Lager aktiv, malte und spielte mit den traumatisierten Kindern, verteilte Hilfsgüter.

Das Dorf am Strand bot nach wie vor einen grausigen Anblick, obwohl auch hier schon Hilfe geleistet wurde. Wo einmal Häuser standen, lagen immer noch Steinhaufen, waren nur noch Teilfundamente übrig, stand eine Mauer mit Tür und Fenster einsam inmitten der Zerstörung. Oben auf den über 10 m hohen Palmen sah sie Kinderspielzeug und Kleidungsstücke baumeln. Die mörderischen Wellen hatten sie bis dorthin getragen und dann alles mit aufs Meer hinausgezogen, was keinen Halt gefunden hatte. Es roch nach Tod und Verwesung. Eine kleine Gruppe von Frauen und Männern saß am Dorfrand und redete leise miteinander. Sie blickten mit müden und gezeichneten Gesichtern auf, als Manju sie ansprach.

Das Ergebnis eines langen und intensiven Gesprächs im Dorf war die Gründung einer Fischer-Kooperative mit Männern und Frauen in gleichberechtigten Funktionen. Einige Frauen hatten ihre Männer verloren und keine Möglichkeit, für sich und ihre Kinder zu sorgen. Mit ihren Anteilen an zwei motorisierten Fischerbooten jedoch konnten sie zusammen mit den Männern arbeiten und Geld verdienen. Der Kooperationsvertrag wurde aufgesetzt und Anfang April in Johannas Garten in Bentota feierlich von Männern und Frauen unterschrieben. Sie sah zum ersten Mal wieder hoffnungsvoll glänzende Augen und lächelnde Gesichter.

Der Kauf der beiden neuen Boote mit starken Yamaha Motoren, die die Auslegerboote aus Holz ersetzten und die auch das Fischen weiter draußen vor der Küste ermöglichten, war unkompliziert und ging rasch über die Bühne. Da es im Fischerdorf noch keine Sicherheit gab, die gewährleistete, dass die Boote nicht gestohlen wurden, schlug Manju vor, sie vorerst in dem großen Garten seines Bruders in Aluthgama zu lagern. Die Motoren und Netze kamen derweil in ihr Gartenhäuschen in Pitaramba. Manju versprach, sich um alles Weitere zu kümmern.

Johanna hatte unterdessen ein weiteres Projekt begonnen und zusammen mit der deutschen Hilfsorganisation „Pitaramba e.V.", über die sie all die Hilfsgelder erhalten hatte, beschlossen, das Geld nicht weiter in Boote und kleinere Hausprojekte zu stecken, sondern in ein Ausbildungszentrum für junge Frauen aus den Dörfern, in dem diese zu professionellen Näherinnen ausgebildet werden sollten. Unterstützung fand sie dabei durch einen jungen Singhalesen, Jayantha, den sie noch aus der Zeit ihres ersten Besuches 2001 auf der Insel kannte. Er war bereit gewesen, für sie und mit ihr zu arbeiten, um das Projekt zu verwirklichen. Da nur ein Einheimischer Grundstücke kaufen konnte, brauchte sie Jayantha. Sie hatte darüber auch mit Manju als möglichen Geschäftspartner gesprochen, aber der hatte abgewinkt und gesagt, er habe genug mit der Fischer-Kooperative zu tun. Jayantha sei der richtige Mann.

Und so kaufte Jayantha im Auftrag und mit dem Geld des Vereins Ende April 2005 ein Grundstück in Induruwa. Unmittelbar danach wurde bei einer Rechtsanwältin in Aluthgama, Mrs. Renu Vithanage, ein Leasingvertrag über 99 Jahre aufgesetzt, der den Verein zum Pächter des Ganzen machte. Glück gehabt, dachte sie, zwei so vertrauenswürdige Mitarbeiter auf dieser Insel gefunden zu haben. Die Arbeit konnte beginnen.

Als sie mit Manju bei einer ihrer morgendlichen Arbeitsbesprechungen saß, stöhnte er leicht auf und meinte, es sei schon sehr mühsam all diese

Kilometer jeden Tag mit dem Bus zurückzulegen. Ins Dorf und zurück, nach Aluthgama, Bentota, ins Dorf. Dieses Hin und Her ermüde und sei so zeitaufwändig. Ein eigenes Tuk-Tuk wäre da schon gut. Sie überlegte. Bei einem guten Preis hatte sie nichts dagegen. Ein solches Gefährt würde auch ihr das Leben erleichtern und vor allem Zeit sparen. Einige Tage später kam Manju mit der Nachricht, dass er in Kalutara, einer größeren Stadt etwa eine Stunde von Bentota entfernt, ein neues Tuk-Tuk für umgerechnet 1.500, - Euro gesehen habe. Sie fuhren am nächsten Tag gemeinsam nach Kalutara und kauften das rote Dreirad. Manju fuhr mit lachendem Gesicht eine strahlende Johanna nach Hause. Jetzt war er in der Lage, die anstehenden Arbeiten in viel kürzerer Zeit effektiver zu erledigen.

Es wurde ein großes Fest mit einer spirituellen Zeremonie in der Nacht gefeiert, als das Grundstück in Induruwa vom Dschungel befreit war. An allen vier Ecken des Landes hatte ein bestellter Zeremonienmeister einen Altar aus geflochtenen Bambusblättern aufgestellt und ein Öllicht darin entzündet. Dazu wurden Gesänge angestimmt, um die Geister, die bisher dieses Stück Land bewohnt hatten, versöhnlich zu stimmen, und um ihre Erlaubnis für eine neue Nutzung zu erhalten. Niemand durfte in dieser Nacht schlafen. Die mitten auf dem Grundstück in einer Erdhöhle wohnende Kröte wurde von zwei jungen Männern vorsichtig ausgegraben und auf das Nachbargrundstück umgesiedelt. Jetzt stand der Zeremonie nichts mehr im Wege.

Das kleine Dorf, das aus sechs Familien bestand, war auf den Beinen. Die Leute gingen langsam umher, sangen, sprachen Gebete, tranken Tee und aßen Kleinigkeiten, die einige Frauen zu diesem Anlass gekocht hatten und herumreichten. Die Nacht war mild und sternenklar. Der große, silbern leuchtende Vollmond, auf dessen Oberfläche man die Gestalt eines Hasen zu erkennen glaubte, umhüllte alles mit einem überirdischen Zauber. Johanna war von der Atmosphäre gefangen. Diese Andacht, die sanften Klänge der Gebete, das Gemurmel der Dörfler, die Freude in ihren Gesichtern - diese Nacht würde viel Glück für ihr Dorf bringen - all das erfüllte sie mit einer elektrisierenden Vorfreude.

Alle waren gekommen, Manju und Jayantha mit seiner Familie, einige deutsche Freunde, die ihre Häuser am Strand hatten, Nachbarn aus den umliegenden Dörfern. Als die Sonne am frühen Morgen aufging, wurden die möglicherweise verbliebenen Geister mit einem krachenden Feuerwerk weggeschickt und es gab heißen, süßen Tee, dazu traditionellen Milchreis mit scharfem Sambol zur Stärkung. Jetzt konnten die Bauarbeiten beginnen.

Um einen professionellen Workshop aufbauen und in Betrieb nehmen zu können, musste zuvor ein Antrag bei der Industrie- und Handelskammer in Colombo gestellt und eine Firma gegründet werden. Bei deutschen Freunden, die ein kleines Hotel am Strand in der Nachbarschaft betrieben, hatte Johanna einen pensionierten, singhalesischen Steuerberater, Mahen Fernando aus Panadura, kennengelernt, der es sich zur Aufgabe gemacht hatte, kleinen ausländischen Unternehmen auf den verwinkelten und unübersichtlichen, bürokratischen Wegen zur Seite zu stehen. Er war damit einverstanden, die unerfahrene Deutsche unter seine Fittiche zu nehmen und versprach, ihr bei dem Genehmigungsmarathon der Unternehmensgründung zu helfen.

Eine weitere Hürde, die sie gleichzeitig nehmen musste, war die Akzeptanz des „Board Of Investment" kurz BOI. Dafür waren erhebliche finanzielle Mittel notwendig, die sie auf einem Devisenkonto nachweisen musste. Die Spendenflut hatte glücklicherweise noch nicht aufgehört, sodass sie das geforderte Geld nachweisen konnte. Dieses Geld musste innerhalb von einem Jahr im Land für den Aufbau des Workshops investiert werden. Das bedeutete auch, dass sie unter einem nicht unerheblichen Zeitdruck stand. Sie wusste beim besten Willen nicht, wie sie das alles allein auf die Reihe bekommen sollte. Ich werde es schaffen, dachte sie. Schwarze Löcher sind zum Hineinspringen gedacht. Eine Welle von Energie durchströmte sie. Go for it, girl!

Im Juli 2005 war es dann so weit. „Sunjaya Fashion & Education Private Limited" wurde aus der Taufe gehoben. Jetzt wurde es ernst.

Während sie mehrmals wöchentlich nach Colombo fuhr, um Stunden auf Behördenfluren und in stickigen Bürozimmern mit unfreundlichen Beamten zu verbringen, fühlte Jayantha sich mit den vielfältigen Anforderungen der Bauleitung, dem Beschaffen von Materialien und der Überwachung des Bauteams überfordert. Er war jung und unerfahren und brauchte dringend Unterstützung. Er sagte, er habe mit Manju gesprochen und der habe ihm nach einigem Zögern Hilfe zugesagt.

Und so kam es, dass die beiden Männer eine Zusammenarbeit begannen. Manju kontrollierte die einzelnen Gewerke am Bau, beriet und half Jayantha beim Einkauf der Materialien, redete mit den Bauarbeitern bei Unstimmigkeiten und Streitereien und machte die Abrechnungen. Er war vom Strand zurück zu Chandrika ins Haus gezogen, weil er dort einen Schreibtisch hatte und all die Rechnungen kontrollieren konnte, die haufenweise anfielen. Mit seiner neuen „Chefin" besprach er die Ausgaben, legte ihr die Abrechnungen vor, die sie vertrauensvoll abzeichnete. Sie sprach kaum Sinhala und hatte keine Ahnung von Preisen oder verstand, wie man mit den Händlern die besten Preise aushandeln konnte. Sie war auf Manju und Jayantha angewiesen, so viel stand fest. Aber das machte ihr keine Sorgen.

Manju arbeitete gerne für sie und war vorerst mit einer Aufwands-entschädigung einverstanden. Er wolle seinem Land helfen und han-dele nicht aus Profitgier. Er war ein Organisationsgenie, handelte die besten Tarife aus und verstand sich darauf, die Bauarbeiter zu einem gut funktionierenden Team aufzustellen. Jayantha ging ihm zur Hand, war vor Ort, wenn Manju unterwegs war und wurde von dem Bauteam akzeptiert. So hielten sie einer dankbaren Johanna den Rücken frei.

Als Manju einige Zeit später nach einer Besprechung mit ihr nach Hause fuhr, sah sie einen Aufkleber auf der Rückseite des Dreirads prangen: *„Everything comes to he who waits"*.

Das Fundament war gelegt und man konnte mithilfe des Bauplans er-kennen, wie der künftige Workshop Gestalt annahm. Alles lief gut, bis auf den Tag, an dem sie ihr Visum verlängern musste.

Sie fuhr nach Colombo zum Immigration Office mit dem sicheren Ge-fühl, das nichts mehr schiefgehen könne. Bisher hatte sie problemlos ihr Jahresvisum bekommen. Doch sie wurde eines Besseren belehrt.

Zuerst brauche sie eine schriftliche Visumsgenehmigung des BOI. Bisher habe sie eine Aufenthaltsgenehmigung durch die Bescheinigung des Tempels in Bentota erhalten und sei als „religious student" geführt worden, sagte man ihr. Nun sei sie aber Unternehmerin und da sei alles anders. Also, zuerst ein Stempel des BOI auf dem Antrag einer zwei-jährigen Arbeitserlaubnis, dann folge auch der gewünschte Stempel in ihrem Pass.

Frustriert und erschöpft fuhr Johanna nach einem langen Tag in der staubigen und stickigen Luft der Hauptstadt mit dem Bus zurück nach Bentota. Als sie nach fast dreistündiger Fahrt zu Hause ankam, wartete bereits Manju auf sie. Er hatte etwas zu essen für sie vorbereitet und schaute sie besorgt an. Kein Problem, meinte er, sein Bruder kenne jemanden beim BOI. Ein alter Kumpel aus Universitätstagen. Ja, sein Bruder habe damals ein Wirtschaftsstudium begonnen, es später aber abgebrochen, als er den Elektrobetrieb des Vaters nach dessen plötzlichem Tod übernehmen musste. Solche Seilschaften seien doch immer wieder nützlich, sagte er kichernd und schaute sie strahlend an. Mach dir keine Sorgen, das bekommen wir hin. Sie entspannte sich und atmete tief durch.

Was würde sie nur ohne Manju und Jayantha mit diesen unangenehmen Überraschungen machen? Ihr wurde immer klarer, mit welcher Blauäugigkeit sie sich auf das Firmenabenteuer eingelassen hatte. Völlig unbedarft in geschäftlichen Angelegenheiten, den Sitten und Bräuchen des Landes weitgehend fremd gegenüber, fehlende Sprachkenntnisse - mit Englisch kam man auf dem Land nicht weit – und einem Vertrauen in Menschen, die sie nicht wirklich zu durchschauen vermochte, regte sich hier und da ein mulmiges Gefühl im Bauch, das sie aber schnell verdrängte und sich einen Dummkopf schalt.

Alles lief gut. Mit dem Bau ging es voran und das Visumsproblem würde sie mit Manjus Unterstützung schon in den Griff bekommen. Es musste einfach klappen, denn sie war nun für so viel bereits investiertes Geld verantwortlich, da konnte sie es nicht riskieren, das Land mitten in der Arbeit verlassen zu müssen. Und wenn es Bestechungsgeld kostete, sie würde es bezahlen. Erst vor einer Woche hatte ihr der Mitarbeiter einer weltweiten Hilfsorganisation bei der Einweihung eines Kinderheimes im Nachbarort hinter vorgehaltener Hand erzählt, dass ca. 30 % der Hilfsgelder für solche „Geschäfte unter dem Tisch", wie er sich ausdrückte, von vornherein mit einkalkuliert wurden.

Die ersten Wände standen und es ging weiter voran. Manju und Jayantha gingen ihrer täglichen Arbeit am Bau nach. Ihre Fragen nach der Fischer-Kooperative wurden von Manju positiv beantwortet. Das Dorf werde gerade wieder so leidlich aufgebaut. Sobald die ersten Fischer wieder im Dorf lebten, würde er die Boote dorthin überführen. Aber das könne noch ein paar Wochen dauern. Vor der nächsten Saison im November sei alles an seinem Platz. Sie war es zufrieden und dachte nicht weiter darüber nach. Alles war bei Manju in guten Händen.

Der Bau ihrer kleinen Unterkunft direkt neben dem Workshop hatte ebenfalls begonnen. Jayantha war hierbei federführend und hatte ein junges Team von Bauarbeitern organisiert, das gute Arbeit leistete. Wenn sie Zeit hatte, fuhr sie von Pitaramba hinaus nach Induruwa und schaute nach dem Rechten. Sie freute sich auf die Zeit, in ihren eigenen vier Wänden leben und mit der eigentlichen Arbeit im Workshop beginnen zu können. Die ersten Anfragen junger Frauen nach einem Ausbildungsplatz hatte sie bereits angenommen.

Dann kam der Brief des BOI mit einem Termin. Sie war aufgeregt und zuversichtlich zugleich, da auch Manju meinte, dass nichts mehr schiefgehen könne. Sein Bruder habe bereits mit seinem Bekannten in der Behörde telefoniert. Es sei alles nur eine Formsache, die nach diesem Besuch in Colombo erledigt wäre. Am Morgen des entscheidenden Tages packte sie alle angeforderten Unterlagen zusammen und machte sich zusammen mit Manju auf den Weg nach Colombo.

Die Twin Towers im Zentrum der Hauptstadt ragten wie zwei Zeigefinger in den bewölkten Himmel. Es waren imponierende Bauwerke, die die gesamte Umgebung in der Nähe des großen Hafens dominierten. Ein Strom von Menschen flutete hinein und hinaus, drängte sich auf den großzügigen Rolltreppen in der hohen, hellen Halle mit riesigen Fensterfronten, durch die man mit steigender Etagenzahl allmählich die ganze Stadt überblicken konnte. Männer in dunklen Anzügen und Frauen in eleganten Saris oder Businesskostümen strömten aus den chromblitzenden Aufzügen und bevölkerten jedes Stockwerk. Firmen, Anwaltsbüros, Reiseagenturen – eine Vielzahl verschiedener Agenturen und Büros vermittelte den Eindruck florierender Geschäftigkeit.

Im 12. Stock befand sich das BOI. Großes Entrée, elegantes Mobiliar, Modernität, großzügige Büros, elegante Angestellte, dicker, schalldämpfender Teppichboden, angenehm kühle Aircondition-Luft. All das atmete Seriosität und Zuverlässigkeit. Manju sprach mit einem herbeieilenden jungen Mann in Sinhala. Sie wurden daraufhin in ein großes Büro geführt, in dem mehrere Angestellte an ihren Tischen mit modernsten Computern arbeiteten.

Von einem großen Schreibtisch an der Fensterfront mit atemberaubender Aussicht erhob sich ein Mann mittleren Alters, gut aussehend, graue Schläfen, perfekt sitzender dunkelgrauer Anzug, weißes Hemd und eine etwas lose gebundene Krawatte. Als er Manju sah, erhellte ein strahlendes Lächeln sein Gesicht und zeigte blitzend weiße Zähne. Mit ausgestreckten Armen kam er auf die beiden Besucher zu, umarmte Manju kurz und sagte etwas auf Sinhala zu ihm, bevor er sich Johanna zuwandte und ins Englische wechselte. Die anderen Mitarbeiter im Raum sahen nur kurz auf und setzten dann ihre Arbeit fort, ohne weiter auf die Ankömmlinge zu achten. Man hörte das leise Klackern von Tastaturen, ein Telefon klingelte, eine Frau sprach leise in ein Headset. Normaler Büroalltag.

Mr. Karunarathna, so stellte sich der BOI Mann vor, bot seinen Besuchern auf den beiden Stühlen vor seinem Schreibtisch Platz an und orderte drei Tassen Tee für sich und seine Gäste. Eine hübsche junge Frau in einem roten Sari verschwand daraufhin in der angrenzenden Küche.

Johanna legte ihre Unterlagen auf den Tisch und bat Mr. Karunarathna, sich alles anzuschauen. Er blätterte durch die Ordner und Papiere, runzelte nach einer Weile besorgt die Stirn, sah kurz zu Manju, dann zu ihr und bat um einen Augenblick Geduld. Er nahm sein Handy und rief jemanden an, besprach offensichtlich etwas mit dieser Person, das Johanna betraf. Leider auf Sinhala, sodass sie nichts verstand. Sie blickte etwas irritiert zu Manju, der aber zuversichtlich nickte und leise sagte, es sei alles okay.

Nach einer Weile legte Mr. Karunarathna auf und sah sie an. Er sagte, er müsse mit ihren Unterlagen kurz zu seinem Vorgesetzten, um das weitere Vorgehen zu besprechen. Sie solle in der Zwischenzeit den Tee und das Gebäck genießen, das die Hübsche in Rot soeben servierte. Johanna wurde es mulmig. Wieso ein Vorgesetzter? Wieso dieses Stirnrunzeln? Es war doch alles in Ordnung? Und wieder beruhigte Manju. Die Behörden seien nun mal langsam und jeder hier lasse sich seine Entscheidungen zigmal von anderen absegnen. Singhalesische Art eben. Da müsse man Geduld haben und Tee trinken. Schweigend saßen sie da und warteten auf die Rückkehr Mr. Karunarathnas .

Als er nach etwa 15 Minuten wieder das Büro betrat, war seine Miene noch sorgenvoller als vorher und Johanna ahnte nichts Gutes. Tja, mit einem Zweijahresvisum würde es nichts, aber mit einem Halbjahresvisum. Das könne er ihr sofort bescheinigen. Ihr verschlug es die Sprache. Ungläubig sah sie zu Manju, der schweigend mit gesenktem Kopf dasaß und auf seine Finger schaute. Ein kurzer Seitenblick in den Raum ließ sie entspannt arbeitende Leute sehen, die nicht einmal ihren Blick hoben angesichts dieser Nachricht. Hier wurden doch täglich solche Genehmigungen ausgestellt. Alle ausländischen Geschäftsleute waren darauf angewiesen und sie hatte noch von keinem gehört, dass es einen abschlägigen Bescheid gegeben hätte, wenn das nötige Geld auf dem Konto lag. Warum also hier und jetzt?

Auf ihre verständnislose Nachfrage sagte Mr. Karunarathna, dass es sich ja nicht um ein normales Geschäft handele, sondern um einen Ausbildungsbetrieb. Diese Angelegenheit unterliege anderen Verordnungen. Es tue ihm sehr leid, aber mehr als ein halbes Jahr könne er nicht genehmigen. Aber das sei doch unlogisch. Wie solle sie einen Ausbildungsbetrieb aufbauen, wenn sie nach einem halben Jahr das Land verlassen müsse. Das mache doch überhaupt keinen Sinn. Nun, dann müsse sie eben erneut einreisen. Und dann? Bekäme sie dann eine längere Aufenthaltsgenehmigung? Wahrscheinlich wieder nur für ein halbes Jahr, maximal für ein Jahr. Und sie müsse natürlich auch entsprechende Mittel dafür vorweisen. Das Geld auf dem Devisenkonto reiche nicht aus. Auch ihre privaten Geldmittel seien von Bedeutung.

Johanna glaubte ohnmächtig zu werden. Das durfte doch alles nicht wahr sein! Die Firma war gegründet, der Bau bereits angefangen, viel Geld und Zeit war investiert worden. Wie sollte sie das den Spendern in Deutschland erklären? Die Geldgeschäfte zwischenzeitlich Manju oder Jayantha überlassen? Ihre Gedanken überschlugen sich und sie glaubte, ihr Magen drehe sich um. Eine Warnleuchte ging an und mahnte sie zur Ruhe. Sie stand abrupt auf, kramte ihre Papiere zusammen, stopfte alles in die Tasche, sah kurz zu Mr. Karunarathna. Sie müsse sich das alles erst einmal in Ruhe durch den Kopf gehen lassen und würde sich wieder bei ihm melden. Manju stand ebenfalls auf, schwieg, sagte nur kurz etwas auf Sinhala zu Mr. Karunarathna, der daraufhin seine besten Grüße an Manjus Bruder ausrichtete und sich von ihnen lächelnd verabschiedete. Stets zu Diensten, Madam.

Zusammen fuhren sie die Rolltreppen hinunter. Johanna glaubte, ihr Kopf müsse jeden Augenblick platzen. Sie wusste nicht wohin mit den tausend Gedanken und Befürchtungen. Verzweiflung machte sich breit. Was sollte sie jetzt nur tun? Mr. Karunarathna war ein seriöser Mensch in einer leitenden Funktion im BOI. Also wusste er was ging und was nicht. Eine Katastrophe! Sie konnte das ganze Workshop-Vorhaben knicken. Sie durfte auf gar keinen Fall mehr Geld ausgeben, bevor sie eine klare Entscheidung getroffen hatte. Tränen rollten ihr übers Gesicht. Manju sagte kein Wort und schaute nur betrübt drein.

Manju räusperte sich, als sie im Tuk-Tuk auf dem Weg zum Busbahnhof saßen, es gäbe vielleicht eine Lösung. Sie sei zugegebenermaßen ein wenig verrückt, aber sie könne alle Probleme mit einem Schlag auflösen. Johanna sah mit tränenblinden Augen auf die vorbeirauschenden Bilder des Stadtverkehrs, fühlte sich klebrig vom Schweiß und elend am ganzen Körper.

„Was soll das denn für eine Lösung sein?" Fragte sie ungläubig.

„Wir könnten heiraten", antwortete Manju mit leiser Stimme.

Hatte sie richtig gehört? Heiraten? Ob er denn völlig verrückt geworden sei. Sie könnten doch nicht heiraten. Er habe eine Frau und Kinder und außerdem seien sie Freunde. Ja, genau aus diesem Grund! Er sei nicht verheiratet, sondern lebe nur mir Chandrika zusammen. Und es sei ja auch nur auf dem Papier, um das Visum zu bekommen. Als seine Ehefrau stünde einer dauerhaften Aufenthalts- und Arbeitserlaubnis nichts mehr im Wege. Es müsse ja auch niemand erfahren. Sie könnten heimlich irgendwo in einem Dschungeldorf heiraten. Alles bliebe wie gehabt, aber sie würde weiterarbeiten und seinem Land helfen können. Das sei doch schließlich das Wichtigste.

„Das ist das Verrückteste, was ich je gehört habe", brummelte sie und schüttelte verneinend den Kopf.

„Du musst jetzt nichts entscheiden" sagte Manju mit sanfter, leiser Stimme. „Lass dir Zeit. Denk einfach mal darüber nach. Ich finde, das bin ich unserer Freundschaft schuldig. Ich möchte dir helfen, dir, deinem Verein und meinem Land. Nicht mehr und nicht weniger."

Auf der Busfahrt nach Bentota saßen sie schweigend nebeneinander jeder in die eigenen Gedanken vertieft.

In den folgenden zwei Wochen fuhr Johanna täglich auf die stillgelegte Baustelle nach Induruwa, blickte ratlos über den verlassenen Ort und in fragende Gesichter der Nachbarn. Jayantha hatte ungläubig geschaut und gemeint, es wäre sicherlich gut, einen Anwalt zu kontaktieren und nachzufragen.

Johanna traf sich nach einem Telefonat am nächsten Tag mit Mrs. Vithanage, die den Lease-Vertrag zwischen ihr und Jayantha aufgesetzt hatte. Eine sympathische Frau Mitte vierzig, kompetent und äußerst freundlich. Sie bestätigte Johanna umgehend, ohne zu überlegen, dass es eine solche Verordnung gäbe und man kaum etwas dagegen machen könne.

Sie reichte Johanna eine hübsch bemalten Schale mit rotwangigen Äpfeln und forderte sie auf, sich einen zu nehmen.

„Nennen Sie mich doch Renu." Ihr Mund lächelte, doch ihre Augen schienen seltsam ausdruckslos.

Warum Johanna in diesem Moment ein mulmiges Gefühl beschlich, konnte sie nicht sagen. Doch sie griff nach einer Frucht und legte sie sich in den Schoß.

Am besten sei es, fuhr Renu Vithanage fort, Johanna folge dem Rat Mr. Karunarathnas, reise vorerst aus und später wieder ein. In der Zwischenzeit könne Manju mit Jayanthas Hilfe die Geschäfte weiterführen. Es sei nur eine Vollmacht nötig, die sie gerne aufsetzen würde.

Auf dem Rückweg nach Hause biss Johanna genussvoll in den Apfel und wich leicht angewidert zurück. Unter der glänzenden Schale zeigte sich braunes, verfaultes Fruchtfleisch. In hohem Bogen warf sie den Apfel in den Straßengraben.

Johannas Vorschlag, den Berater Mahen Fernando zu all dem zu befragen, wiegelte Manju ab, als sie am Abend bei einer Flasche Bier in der Laube saßen. Das könnten sie schon allein regeln. Mr. Fernando koste nur unnötiges Geld. Sie müssten jetzt jede Rupie zusammenhalten.

Am nächsten Tag stand Manjus Bruder vor Johannas Tür in Pitaramba und bat sie um ein Gespräch. Sie hatten eine Weile über die aktuelle Situation in Sri Lanka gesprochen, über den schleppenden Wiederaufbau, die Probleme der Hilfsorganisationen und über die wachsende Aversion der Einheimischen den Ausländern gegenüber. Die Leute hatten das Gefühl, dass sie nicht mehr Herr im eigenen Lande waren und wollten die Gesundung der Insel nicht in fremden Händen wissen. Überall sah man Plakate an Mauern und Strommasten kleben. Darauf prangte ein weißer Kopf mit bluttriefendem Mund, und mit dunkelroter Farbe standen darunter die Worte *„Foreigners, leave our country. Let us build it up alone!"*

„Das ist kein gutes Zeichen", brummte Priyantha mit sorgenvoll gerunzelter Stirn. Im Nord-Osten war der Bürgerkrieg wieder heftiger aufgeflammt, sodass die Stimmung sowieso aggressiver war als sonst. Dazu die traumatischen Ereignisse durch den Tsunami. Jetzt diese Flut von Ausländern, die mit Geld nur so um sich warfen. Da musste man sehr vorsichtig sein. Aber sie solle sich keine Sorgen machen. Sie hätte durch Manju und durch seine ganze Familie einen guten Schutz. Sie könne sich absolut darauf verlassen. Das könne er ihr mit 100%iger Sicherheit garantieren. Er sei ein bekannter Geschäftsmann in Aluthgama und würde geachtet und respektiert. Manju habe ihm auch von dem

Vorschlag einer „proforma" Ehe erzählt. Zuerst sei er nicht damit ein-verstanden gewesen, aber angesichts der landesweit stärker werden-den Ausländerfeindlichkeit könne er sich das doch vorstellen. Es sei auf jeden Fall der beste Schutz, den sie bekommen könne. Sie solle ernsthaft darüber nachdenken.

Wie jeden Tag stand sie vor den halb hochgezogenen Wänden der Werkstatt, sah einen blauen Eisvogel auf einem Steinhaufen sitzen, ein kleines Eichhörnchen über das Gras flitzen. Sie hatte in den letzten Ta-gen ein wenig bei Bekannten in Bentota, ja selbst beim Mönch Sanga-rathana Thero nachgefragt, wie sie Manju einschätzen würden. Als Grund hatte sie vorgegeben, ihm mehr Verantwortung für das Baupro-jekt übertragen zu wollen. Jeder hatte wohlwollend genickt und Man-jus Zuverlässigkeit und Ehrlichkeit bestätigt, natürlich nur so weit, man das sagen könne. Lediglich der Mönch hatte mal wieder zur Vorsicht geraten und gemeint, sie solle bei aller Freundschaft doch immer die Augen offenhalten. Ja, und das konnte sie nur, wenn sie auf der Insel war, nicht von Deutschland aus.

Johanna holte tief Luft. Mit fester Entschlossenheit sagte sie laut und kraftvoll: „Nein, ich lasse mir nicht von solch einer lächerlichen BOI Verordnung dieses Projekt kaputtmachen oder aus der Hand nehmen. Es muss mit mir hier vor Ort weitergehen." Sie rief Manju an und sagte, dass sie mit ihm reden müsse.

An einem heißen und schwülen Septembertag heirateten Johanna und Manju in einem winzigen Standesamt im Dorf Kaluwatta, das etwa zwei Autostunden von Bentota entfernt in einem entlegenen Winkel des Regenwaldes lag. Einziger Zeuge war Manjus Bruder Priyantha und eine Frau aus Kaluwatta, die von der Standesbeamtin einberufen worden war. Hatte Johanna noch irgendwelche Bedenken? Nein, eigentlich nicht. Alles lief so, wie Manju es versprochen hatte, diskret, schnell, ohne Aufsehen. Zwei Unterschriften, Glückwünsche der Beamtin, Heimfahrt, tschüs bis morgen auf der Baustelle. Das wars! Manju hatte auf der Rückfahrt noch einmal die Notwendigkeit einer absoluten Verschwiegenheit betont, worauf sich alle drei zustimmend und mit verschwörerischem Blick die Hand gegeben hatten.

Sie schlief in der Nacht tief und wachte ausgeruht am nächsten Morgen auf. Sie war bester Laune, als sie mit dem Tuk-Tuk nach Induruwa fuhr. Manju hatte dem Bauteam grünes Licht gegeben und als sie ankam, war die Arbeit wieder in vollem Gange. Manju ist schon ein Teufelskerl, dachte sie. Wie schnell er die Leute an die Arbeit gebracht hatte! Die Eheschließung war noch keine 24 Stunden her und schon war auf der Baustelle alles so, als habe es nie einen Baustopp gegeben. Erstaunlich!

Jayantha fragte nicht weiter nach. Er war froh, dass es weiterging. Der Zeitplan für die Umsetzung war ziemlich ins Wanken geraten und nun hieß es anpacken und aufbauen.

Der zweite Besuch beim BOI in der darauffolgenden Woche war erfreulich. Es gab keine weiteren Probleme. Die Heiratsurkunde ermöglichte Johanna ein Zweijahresvisum einschließlich einer Arbeitserlaubnis. Mr. Perera beglückwünschte sie und Manju zur Eheschließung und wünschte ihr alles Gute für die Realisierung ihres Projektes. Anschließend lud sie Manju zum Essen ins Galle Face Hotel ein, wo sie gut gelaunt die nächsten Schritte ihrer Zusammenarbeit planten.

Immer noch lagen die beiden Bootsmotoren in ihrem Gartenhaus und sie fragte Manju nach den Fortschritten im Fischerdorf. Sie wolle gern mal dorthin fahren und selbst nachschauen. Seine verhaltene Reaktion verwunderte sie, aber sie insistierte vorerst nicht. Es gab zu viele andere Dinge zu tun.

Eines Abends, sie saß über einigen Abrechnungspapieren auf ihrer Veranda, ging das Tor auf und Manju kam herein. Er wankte etwas.

„Hast du getrunken?" Fragte sie erstaunt. Wortlos ließ Manju sich ihr gegenüber auf einen Korbstuhl fallen, streckte die Beine von sich aus und sah sie an. Verdutzt über sein Schweigen, sah sie von ihrer Arbeit auf und blickte in kalte, harte Augen, die sie abschätzend ansahen.

„Wie lange muss ich noch warten", knurrte er sie eisig an.

„Worauf warten", fragte sie irritiert.

„Du bist meine Ehefrau und ich habe ein Recht darauf!"

„Ein Recht? Worauf hast du ein Recht, Manju", erwiderte sie nun doch alarmiert und sah ihm fest in die Augen. Sein ungewohnt kalter Blick verursachte ihr eine Gänsehaut.

„Du bist meine Ehefrau und ich will mein Recht als Ehemann", antwortete Manju nun mit lauter und feindseliger Stimme.

„Und du bist betrunken, Manju, geh nach Hause und schlaf deinen Rausch aus. Morgen können wir dann wieder vernünftig miteinander reden."

„Ich will nicht reden, ich will dich." Manju hatte sich aufgerichtet und schob seinen Oberkörper mit einer unübersehbaren Drohhaltung zu ihr hinüber.

„Manju", sagte sie mit sanfter Stimme, „wir haben eine Vereinbarung. Du hast mir etwas versprochen!"

„Ha", lachte Manju laut auf, „eine Vereinbarung."

Dabei machte er mit beiden Händen eine Geste, als zerreiße er ein Blatt Papier.

„Die ist hier nichts wert. Vor dem Gesetz bin ich dein Ehemann und als solcher habe ich Rechte."

„Okay", sagte sie mit wachsender Wut im Bauch, „das mag ja sein, aber für mich zählt dein Wort, dein Wort als Freund, das du doch immer so vehement beschworen hast. Was ist los mit dir? Warum redest du auf einmal so?"

Abrupt stand er auf und kam einen Schritt auf sie zu. Sein Gesicht hatte einen bösen, brutalen Ausdruck angenommen. Sein Atem roch nach Arrak. Sie wich nicht zurück, nahm all ihren Mut zusammen und herrschte ihn wütend an.

„Wenn du nicht sofort mein Grundstück verlässt, schreie ich laut um Hilfe. Dann weiß das ganze Dorf, was hier los ist."

Das tat seine Wirkung. Manjus Körper entspannte sich leicht, er schlug die Augen nieder und wandte sich zum Gehen. Kurz bevor er das Eingangstor erreichte, drehte er sich noch einmal zu ihr um.

„Das letzte Wort ist noch nicht gesprochen." Knurrte er böse. „Ich komme wieder und hole mir, was mir zusteht."

Als das Tor hinter ihm zuschlug, musste sie sich setzen. Ihre Hand zitterte, als sie die halbgeleerte Bierflasche vom Tisch nahm. Es war, als wanke der Boden unter ihr. Sie stand wieder auf und schmetterte die Bierflasche mit einem wütenden Schrei gegen die Hauswand. Die Glasscherben vielen klirrend zu Boden. Auf der Wand hinterließ das Bier braune Streifen.

Am nächsten Morgen erschien Manju nicht auf der Baustelle. Johanna schwieg sich über den gestrigen Vorfall aus und Jayantha übernahm die Arbeit ohne nachzufragen. Johanna versuchte mehrmals vergeblich Manju anzurufen. Er hatte sein Handy ausgestellt. Er wird sich schon wieder beruhigen, hoffte sie. Es war der Alkohol. Sie wusste von

Veronika, dass Manju früher einmal Probleme damit gehabt hatte, dass er aber schon länger trocken war. Was hatte ihn veranlasst, ausgerechnet jetzt wieder zur Flasche zu greifen? Doch es hatte einen Riss gegeben, der ihr Vertrauen bröckeln ließ. Das schlechte Gefühl im Bauch blieb den ganzen Tag über.

Manju kam Ende der Woche zur Arbeit zurück. Mit zerknirschtem Gesicht entschuldigte er sich bei ihr und versprach, dass so etwas nie wieder vorkommen werde. Sie nahm die Entschuldigung an. Doch das Misstrauen war geweckt und schwelte. Sie musste von jetzt an sehr vorsichtig sein und genau hinsehen. Vor allem musste sie abends ihr Tor verschließen.

Die nächsten Wochen vergingen ohne besondere Vorkommnisse. Der Workshop nahm Gestalt an. Sie hatte es sich zur Aufgabe gemacht, intensiver auf die Ausgaben und die Rechnungen zu schauen und nicht alles vertrauensvoll nur Manju zu überlassen. Er sagte kein Wort dazu, lächelte nur und machte seinen Job.

Dann rief Jayantha sie eines Abends an und sagte, dass da etwas nicht stimme. Es sei eine Ladung Steine angeliefert worden und er habe 4000 Stück abgezeichnet. Wenn er jetzt aber den Haufen so daliegen sehe, dann könnten das niemals 4000 Steine sein. Sie machte sich auf den Weg und gemeinsam verbrachten sie einige Stunden damit Steine zu zählen. Es waren nur 3000 Steine anstelle der berechneten 4000. Sie sahen sich an und ahnten Schlimmeres. Aufgeregt sprang Jayantha auf und rannte zum anderen Ende des Grundstücks, wo Rohre und anderes Baumaterial lagen. Sie hörte ihn im Dunkeln ärgerlich schimpfen. Ohne ein Wort zu sagen, lief er hinüber zu seinem Haus, um kurz danach mit einem Stapel Papiere zurückzukommen.

„Ich habe in den letzten Tagen alle Rechnungen heimlich kopiert", meinte er. Er habe seit einiger Zeit den Verdacht, dass da etwas faul sein. Wieso er nichts gesagt habe, wunderte sie sich. Es sei erst nur ein Verdacht gewesen, und er habe die Pferde nicht scheu machen wollen, antwortete er.

Den Rest der Nacht verbrachten beide im Schein einer Öllampe mit Zählen und Vergleichen. Das Ergebnis war erschütternd. Jede Rechnung wies mehr Material auf, als tatsächlich geliefert worden war.

Als der Morgen hereinbrach beschlossen sie, vorerst nichts über ihre Entdeckungen zu sagen. Alles sollte so weitergehen wie bisher. Der Bau musste vorangehen. Jede Zeitverzögerung war dramatisch. Aber es war für sie nicht leicht, Manju gegenüber Haltung zu bewahren und so freundlich wie immer zu ihm zu sein. Ihre innere Anspannung wuchs. Noch hatten sie keine Beweise, dass er etwas damit zu tun hatte, aber Jayantha hatte bereits einen Plan. Er fuhr nach Feierabend zu den Lieferanten und stellte Fragen. Überall bekam er die gleichen Antworten. Was er sich denn aufrege, es handele sich doch nur um eine Ausländerin. Es sei üblich so zu arbeiten, das wisse er doch. Jeder spiele mit und bekomme seine Provision. Ganz normal. Also keine Aufregung und den Mund halten.

Jayantha kochte vor Wut, als er sich wieder mit Johanna traf. Wie sollten sie jetzt weiter vorgehen? Seit Wochen war jeder Kauf von Manju eingestielt worden. Er kannte die Händler und zahlte ganz offensichtlich auch die Provisionen an sie aus. Mit Sicherheit auch an sich selbst! Ein kurzer Überschlag über den Verlust belief sich auf mehrere Tausend Euro.

Sie fühlte das Blut aus ihrem Kopf weichen. Sie musste sich setzen, um nicht ohnmächtig zu werden. Das war eine Katastrophe. Wie um alles in der Welt sollte sie das nach Deutschland kommunizieren? Sie trug die Verantwortung für das Desaster und ein Ende war noch nicht in Sicht. Was sollte sie nur tun? Sie beschlossen sehr achtsam mit der Situation umzugehen. Manju durfte noch keinen Verdacht schöpfen. Jayantha schlug vor, sie solle erst einmal nach Hause fahren. Er wolle sich einen Plan ausdenken. Schnell musste es gehen, denn der eine oder andere Händler würde Manju bei nächster Gelegenheit stecken, dass Jayantha unangenehme Fragen gestellt hatte.

Johanna fuhr aufgewühlt nach Hause. Sie öffnete das Tor zum Garten. Ihre drei Hunde kamen schwanzwedelnd auf sie zu. Sie bückte sich zu ihnen hinunter und kraulte alle drei hinter den Ohren. Sie war froh, jetzt wenigstens die Tiere um sich zu haben und nicht allein zu sein. Da sah sie die geöffnete Gartenhaustür. Ihr Atem stockte, als sie sich aufrichtete und langsam auf die Tür zuging. Die Hunde waren ruhig und entspannt, was war also los? Dann sah sie, dass einer der Yamaha-Motoren fehlte. Auch die Netze und das übrige Material waren verschwunden. Der zweite Motor lag noch unter der Plane. Aber es war nichts aufgebrochen worden. Es gab keinen Zweitschlüssel zum Haus. Wie konnte das möglich sein?

Ihre Beine gaben nach und sie setze sich auf den Boden. Die Hunde drängten sich an sie, eifersüchtig auf den besten Platz an ihrer Seite bedacht. Sie drückte ihr Gesicht in das warme, duftende Fell Joeys. Wer war hier, Joey? Wenn du doch nur reden könntest. Ein leichter winselnder Laut kam aus Joeys Kehle. Das Tier presste sich noch enger an sie. Als sie sich beruhigt hatte, rief sie Jayantha an und erzählte, was geschehen war.

„Du musst weg von dort", sagte er ruhig. „Vielleicht kannst du in den nächsten Tagen bei Freunden schlafen. Du bist allein nicht mehr sicher."

Sie rief Marga und Josef in Induruwa an. Sie besaßen das kleine Boutique Hotel am Strand, nicht weit von ihrem Projekt. Sie könne kommen, wann immer es für sie richtig sei, luden sie sie ein.

Doch zuerst versuchte sie Manju zu erreichen. Sein Handy war wieder ausgestellt. Also fuhr sie kurzerhand zum Haus seines Bruders Priyantha in Aluthgama. Sie stand vor dem Tor und klingelte. Niemand öffnete. Sie ging um das Grundstück herum und spähte durch die Büsche. Nicht eine Menschenseele war zu sehen, aber auch keines der beiden Boote, die bis vor Kurzem noch im Garten gestanden hatten. Ein Schreck durchfuhr sie. Nein, das konnte nicht sein. Die Boote waren sicher schon im Fischerdorf. Kurzentschlossen fuhr sie mit einem Dreirad-Taxi dorthin.

Es hatte sich seit ihrem letzten Besuch nicht viel verändert. Einige Leute hatten Zelte aufgebaut, aber offensichtlich lebte niemand fest dort. Sie fragte einen alten Mann mithilfe des Taxifahrers. Der sagte verwundert, es gäbe doch ein Verbot der Regierung in den Fischerdörfern zu wohnen. Alle müssten im Inland bleiben, was eine dumme Entscheidung sei, denn was solle ein Fischer im Inland machen. Dann sah sie eine der Frauen, Ameera, die in ihrem Garten den Kooperationsvertrag mit unterschrieben hatte. Ameera sah sie finster an und schimpfte, dass man sie betrogen habe. Madam solle verschwinden und sich nicht wieder blicken lassen. Ein Boot sei hier nie angekommen und auch keine Netze. Manju habe behauptet, Madam hätte es sich anders überlegt. Aber so sei es nun mal mit den Fremden. Sie kämen hierher, versprächen das Blaue vom Himmel und nichts geschehe. Sie spuckte einen dicken Strahl blutroter Betelflüssigkeit direkt vor Johannas Füße. Es waren jetzt auch noch andere Dorfbewohner herangekommen und schauten ebenso finster auf sie wie Ameera.

„Wir sollten nicht länger hierbleiben", mahnte der Taxifahrer. Unverrichteter Dinge fuhren sie nach Bentota zurück.

Nachdem sie mit Jayantha gesprochen und ihm ihre Entdeckung mitgeteilt hatte, mahnte dieser zur Eile.

„Wir müssen jetzt handeln", sagte er. „Lass uns zu Manjus Haus fahren. Er ist heute mit dem Tuk-Tuk in Aluthgama unterwegs, Material ordern. Wir überraschen Chandrika und holen uns seine Aktentasche, in der er alle Rechnungen und Belege aufbewahrt."

Als sie vor Manjus Haus ankamen, sahen sie, dass die Eingangstür weit offenstand. Etwas entfernt von der Haustür parkte der Fahrer das Tuk-Tuk und wartete dort auf die Rückkehr der beiden Detektive auf Mission. Es schien zuerst so, als seien weder Chandrika noch eines der Mädchen zu Hause. Ein kurzer Blick durch die Tür bestätigte Johanna, was sie befürchtet hatte. In einer Ecke des spärlich möblierten Zimmers lag der Yamaha-Motor mit allem Fischereizubehör. Auf einem kleinen Schreibtisch an der hinteren Wand des Raumes sah sie Manjus Aktentasche.

Sie wollte gerade darauf zugehen, als sie den Schatten eines halbwüchsigen Mädchens an sich vorbeiflitzen sah und den scharfen Ausruf Jayanthas „Vorsicht!" hörte. Doch das Mädchen, in der sie die älteste Tochter Manjus erkannte, griff flink die Tasche des Vaters vom Tisch und verschwand mit einem raschen Sprung durch das hintere Fenster im Dschungel. In dem Moment hörte sie auch schon das lauter werdende Gemurmel einer Menschengruppe vor der Tür. Nachbarn hatten sich dort versammelt und schauten mit feindseligen Blicken auf Jayantha und die aus dem Haus tretende Fremde.

„Nichts wie weg hier", rief Jayantha und zog sie mit sich fort zum wartenden Tuk-Tuk. Der Fahrer beeilte sich, den Motor anzulassen und fuhr so schnell er konnte aus dem Dorf. Laute Beschimpfungen der Dorfbewohner hallten ihnen nach.

Keine Rechnungen, keine Beweise, bis auf die wenigen Kopien, die Jayantha glücklicherweise gemacht hatte. Schade, dass sie den Motor nicht mitgenommen hatten. Aber wahrscheinlich hätte es dann richtigen Ärger mit den Nachbarn gegeben. Ärger, der mit Sicherheit handgreiflich werden konnte. Das war zu riskant.

Manju, ein Dieb! Also war er in ihr Haus gekommen. Wahrscheinlich mit einem nachgemachten Schlüssel. Dieser Mistkerl. Sie kochte vor Wut. Unterwegs versuchte sie Manju zu erreichen. Sie wollte von ihm selbst hören, was er sich dabei gedacht hatte. Nach mehrmaligen, vergeblichen Versuchen meldete er sich endlich. Sie wollte gerade ansetzen, ihn zur Rede zu stellen, als er anfing zu weinen, sich zu entschuldigen, zu jammern. Es hörte sich so an, als sei er komplett betrunken. Er käme nie mehr zurück. Er habe das Tuk-Tuk mitgenommen, um sich abzusetzen. Er sei irgendwo unterwegs, weit weg, sie solle ihm verzeihen. Sprachlos vor Empörung und Wut legte sie auf.

Schweigend fuhren sie nach Induruwa zur Baustelle, wo eine Überraschung auf sie wartete. Niemand war mehr da. Alles war verwaist und alles, was nicht niet- und nagelfest gewesen war, verschwunden! Innerhalb weniger Stunden! Auch das noch. Die Katastrophe war perfekt.

Jetzt war es an der Zeit, Jayantha alles zu erzählen. Er hörte ihrer Geschichte schweigend zu, nickte ab und an wissend, unterbrach sie nicht, machte ihr keine Vorhaltungen. Nur einmal sagte er leise, dass sie mit ihm hätte zuerst sprechen sollen. Bitter lachte sie und meinte, ob er ihr dann einen Heiratsantrag gemacht hätte. Er sah ihr ernsthaft in die Augen.

„Du bist in Gefahr, Johanna, und ich auch."

„Wieso bist du in Gefahr? Das ist doch albern."

„Nein, ich habe dir geholfen. Ich habe die Betrügereien aufgedeckt. Ich habe herumgefragt. Ich war mit dir in seinem Haus. Ich habe ihm die Tour vermasselt! Dafür wird man hier schnell mal umgebracht! Du musst umgehend dein Haus in Bentota räumen und mit deinen Hunden nach Induruwa ziehen. Nur hier kann ich deine Sicherheit garantieren. Das hier ist mein Dorf, meine Gegend. Hier habe ich Freunde und alle werden zu mir halten. Und du stehst von nun an unter meinem Schutz."

Das habe ich doch schon einmal so ähnlich gehört, flackerte es kurz in ihrem Kopf auf. Aber dann verwarf sie diesen Gedanken. Sie saß da wie ein Häuflein Elend, den Tränen nahe. Es war wie es war. Das Kind war in den Brunnen gefallen. Jetzt musste sie versuchen, zu retten was zu retten war. Was konnte sie also tun?

„Sprich zuerst einmal mit diesem Company Sekretär Mr. Fernando", sagte Jayantha. „Der will doch für dich und „Sunjaya Fashion" arbeiten. Er kann mal nachforschen, ob es so eine Verordnung vom BOI wirklich gibt. Ich fürchte nämlich, dass auch das ein Fake war."

Oh mein Gott, auf was war sie da nur hereingefallen. Konnte sie denn so mit Blindheit geschlagen sein? Es schien doch alles so wirklich. Eine Behörde würde sich doch nicht auf solch ein betrügerisches Spektakel einlassen!

Johanna wurde wieder einmal eines Besseren belehrt. Es war alles ein gut inszeniertes Theaterstück, wie Mr. Fernando ihr nach ein paar Tagen berichtete. Er habe versucht, diesen Mr. Karunarathna zu sprechen. Der habe sich aber von seinem Sekretariat als unabkömmlich erklären lassen. Eine Verordnung, wie man ihr weisgemacht hatte, gab es nicht.

Wenn das wahr ist, dachte sie, dann weiß auch Manjus Bruder Bescheid. Dann hat er einen Deal mit seinem alten Kumpel Karunarathna. Alles Lüge! Ein perfides, falsches Spiel, um an Geld zu kommen. Dann wusste auch Chandrika Bescheid, und sogar die Mädchen waren eingeweiht! Sie dachte an Tilina, wie sie blitzschnell mit der Aktentasche verschwunden war. Ihr war übel. Aber die Anwältin! Oh Gott, wenn auch sie ... Ihr Körper wurde mit einem Mal schlaff und sie wollte am liebsten in der Erde versinken und sich auflösen.

Jayantha baute in aller Eile eine Hütte auf dem Baugrundstück für ihre Hunde, wo sie von nun an leben würden. Sie selbst zog in das Hotel von Marga und Josef. Es war ein neues Hotel in seiner ersten Saison, sodass nicht alle Zimmer gebucht waren. Sie bekam ein wunderschönes, großes und helles Zimmer mit Meerblick, in dem sie den Freunden zufolge so lange wohnen könne, bis ihr eigenes Haus fertiggestellt sei.

Der zweite Bootsmotor lagerte unterdessen in einem Abstellraum des Hotels. Es würde sich noch eine Gelegenheit finden, ihn richtig zu nutzen. Die wenigen Möbel, die sie besaß, wurden mit einem Lieferwagen nach Induruwa geschafft und in einem Schuppen hinter Jayanthas Haus gelagert. Tagsüber hielt sie sich bei ihren Hunden auf und ging erst bei Einbruch der Dunkelheit ins Hotel zurück, wo sie dankbar und froh diesen unerwarteten Luxus einer Hotelherberge genoss. Dort würde ihr sicher nichts passieren. Das Hotel wurde Tag und Nacht von Wachpersonal gehütet.

Am Abend, Johanna saß auf der Veranda und schaute gedankenverloren in den friedlichen Garten des Hotels, als Niroshika, die Seele des Hauses und großartige Curry-Köchin, zu ihr kam und sie zur Vorsicht mahnte. Sie habe drei Eier einer Russel Viper im Garten gefunden, einer der giftigsten Schlangen auf der Insel. Giftig, schon direkt nach dem

Schlüpfen. Sie beiße gern und könne weit springen. Johanna solle vorsichtig sein.

Es war Johanna so, als sei sie von einer giftigen Schlange gebissen worden, als am folgenden Tag Jayantha zu ihr kam und sie mit ernstem Gesicht ansah. Renu Vithanage war eine Cousine Manjus und somit über alles, was geschehen war informiert. Auch wenn Johanna es schon geahnt hatte, so traf sie diese Nachricht doch wie ein Schlag in die Magengrube. Sie fühlte sich fiebrig. Wem konnte sie jetzt noch vertrauen?

Es war ein heißer Vormittag und Johanna saß mit einem Glas Wasser an einem schattigen Gartenplatz. Sie spielte eine Weile unentschlossen mit ihrem Handy, dann rief sie Mr. Karunarathna in Colombo an, hatte ihn erstaunlicherweise sofort selbst am Apparat und fragte ihn geradeheraus, warum er sich auf solche Machenschaften eingelassen und was Manju ihm dafür versprochen habe.

„Ich weiß nicht, wovon Sie reden", sagte er knapp, und legte auf. Dead end, dachte sie, und blickte frustriert ins Nichts.

Als kurz darauf Jayantha im Hotel auftauchte und ihr mit ruhiger Stimme sagte, dass in Sri Lanka so gut wie niemand, der Kinder habe, nicht verheiratet sei, Manju also mit Chandrika in einer legalen Ehe leben müsse, war sie schon nicht mehr überrascht.

Und es hörte nicht so schnell auf. Die Bauarbeiter kamen nicht mehr zurück. Sie waren alle von Manju engagiert worden und hielten sich ganz offensichtlich an seine Order, nicht mehr für die Deutsche zu arbeiten. Versuche Jayanthas, ein neues Team aufzustellen, scheiterten an den Aussagen, dass Arbeit auf einem angefangenen und verlassenen

Bau Unglück brächte. Im Umkreis von 20 Kilometern wollte niemand mehr an diesem Projekt weiterarbeiten.

Manjus Bruder zu erreichen, schlug sowohl in dessen Haus als auch in seinem Elektroladen fehl. Er sei auf ungewisse Zeit ins Ausland gereist, Geschäftsreise, sagte man ihr. Wo denn seine Frau und die Kinder seien. Die befänden sich auf dem Land bei Verwandten zur Erholung. Ja, natürlich. Chandrika und die Mädchen waren ebenfalls wie vom Erdboden verschluckt. Das Haus Manjus war verriegelt und alle Fensterläden fest verschlossen. Seine Fischerfreunde am Strand hüllten sich in Schweigen. Sie kam an dieser Stelle vorerst nicht weiter.

Die Idee Jayanthas, bei einem Verwandten in der ca. 50 Kilometer entfernten Stadt Galle nachzufragen, ob der ihm helfen könne, erwies sich als Rettung. Das Wunder geschah. Es dauerte nur einige Tage, als eine Gruppe junger Männer mit ihren Rucksäcken vor dem Tor in Induruwa standen und mit der Arbeit begannen. Sie übernachteten in kleinen Zelten auf dem Baugrundstück, wurden von einer Nachbarin bekocht und lieferten gute, schnelle Handwerksarbeit. Es ging wieder voran und Johanna dankte allen Göttern dafür.

Nach anfänglichem Zögern erzählte Johanna ihrer Freundin Dayawati die ganze beschämende Lage. Dayawati lebte mit ihrer Familie in einem kleinen Dorf in der Nähe der Lagune. Sie war Lehrerin in einer Grundschule, hatte zwei reizende Töchter und einen Mann, Nimalan, der ein hohes Tier bei einer recht berüchtigten Polizeieinheit war, der Special Task Force mit Hauptquartier in Colombo, die immer wieder an Einsatzorten in den nord-östlichen Kriegsgebieten aktiv wurde. Ein schweigsamer Mann, den man aber besser nicht zum Feind haben wollte, dachte Johanna, als ihre Freundin mit leiser Stimme einmal von seinen Einsätzen berichtete. Auch sie fragte, warum sie sich ihr nicht anvertraut habe.

„Ja, warum tut man Dinge, so wie man sie tut? Ich habe mich und meine Menschenkenntnis schlichtweg überschätzt", gestand sie mit niedergeschlagenem Blick. Dayawati nahm sie sanft in den Arm.

„Ich werde mit Nimalan sprechen, wenn es dir recht ist. Sollte Manju dir zu nahetreten oder anderen Unsinn machen, dann ruf mich bitte sofort an. Nimalan kann dir helfen."

Johanna hatte Dayawati von den Problemen auf der Baustelle erzählt und die Freundin versprach ihr, sich im Dorf nach einem Zimmermann umzuhören. Und so kam es, dass ein Bethel kauender Mittfünfziger, Nilantha, bei Johanna vorsprach und sagte, er wolle das Dach des Workshops und das ihres Hauses zimmern und decken. Er fürchte sich nicht vor Tod und Teufel und einen Manju würde er abschütteln wie eine lästige Fliege. Nilantha begann umgehend mit der Arbeit. Er arbeitete langsam, sehr sorgfältig und gewissenhaft und war ein Meister seines Faches.

Als ihr Dach fertig war und das Richtfest gefeiert wurde, zog sie aus dem Hotel in das erste fertige Zimmer ihres Hauses. Drei Monate waren seit ihrem Einzug bei den Freunden am Strand vergangen und sie war froh, nun endlich in den eigenen vier Wänden zu wohnen.

Die Arbeit ging sehr gut voran. Niemand hatte seither etwas von Manju gehört. Er war und blieb verschwunden. Johanna entspannte sich allmählich und auch Jayantha schien ruhig und gelöst von Sorgen. Er machte einen guten Job, nur dass sie nun sämtliche Rechnungen bei sich hatte, jeden Auftrag kontrollierte und das Material nachzählte. Sie hatte viel gelernt in den vergangenen Monaten. So etwas sollte ihr nie wieder passieren. Da sie jetzt auf der Baustelle wohnte und jederzeit sehen konnte, wie die Arbeit voranging, wurde sie nach anfänglichen Bedenken der Männer von diesen respektiert. Sie hörten auf ihre Meinung und setzten ihre Wünsche, so gut es ging, in die Tat um.

Bald war auch das Dach über dem Workshop fertig und Richtfest wurde gefeiert. Der Zimmermann kam in weiß gekleidet, errichtete an allen vier Hausecken einen Altar mit Öllichtern und sang die zeremoniellen Gebete. Er zog einen Hahn aus einem Sack, hielt ihn hoch in die Luft, sprach mit lauter Stimme etwas, das sich wie eine Beschwörungsformel anhörte, und warf den Vogel mit einigem Schwung zur Tür ins Haus hinein. Der kräftige, weiße Hahn flatterte aufgeregt umher und beeilte sich dann aus der Hintertür hinauszufliegen, bevor noch jemand auf die Idee kam, ihn wieder einzufangen. Doch genau das war Absicht. Sein Flug durch die Hintertür war ein gutes Omen. Jetzt würde diesem Bau nichts Negatives mehr geschehen. Alles stand unter dem Schutz guter Geister.

Es fehlte nur noch die Milchzeremonie. Im Hauptraum des Gebäudes wurde ein kleines Holzfeuer entfacht, ein Tontopf aufgestellt und Milch hineingegossen. Johanna musste sich vor den Topf knien und genau beobachten, wohin die Milch floss, wenn sie überkochte. Nach Osten musste sie fließen, wenn das Hausglück vollkommen sein sollte. Und genau das tat sie. Die Milch kochte auf und über und floss nach Osten. Ein großes Hallo brach unter den Bauarbeitern aus. Es wurde geklatscht und gesungen, Milchreis mit Sambol und Tee herumgereicht und die Arbeit für diesen Tag beendet.

Fast war der Stress der vergangenen Monate vergessen. Jayantha und Johanna arbeiteten gut miteinander. Es gab bis auf kleinere Querelen keine Probleme und alles schien auf gutem Wege zu sein. Der Company Sekretär Mr. Fernando besuchte das junge Unternehmen ab und zu, wenn er im Hotel der Freunde arbeitete. Dann kam er auf einen Tee herüber und unterhielt sich ein halbes Stündchen mit Johanna. Noch gab es keine Arbeit für ihn, aber man lernte sich so allmählich besser kennen. Sie hatte ihm letztendlich auch die Geschichte ihrer unseligen Eheschließung erzählt und bat um seinen Rat.

„Eine Scheidung muss her", sagte Mr. Fernando unumwunden. „Solange wie Manju Ihr Ehemann ist, hat er in der Tat viele Rechte. Alles, was der Frau gehört, gehört auch dem Mann in diesem Lande. Das heißt, ihm wird auch dieser Workshop gehören und das Geld auf dem Konto." Mr. Fernando runzelte sorgenvoll die Stirn.

Jayantha, der gerade um die Ecke kam, mischte sich ein und meinte, Manju sei aber doch schon verheiratet und habe zwei Töchter. Somit sei die Ehe ungültig. Er habe Johanna unter Vortäuschung falscher Tatsachen geheiratet. Das sei gesetzwidrig und würde unter Umständen mit Gefängnis bestraft.

„Das müssen wir aber nachweisen können", bemerkte Mr. Fernando.

„Es müssen Beweise her, eine Heiratsurkunde mit Chandrika, Geburtsurkunden der Kinder. Ohne diese Papiere wird es schwer."

„Ich werde mich umhören", sagte Jayantha.

„Sei vorsichtig", warnte Mr. Fernando. „Hier geht es um was. Da kann viel passieren."

Dann drängte ein Tuk-Tuk Jayantha von der Straße, als er mit dem Fahrrad auf dem Heimweg von seiner Verlobten in Bentota war. Der Schreck, ein paar Kratzer und Prellungen waren alles, was er davontrug, als er aber zu Hause ankam zeigte ihm das Plingen seines Handys den Eingang einer Nachricht an: 'Halte dich von Johanna fern. Hilf ihr nicht weiter, sonst landest du das nächste Mal nicht nur im Graben!'

Noch sprach er nicht mit ihr oder seiner Familie drüber. Als aber am kommenden Tag erneut eine Nachricht einging, in der nicht nur er, sondern auch seine Familie und seine Verlobte bedroht wurden, musste er mit allen darüber reden. Er berief eine Versammlung in seinem Haus ein. Seine Familie, seine Freunde und Johanna hörten ihm mit ernsten Gesichtern zu.

„Wir werden bedroht", sagte er grimmig. „Die Nummer ist unterdrückt. Keine Ahnung, wer das ist. Aber ich bin sicher, dass es aus dem Dunstkreis Manjus kommt. Ich habe sonst mit niemandem Probleme. Wir müssen also sehr wachsam sein. Johanna geht von nun an nicht mehr allein irgendwohin. Einer von euch wird immer bei ihr sein. Der Bruder meiner Verlobten weiß Bescheid. Er kümmert sich mit seinen Freunden um sie. Mein Bruder schaut nach unseren Eltern. Wir dürfen uns von diesem Mistkerl nicht einschüchtern lassen. Er hat hier nichts zu suchen. Er ist keiner von uns. Es ist aber gefährlich, wenn wir unser Dorf verlassen. Dann brauchen wir Schutz. Wir werden einen Einsatzplan machen. Liebe Freunde, ich danke euch für eure Unterstützung."

Es war ihr, als griffe etwas an ihr Herz. In was war sie da hineingeraten. Durch ihre Dummheit hatte sie andere Menschen in Gefahr gebracht. Ihretwegen herrschte hier Krieg. Sie war fassungslos. Einer nach dem anderen verließen die Freunde Jayanthas Haus. Im Hinausgehen legte jeder von ihnen eine Hand beruhigend auf ihre Schulter und lächelte sie an.

Jayantha hatte ihr gesagt, dass Manju samt Familie nach wie vor verschwunden sei. Niemand wisse, wo er sich aufhalte. Aber natürlich habe er Freunde vor Ort, die für ihn agieren konnten. Er bat sie inständig, nicht mehr allein einzukaufen oder Freunde zu besuchen. Sie versprach es. Sie wollte jetzt nichts mehr riskieren. In der darauffolgenden Nacht wurde sie durch das Klingeln ihres Handys geweckt. Eine ihr unbekannte Männerstimme sagte:

„Du bist nicht sicher, nirgendwo. Wir beobachten dein Haus. Wir wissen, was du tust und wohin du gehst. Sieh dich vor."

Mit der Nachtruhe war es vorbei. Sie stand auf, ging auf die Veranda, wo sie sofort von den Hunden umringt wurde, sah zu den Zelten mit den schlafenden Bauarbeitern hinüber und setzte sich seufzend auf den Boden zu ihren Tieren. Die Hunde waren ruhig und entspannt. Es war also niemand Fremdes in der Nähe. Die Nacht war warm. Kein Wind regte sich. Sie hörte nur das Zirpen der Zikaden, die seltsamen Knacklaute des Nachtvogels und einige Geckos, die an den Wänden hingen und sich über diese nächtliche Ruhestörung wunderten. Aus der Ferne klang das Bellen eines Hundes durch die Nacht. Sie beruhigte sich allmählich und lauschte auf die gar nicht so fernen Brandungsgeräusche.

Es ging regelmäßig weiter. Es folgten tägliche Anrufe mit unterdrückter Nummer. Sie hörte sich die Drohungen nicht mehr an, sondern legte umgehend auf. Sie wartete auf etwas.

Dann kam innerhalb von einer Stunde das, was sie wollte - zwei SMS mit Nummer! Bingo! Sie war also nicht die einzig Dumme in diesem Spiel. Sie informierte Jayantha und gemeinsam fuhren sie zur Polizei. Sie berichteten von den Drohanrufen, dem Fahrradunfall, zeigten die SMS und erstatteten Anzeige.

Es dauerte nicht lange, da machte die Polizei den Anrufer ausfindig und bestellte ihn aufs Revier. Ein Beamter hatte sie gefragt, ob sie bei dem Verhör dabei sein wolle. Sie hatte abgelehnt und Jayantha an ihrer Stelle geschickt. Der erkannte in dem jungen Mann sofort einen Bekannten Manjus vom Strand in Bentota. Nach einer kurzen Besprechung mit Jayantha beschlossen die Polizeibeamten, den Anrufer zu verwarnen. Da jetzt sein Gesicht bekannt sei, müsse er auf der Hut sein. Nicht nur vor der Polizei, sondern auch vor Jayantha und seinen Freunden. Rechtsprechung auf Singhalesisch. Wirklich beruhigt war Johanna nicht.

In der Zwischenzeit hatte Mr. Fernando versucht, etwas über Manju herauszufinden. Er hatte in der Schule, in die die Mädchen gingen, mit der Direktorin gesprochen und die Lage erklärt. Die Mädchen seien schon seit ein paar Monaten unentschuldigt der Schule ferngeblieben. Niemand wisse, wo sie sich aufhielten, erklärte die Direktorin. Doch sie wolle in den Unterlagen nachschauen. Die Kopien beider Geburtsurkunden waren nicht mehr da. Das Kollegium wusste angeblich nichts über den Verbleib oder wollte nichts davon wissen. Auch sonst blieben Mr. Fernandos Bemühungen erfolglos. Weder erfuhr er wo Manju und Chandrika geheiratet hatten, was so etwa vor 10 Jahren gewesen sein musste, noch wo die Töchter zur Welt gekommen waren. Es schien so, als habe es diese Familie nie gegeben. Auf der Insel gab es keine Verbindungen zwischen den Standesämtern und keine zentrale Meldestelle. Somit war es kaum möglich, den Ort der Eheschließung herauszufinden. Es gab in den Dörfern auch kein Geburtsregister. Es musste ein anderer Weg gefunden werden.

Mr. Fernando riet ihr, Anzeige gegen Manju zu erstatten. Immerhin war er mit einem Tuk-Tuk auf der Flucht, dass auf ihren Namen eingetragen war. Er hatte es gestohlen. Dann waren da noch die Rechnungskopien, aus denen der Betrug hervorging, Jayanthas Zeugenaussage als ihr Mitarbeiter. Das war für den Anfang doch gar nicht schlecht. Vielleicht konnten sie ihn an dieser Stelle packen.

Sie hatte es noch einmal bei Manjus Bruder in Aluthgama versucht und ihn tatsächlich angetroffen. Er war bereit mit ihr zu reden, verwies aber immer wieder auf die Freiwilligkeit dieser Eheschließung. Niemand habe sie gezwungen und Manju sei nicht mit Chandrika verheiratet. Das würde er auch vor Gericht beschwören, sollte sie Manju je anzeigen. Von ihrem Gespräch in ihrem Haus, in dem er ihr versichert hatte, dass Manju lediglich aus Freundschaft handele und sonst nichts von ihr wolle, wollte er nichts mehr wissen. Da habe sie eine falsche Erinnerung. Das habe er nie gesagt. Sie solle es sich sehr gut überlegen, ob sie Manju anzeigen wolle, sagte er zum Abschied mit drohendem Unterton und kalt lächelndem Gesicht.

Mr. Fernando empfahl ihr, einen Anwalt zu nehmen, aber keinen aus der näheren Umgebung, sondern aus dem entfernteren Panadura. Er kenne dort jemanden, der vielleicht ihren Fall übernehmen würde. Eine Woche später traf sie den Anwalt Da Silva in seinem Büro an der Hauptstraße von Panadura, nicht weit vom Busbahnhof entfernt. Ein kleiner, untersetzter Mann mit Nickelbrille und etwas schielenden Augen blickte sie nicht unfreundlich, aber auch nicht sonderlich herzlich über den Brillenrand an und bat sie, sich zu setzen. Eine ältere Dame servierte ein kühles Kokosgetränk. Mr. Da Silva setzte eine ernste Miene auf und bat sie, ihm alles zu erzählen. Nach etwa einer Stunde vereinbarten sie das Honorar, das erfreulich niedrig war. Sicher hatte sie das Mr. Fernando zu verdanken. Wenn alles gut ausging, könnte sie ja immer noch einen Bonus obenauf setzen.

Anwalt Da Silva hatte gesagt, dass sie umgehend eine Anzeige erstatten müsse, was eine etwa vierstündige Sitzung auf dem Polizeirevier zur Folge hatte. Der leitende Beamte hatte ihr einen Stapel leerer Blätter in die Hand gedrückt und sie gebeten, so ausführlich wie möglich die Ereignisse auf Englisch zu schildern und Zeugen anzuführen. Sie benannte Jayantha und Manjus Bruder Priyantha. Da Jayantha zu den Diebstählen etwas sagen konnte, aber nicht zu der Eheschließung, wurde auch Priyantha vorgeladen. Doch er erschien nicht zum Termin und hatte sich offensichtlich wieder auf eine „Dienstreise" mit unbekanntem Ziel begeben.

Auch die Suche nach Manju blieb vergeblich. Man schickte einige Beamte in sein Dorf, um die Nachbarn zu befragen, aber sie kamen ohne Ergebnisse zurück. Überall trafen sie auf eine Mauer des Schweigens. Mr. Da Silva schaltete sich ein und beantragte einen Gerichtstermin *in der Sachen Johanna P. gegen Manju M. – Klage wegen Diebstahls und Betrug, Bigamie und in der Folge Auflösung einer ungesetzlich, mit betrügerischer Absicht geschlossenen Ehe.* Der Beschuldigte hatte sich innerhalb einer Frist von vier Wochen bei den Behörden zu melden.

Natürlich erreichte der Vorladungsbescheid Manju in seinem Versteck. Nun musste er reagieren, um nicht noch größeren Ärger zu bekommen. Seine Anwältin war Renu Vithanage, die ihn in Abwesenheit vertreten sollte.

Der erste Gerichtstag kam. Johanna fuhr mit Mr. Da Silva in einem Tuk-Tuk nach Ambalangoda, wo das Bezirksgericht saß, und wurde in dem großen, überfüllten und lauten Gerichtssaal einmal mehr ins 19. Jahrhundert versetzt. Gerichtsdiener achteten auf Sitte und Anstand, waren umgehend zur Stelle, wenn sie kurz die Beine übereinanderschlug oder sich entspannt im Stuhl zurücklehnen wollte. ‚Das geht nicht! Respekt, Madam, vor dem hohen Gericht!' Sie war genervt, es war heiß und stickig in dem Raum mit mindestens 200 Menschen, die alle an irgendwelchen Tischen standen, gestikulierten, schrien, weinten, schimpften. Immer wieder erscholl eine Glocke und ein Gerichtsdiener verkündete das Erscheinen eines schwarz gewandeten Richters, der aus einer Hintertür mit großer, weißer Perücke auf dem Kopf, unter dem Schweißbächlein hervorquollen, den Saal betrat und sich an seinen erhöhten Tisch setzte.

Für einen Moment herrschte abrupt Ruhe, alle erhoben sich. Es wurde etwas auf Sinhala gesagt, nein, fast schon gebrüllt, und alle verbeugten sich vor der Autorität. Saß der Richter an seinem Platz, wurde ein Fall aufgerufen und Menschen mit ihren Anwälten strömten auf ihn zu. Rings umher aber brandete erneut das ungeheure Stimmengewirr auf. Sie schaute irgendwann nicht mehr auf die Uhr. Mr. Da Silva war schon eine ganze Weile nicht mehr an ihrer Seite. Er wollte nach Manjus Anwältin schauen und diverse Dinge erledigen. Als er nach einer gefühlten Ewigkeit zurückkam, sah er nicht froh aus. Die Anwältin sei nirgendwo zu sehen. Er fürchte, sie werde nicht mehr kommen. Aber abwarten!

Sie kam nicht. Als ihr Fall endlich aufgerufen wurde, stand Johanna zuerst allein vor dem gleichgültig und kühl auf sie herabblickenden Richter. Sie straffte ihre Schultern unter der neuen, züchtig hochgeschlossenen, weißen Bluse mit den langen Ärmeln und hielt seinem ungerührten Blick eine ganze Weile stand. Dann mischte sich ihr Anwalt ein, der rasch hinzugetreten war, und besprach ein paar Dinge auf

Sinhala mit dem Richter. Der schaute gelangweilt auf die Papiere, die vor ihm auf dem Tisch lagen, schlug die Akte zu und sagt, sie sollten in vier Wochen wiederkommen, erhob sich und verließ den Saal.

‚Das ist nur ein Albtraum', dachte Johanna, ‚gleich werde ich wach und alles ist vorbei.' Sie folgte ihrem gleichmütig dreinblickenden Anwalt durch eine Menschentraube nach draußen vor die Tür.

„Tja", meinte Mr. Da Silva „es kann sein, dass solch ein Prozess hier Jahre dauert."

Er versprach, Renu Vithanage zu kontaktieren.

Erneut gingen Drohanrufe und SMS ein, aber nun alle mit unterdrückter Nummer. Ihre Inhalte wurden immer aggressiver. Auch Jayantha wurde bombardiert und war sehr auf der Hut, wo immer er ging oder fuhr.

Johanna wollte gerade zu Bett gehen, als ihr Handy klingelte. Manjus Stimme klang aggressiv und böse: „Wenn dir dein Leben und das deiner Freunde etwas wert ist, dann zieh umgehend deine Anzeige gegen mich zurück. Ich habe dich am Sonntag bei deiner Freundin Dayawati gesehen. Eine sehr nette Frau mit sehr hübschen Töchtern. Du willst doch nicht, dass denen etwas geschieht!"

Sie war zu aufgeregt, als dass sie auch nur ein Wort hervorbringen konnte. Ihr Herz schlug bis zum Hals, der Mund war trocken und in den Ohren rauschte es. Sie legte mit zitternden Fingern auf, warf das Handy aufs Bett, rannte ins Bad und stellte sich unter die kalte Dusche. Er war also wieder da und beobachtete sie, wusste genau Bescheid, wohin sie ging, mit wem sie sich traf. Das war sehr übel! Und wieder klingelte es. Sie schaltete das Handy aus. In dieser Nacht fand sie keinen Schlaf.

Am Morgen berichtete sie Jayantha von dem Anruf und informierte Dayawati. Die Freundin hörte ihr ruhig zu und sagte, sie werde sofort Nimalan informieren . Sie solle Ruhe bewahren und zu Hause bleiben.

Dann machte Manju einen entscheidenden Fehler. Er fuhr in betrunkenem Zustand zu Dayawatis Haus und randalierte vor ihrem Tor, wüste Beschimpfungen gegen sie und ihre Familie ausstoßend. Eine leere Schnapsflasche flog über den Zaun in ihren Garten und zerbrach. Dayawati hatte alles hinter geschlossenen Vorhängen stehend beobachtet. Manju wusste nicht, wer ihr Mann war und fühlte sich stark. Doch schon bald sollte er ihn kennenlernen.

Als Dayawati ihrem Mann von dem Vorfall berichtete und der die zerschlagenen Schnapsflaschen auf dem Hof sah, musste er sehr wütend geworden sein. Dayawati erzählte ihr später, dass er einen Kollegen in Kalutara angerufen und ihn mit einem „kleinen Auftrag" zu Manju geschickt habe.

Nur einen Tag später hielt ein Armeejeep mit bis an die Zähne bewaffneten Uniformierten vor Manjus verschlossenem Haus. Die Männer drangen gewaltsam ein und ließen nicht viel übrig. Dann gingen sie im Dorf von Haus zu Haus, fragten brüllend nach Manjus Versteck und drohten, wiederzukommen, sollte noch irgendjemand Manju unterstützen oder verstecken. Johanna fühlte Übelkeit hochsteigen. Jetzt galt es abzuwarten.

Manju kehrte nicht in sein Haus und auch nicht in sein Dorf zurück, ebenso wenig wie seine Frau und die Kinder. Er saß irgendwo ängstlich versteckt und ließ von nun an nur noch seine Anwältin sprechen.

Johanna erschien zum zweiten Gerichtstermin, Manju jedoch nicht. Er ließ sich durch Renu Vithanage vertreten. Das Gesicht des Richters sprach Bände. Er war sehr verärgert und seine Stimme nahm einen eisigen Ton an, als er sich an Manjus Anwältin wandte. Sie nahm eine unterwürfige Haltung ein und sprach mit leiser Stimme. Das Einzige, was Johanna verstand war Manjus Name, dann ihr eigener Name und etwas von Männern und Geld. Sie sah Mr. Da Silva von der Seite an, der aufgebracht reagierte und die Anwältin anfuhr. Der Richter griff ein und richtete zum ersten Mal das Wort an Johanna. Sein Blick war etwas freundlicher geworden, als er sie auf Englisch bat, ihre Version der Geschichte darzulegen. Trotz des nicht enden wollenden Lärms um sie her, versuchte sie so genau wie möglich die Ereignisse zu schildern und vergaß dabei nicht, etwas schüchtern zu wirken.

Sie beschuldigte Manju nicht, beschwor auch nicht, dass diese Ehe niemals vollzogen worden war. Das hätte ihr niemand geglaubt. Sie sprach von Gefühlen, von Freundschaft, von großem Vertrauen, von Schmerz. Sie wolle nur noch eines, endlich wieder in Frieden und Ruhe leben zu können, ohne eine Ehe, die ja gar keine war. Niemals hätte sie zugestimmt, wenn sie gewusst hätte ...

Nach einer Weile hob sie den Blick und sah dem Richter in die Augen, die jetzt einen mitfühlenden Ausdruck angenommen hatten. Ja, es ginge leider immer wieder nur um Geld, Geld, Geld.

Renu Vithanage mischte sich ein und sagte, dass das alles gelogen sei. Ihr Klient sei nicht verheiratet und hätte somit nicht gegen das Gesetz gehandelt. Diese Deutsche sei eine schlechte Frau und wolle einen ehrbaren Mann ins Unglück stürzen.

Sie hatte erfreulicherweise auf Englisch gesprochen, sodass Johanna alles verstehen und entsprechend reagieren konnte. Nein, sie schimpfte nicht, verteidigte sich nicht, wurde nicht laut. Sie sah mit traurigen

Augen zu dem Richter hoch, schüttelte ganz leicht den Kopf und sagte leise, sie verstünde die Welt nicht mehr. Ihr sei übel, ob sie sich setzen dürfe. Der schnell herbei gewunkene Gerichtsdiener brachte einen Stuhl und sie setzte sich mit herabhängenden Schultern darauf.

Anwälte und Richter sprachen erneut auf Sinhala, bis der Richter voller Zorn aufbrauste und auf Englisch einen neuen Termin anberaumte. Sechs Wochen hätten sie ab jetzt Zeit, Beweise herbeizuschaffen und vor allem diesen Manju. Sollte er beim dritten Mal nicht erscheinen, würde er persönlich umgehend einen Haftbefehl ausstellen und die Fahndung einleiten. Jetzt sei endlich Schluss mit dem Theater, stand auf und ging mit sich aufbauschendem Talar aus dem Saal.

Die Anwältin sah Johanna mit bösen Augen an, was diese mit einem süßen Lächeln quittierte.

„In Ihrem Beruf sollten Sie zukünftig etwas genauer darauf achten, wessen Mandat Sie übernehmen. Manju ist kein ehrbarer Mann, sondern ein Dieb und Betrüger. Aber das wissen Sie. Er ist ja immerhin Ihr Cousin, Renu." Johanna betonte das letzte Wort überspitzt. „Machen Sie die Augen auf und reden Sie vernünftig mit dem Mann. Er muss sich bei Gericht melden, bevor er im Gefängnis landet und Unglück über seine ganze Familie bringt."

Die Frau sah zu Boden und schwieg, als Johanna zusammen mit Mr. Da Silva an ihr vorbei nach draußen ging.

Auf der Straße musste sie tief durchatmen. Sechs Wochen. Das war nicht sehr lang in diesem verfahrenen Spiel. Jetzt würde sie aber erst einmal nach Hause fahren und einen doppelten Bombay Saphire trinken. Den hatte sie sich nach diesem Theaterstück heute redlich verdient. Sie konnte sich ein Grinsen nicht verkneifen.

Officer Samantha Kulerathna stand mit seinem Kollegen Dante rauchend an das Bahnwärterhäuschen des Bahnübergangs Kreuzung Maha Induruwa gelehnt, wo sie für ein paar Minuten eine Pause eingelegt hatten, bevor sie sich in den verdienten Feierabend begeben wollten. Die Männer schauten schweigend auf den Verkehr der Galle Road, die jetzt gegen Abend nicht mehr so stark befahren war wie noch vor einer Stunde. Auch die Hitze hatte etwas nachgelassen und Samantha wischte sich mit einem Stofftaschentuch den Schweiß aus dem Gesicht. Der Tag hatte nichts Aufregendes gebracht. Alles war ruhig in ihrem Einzugsbereich.

Das Knattern eines Tuk-Tuks, das mit viel zu hoher Geschwindigkeit an ihnen vorbeiraste, ließ sie aus ihren Gedanken an zu Hause und an ein deftiges Abendcurry aufschrecken.

„Den schnappen wir uns," brummte Officer Kulerathna, schnippte seine Kippe auf die Schienen, drückte sich die Uniformmütze auf den Kopf, schwang sich auf sein Motorrad und fuhr, gefolgt von einem verärgert zischenden Dante, hinter dem Tuk-Tuk her.

Nur wenige Kilometer von Induruwa entfernt, auf der Polizeistation Kaluwamodara, saß, mit dem Stuhl kippelnd und den Blick zur Decke gerichtet, Chief Inspector Amit Vikumsara an seinem Schreibtisch und beobachtete gedankenverloren die müden Umdrehungen eines in die Jahre gekommenen Deckenventilators. Es war kurz vor Feierabend. Die Uniformjacke hatte er bereits ausgezogen und die oberen Knöpfe des steifen Hemdkragens geöffnet.

Jayantha, ein entfernter Cousin, hatte ihm gestern Abend von seinem Ärger mit einem gewissen Manju erzählt. Eine schier aussichtslose Sache. Es gab immer wieder Stress mit Frauen, weißen Frauen, die einem Hiesigen vertrauten und dann um ihr Geld betrogen wurden.

Er hatte das noch nie wirklich verstanden. Diese Beziehungen bedeuteten nicht nur Ärger für alle Beteiligten, sondern auch für ihn und die Kollegen, die sich nicht selten den Frust der Männer gefallen lassen mussten, wenn die Polizei sich eines Falles annahm und natürlich den hereingelegten Frauen helfen mussten. Auch wenn sich diese Hilfe häufig darauf beschränkte, ein Protokoll aufzunehmen und dann alles der sehr langsam mahlenden Rechtsmühle des Landes zu überlassen. Vieles verlief dadurch im Sande und die Frauen verließen gedemütigt und oft auch verängstigt die Insel, noch bevor es zum ersten Gerichtstermin kam. Was sollte man denn auch anderes tun. Im Grunde waren diese Weiber doch selbst schuld. Was waren sie auch so vertrauensselig und leichtsinnig.

Mit einem Ruck richtete sich Vikumsara auf, sprang vom Stuhl und eilte zu einem Regal, auf dem ein Korb mit unerledigten Anzeigen stand. Da musste doch der Strafzettel sein, den Officer Kulerathna ihm vor ein paar Tagen auf den Tisch gelegt hatte, obwohl es eigentlich nicht seine Aufgabe war, sich um die kleinen Verkehrssünder zu kümmern. Aber der Verkehrskollege war da schon nach Hause gegangen und er hatte den Strafzettel etwas achtlos in sein „zu erledigen" Körbchen geworfen. Manju, Manju … Vikumsara wühlte in dem vollen Plastikkorb und fand das gesuchte Papier. Ja, das musste er sein. Er griff zum Telefon.

„Madam, was sind Ihnen gewisse Informationen wert?" Fragte Amit Vikumsara Johanna, die neben Jayantha mit erwartungsvoll auf den Beamten gerichteten Blick vor dessen Schreibtisch saß und ein wenig nervös auf der Stuhlkante herumrutschte. Johanna hatte den Eindruck, dass seine gleichgültige Miene nicht ganz echt war. Nachdem Jayantha ihr aufgeregt von dem Telefonanruf Vikumsaras berichtet hatte, konnte sie diese Begegnung kaum erwarten. Was hatte dieser Chief Inspector in der Hand? Er wollte Geld, das war klar. Aber wofür? Das hatte er auch Jayantha nicht gesagt. Er hatte sie beide lediglich aufs Präsidium bestellt. Vikumsara schob Johanna eine grüne Mappe über den Tisch, ließ seine Hand jedoch darauf liegen. Er beugte sich leicht vor und sah Johanna in die Augen. Ihr Puls beschleunigte sich. Dennoch schien alles langsamer zu gehen, wie in die Länge gezogen.

„Ich habe hier einen Strafzettel wegen Geschwindigkeitsübertretung. Ein rotes Tuk-Tuk mit einem Fahrer namens Manju, der als Adresse die seines Bruders in Aluthgama angegeben hat. Da hat was bei mir geklingelt, verstehen Sie."

Johanna griff in gefühlter Zeitlupe nach der Mappe und schaute hinein, nachdem Vikumsara seine Hand, die einen feuchten Abdruck auf dem Papier hinterließ, zurückgezogen hatte.

Ja, das war er und das war ihr Tuk-Tuk mit ihrem Nummernschild. Ihr Puls raste.

„Was wollen Sie unternehmen, Chief Inspector" fragte sie den Mann mit vor Aufregung zitternder Stimme.

„Nun, da habe ich so meine Möglichkeiten. Jayantha hat mir von Ihren Problemen erzählt und ich denke, ich kann Ihnen helfen. Natürlich nur, wenn Sie wollen."

„Ich weiß, dass das nicht ganz einfach für Sie ist. Es sind sicher gewisse … Umstände für Sie damit verbunden. Aber es soll Ihr Schaden nicht sein." Sie warf einen kurzen Blick zu Jayantha, der aufmunternd nickte.

„Also gut, Madam, ich werde die Details mit meinem Freund hier klären und mich wieder bei Ihnen melden." Er stand auf, immer noch mit unbeweglicher Miene, nickte zuerst Jayantha dann Johanna zu und entließ seine Gäste.

Die großartige Nachricht ließ nur einige Tage auf sich warten. Jayantha betrat gegen neun Uhr morgens ihr Büro, bis über beide Ohren strahlend. Er habe eine Überraschung für sie. Mehr wolle er nicht verraten. Sie solle nur rasch einen Umschlag mit 10.000, - Rupien einstecken. Gemeinsam fuhren sie auf die Polizeistation nach Kaluwamodara.

Und wieder schlug Johannas Herz bis zum Hals, als sie das Büro Amit Vikumsaras betrat. Dieser hatte die grüne Mappe vor sich auf dem Tisch liegen und grinste selbstgewiss über das ganze Gesicht.

„Madam, Sie haben unglaubliches Glück." Mit einer jovialen Geste schob er den Ordner zu ihr hinüber. Johannas Hände zitterten vor Aufregung, als sie die Mappe aufschlug und ... auf eine Kopie der Geburtsurkunde von Manjus ältester Tochter Tilina blickte. Darunter lag die der zweiten Tochter Nethmini. Fast hätte sie laut aufgejauchzt.

„Jetzt haben wir ihn", triumphierte sie.

„Ja," sagte Vikumsara, „jetzt haben Sie ihn."

Wie war das möglich? Mit knappen Worten berichtete der Chief Inspector von seinem Coup. Er habe Manju unter dem Vorwand einbestellt, er benötige für seine Akte noch den Nachweis des Familienstandes. Manju habe daraufhin gesagt, dass er zwar keine Heiratsurkunde habe, die sei in seinem Heimatdorf Kurunegala, weit entfernt, aber er könne die Geburtsurkunden seiner Töchter bringen, in denen natürlich auch seine Frau vermerkt sei. Okay, hatte Vikumsara geantwortet, das könne er durchgehen lassen. Manju solle ihm gleich mal Kopien der Urkunden machen lassen.

Ohne auch nur einen Augenblick misstrauisch zu werden, war Manju losgefahren. Vikumsara hatte nach einem prüfenden Blick auf die Originale einen Stempel auf die Kopien gesetzt, Manju die Originale zurückgegeben und ihn mit einigen warnenden Worten bezüglich der Geschwindigkeitsbegrenzung auf der Galle Road entlassen.

Nun lagen diese Kopien vor Johanna. Sie konnte ihr Glück kaum fassen. Jetzt konnte sie der dritten Gerichtsverhandlung ruhig entgegensehen. Bevor sie das Polizeibüro mit den Kopien in der Tasche verließ, legte sie den mitgebrachten Umschlag in die grüne Mappe und schob sie zu Vikumsara.

Mr. Da Silva reagierte hocherfreut, als sie ihm telefonisch die gute Nachricht überbrachte. Er setzte sich umgehend mit Manjus Anwältin in Verbindung, die zu verstehen gab, beim Gerichtstermin Manjus Schuld anzuerkennen und nicht weiter auf dessen Unschuld zu pochen.

Hier war sie wieder, die Kunst des schnellen Umschwungs. Johanna erlebte dies nicht zum ersten Mal. Selbst nach den schlimmsten Drohungen wurde umgehend der Frieden eingeläutet, wenn sich Krieg als aussichtslos erwies. Und umgekehrt! Alles letztendlich nur eine Frage der Lukrativität.

Der dritte Verhandlungstermin verlief wie erwartet positiv. Wieder einmal erschien nur Anwältin Vithanage. Manju hatte sich von einem Arzt eine Bescheinigung ausstellen lassen. Er sei zu krank, um persönlich erscheinen zu können. Feigling, dachte Johanna, aber besser so.

Dann ging alles schnell. Der sehr freundliche und zuvorkommende Richter erklärte die Ehe für ungültig und löste sie kraft seines Amtes kurzerhand auf. Als er Johanna fragte, ob sie auf einer weiteren Strafverfolgung bestehe und Manju ins Gefängnis bringen wolle, verneinte sie. Er sei schon genug bestraft und solle ihr nur nicht mehr über den

Weg laufen. Johanna würdigte die Anwältin mit keinem Blick, als sie an ihr vorbei zum Ausgang des Gerichtsgebäudes ging.

Auf dem Heimweg fragte Mr. Da Silva, ob sie etwas gegen den Diebstahl der Boote unternehmen und auch gegen Priyantha vorgehen wolle. Sie solle aber bedenken, dass diese Sache langwieriger sei und viel Geld koste. Er könne nicht noch einmal für so wenig Geld arbeiten. Johanna sah ihn schweigend an, überlegte kurz und schüttelte dann den Kopf.

Einige Jahre später ...

Im Dezember 2010 ging Johanna mit einem Freund am Strand von Bentota spazieren. Sie hatte sich von der Arbeit im Workshop einen freien Nachmittag gegönnt und genoss das bunte Treiben am Strand. Sie liebte es, mit den Füßen im seichten blauen Wasser zu laufen, den Sand unter den Füßen und die heiße Sonne auf der Haut zu spüren.

Der Workshop hatte damals nach der Sache mit Manju rasant Fahrt aufgenommen. Bisher waren 25 Mädchen ausgebildet worden.

Johannas ältester Sohn Kevin hatte sie besucht. Mit ihm war sie auf Kumari, einer Elefantenkuh, geritten und hatte auf dem höchsten Punkt des Sigiriya Felsens mit fasziniertem Staunen auf das grüne Dschungeldach tief unter sich geschaut.

Der Höhepunkt jenes Tages war jedoch die unvergessliche Begegnung mit einem wilden Elefanten, der furchtlos auf ihren parkenden Van zukam, sich eng an dessen rechte Seite drückte, um mit seinem linken Auge dicht an der Fensterscheibe neugierig in Kevins Augen zu schauen.

Ein junger Designer, Thomas aus Köln, hatte den Mädchen Wertvolles aus dem Schneiderhandwerk beigebracht und zwei

Designstudentinnen aus Essen absolvierten ein zweimonatiges Praktikum im Workshop.

Leider war Jayantha nach geraumer Zeit in die Fußstapfen Manjus getreten und hatte ebenfalls versucht, sie mit allen Tricks übers Ohr zu hauen. Aber sie hatte gelernt, den Workshop und sich selbst zu schützen. Und so ging sie gut gelaunt mit strahlendem Gesicht am palmengesäumten Strand einher und freute sich des Lebens.

Fischer gab es seit geraumer Zeit keine mehr an diesem Strand und die wenigen nostalgischen Auslegerboote waren ausschließlich den Ausfahrten mit Touristen vorbehalten. Vereinzelte Motorboote lagen wartend im Sand.

Auch Fische gab es seit dem Tsunami immer weniger an dieser Küste. Waren es die Folgen dieser Katastrophe oder doch eher die riesigen, am Horizont blinkenden Fischtrawler, die mit einem schlürfenden Atemzug tonnenweise große und kleine Fische in ihre immer hungrigen Bäuche saugten?

Da sah Johanna einen Mann auf sich zukommen, den sie sehr gut kannte. Manju! Er schlenderte wie sie am Strand entlang, sah entspannt und zufrieden aus, neben sich eine ältere Touristin. Als er sie erkannte, hielt er kurz inne, begrüßte sie mit lächelndem Gesicht und wünschte ihr viel Glück für das weitere Leben.

Sie brauchte einen Moment, um die Überraschung abzuschütteln, dann drehte sie sich zu ihm um, blickte ihn ebenfalls lächelnd an und sagte: „Everything comes to SHE who waits."

Gesichtsverlust und andere Missgeschicke

Alles hatte damit angefangen, dass ein paar Leute in Deutschland nach den verheerenden Folgen des Tsunamis im Dezember 2004 eine der ihren, mich, damit beauftragten, unter anderem einen Schneiderworkshop für junge Mädchen vom Lande zu errichten. Auf einer Insel wohlgemerkt, auf der die meisten Frauen die Schneiderei bereits mit der Muttermilch einsaugen! Aber uns fiel so schnell nichts Besseres ein. Fischerhäuser wurden gebaut, Boote gekauft ... und ein Workshop sollte her.

Gesagt, getan, der Workshop wurde geplant! Nicht ohne Verluste, wie jeder Kenner der Schwellenszene ahnen wird, einer Szene, in der man durchaus und das nicht ohne ein gewisses Verständnis von der Schlitzohrigkeit der Einheimischen sprechen kann. Nun gut, wir waren voller Enthusiasmus, wollten helfen und die Lebensbedingungen verbessern, die vielen jungen Frauen noch gar nicht als so verbesserungswürdig erschienen waren. Bis auf wenige Ausnahmen, die die Aus- und Weiterbildungsmöglichkeiten als Chance nutzten, sahen die übrigen diese Abwechslung als wunderbare Gelegenheit, sich die Warteschleife vor der unvermeidlichen und vor allem bald erhofften Hochzeit zu verkürzen und zu würzen.

Die Hilfsbereitschaft der deutschen Leute, die bereits 2002 einen Verein zur Unterstützung Sri Lankas gegründet hatten, wie auch die all der anderen Ausländer, die in die zerstörte Küstenregion wie Heuschrecken einfielen, löste alsbald ein verschmitztes Lächeln bei den Einheimischen aus und setzte Gehirnprozesse in Gang, in deren Folge das gespendete Geld schnell und sicher aus den Taschen der Weißen verschwand. Serendip – Insel der Löwenhelden. So nannten sie schon die alten Araber, die damals als Händler kamen.

Der Workshop wurde fertiggestellt! Kurz vor der Einweihung übergab der Verein und mit ihm die in Deutschland verbliebene zweite Direktorin Renate Haus und Land per Vertrag der neugegründeten Firma. Die Arbeit begann!

Bei genauer Betrachtung und Überprüfung der Rechnungen jedoch, die von Maurern, Schreinern, Fliesenlegern und all den anderen Beteiligten bei Warenlieferung und nach Fertigstellung der notwendigen Arbeiten übergeben wurden, war alsbald klar, dass ich, die erste Direktorin, ordentlich übers Ohr gehauen worden war.

Nun, das konnte geschehen, da ich weder über genügend Kenntnisse der Landessprache noch über Kenntnisse der Sitten und Gebräuche in ausreichendem Maße verfügte und nicht bedacht hatte, dass ein Volk nach Jahrhunderte andauernder Kolonialisierung auf Rache am weißen Mann (sowie an der weißen Frau) aus war und sich sozusagen „posthum" zurückholen wollte, was man seinen Altvorderen weggenommen oder vorenthalten hatte.

Die Bewohner dieser Insel von atemberaubender landschaftlicher Schönheit und reichem Kulturerbe machten sich on top eine Eigenschaft zunutze, die wir Fremden tragischerweise absolut unterschätzen: Lächeln! Ein Lächeln, das bezaubert, das Vertrauen erweckt, das die westlichen Sinne vernebelt und uns wie Schlafwandler herumwandern lässt, da wir glauben, im Paradiese gelandet zu sein. Es kommt erschwerend hinzu, dass dieses Lächeln sehr häufig in einem schönen Gesicht, zu dem ein attraktiver Körper gehört, zu sehen ist und viele von uns immer noch dem alten Aberglauben anhängen, Schönheit und guter Charakter seien eineiige Zwillinge.

Und schon nimmt das Unglück seinen Lauf. Wir stürzen uns geradezu mit Wonne in die gestellte Lächeln-Falle, glauben und vertrauen jedem Wort, das man uns sagt, bis wir eines früheren oder späteren Tages erkennen müssen, dass wir hereingelegt wurden.

Doch zurück zu mir, der ersten Direktorin. Ich verwirklichte letztendlich den Workshop mit Hilfe Jayanthas, einem netten jungen Mann, der über das charmanteste Lächeln verfügte, das man in Deutschland jemals gesehen hatten. Er sollte die Chance bekommen, sein Leben zu verbessern, sich aus seiner Hüttenexistenz herauszuarbeiten und in den Genuss westlicher Errungenschaften zu gelangen. Dazu gehörten neben Handy und Fernseher natürlich auch ein solides Haus aus Stein mit Elektrizität sowie ein weitgehend dauerhaft leer stehender Kühlschrank, durch den die Stromrechnung in nicht unbeträchtliche Höhen getrieben wurde. Er sollte doch nicht leben wie im Dschungel!

Eine Gruppe junger Frauen aus den umliegenden Dörfern fiel jeden Morgen wie ein Schmetterlingsschwarm im Workshop ein und fröhliches Lachen, Geplapper, das Surren der Nähmaschinen, das Klappern der Scheren auf den Zuschneidetischen erfüllte die Luft. Burda hieß das Zauberwort, und so wurden aus farbenfrohen indischen Sari-Stoffen die hübschesten Sommerkleider, Röcke, Blusen und luftige Hosen für kauffreudige ausländische Damen aus den umliegenden Hotels geschneidert.

Alles lief gut, bis sich die Jungs der örtlichen ‚Street Boy'-Gang (als Abgrenzung zu den ‚Beach Boy'-Gangs) überlegten, an diesem Unternehmen partizipieren zu wollen. Ungeachtet der Tatsache, dass im Workshop ihre Schwestern, Cousinen und Freundinnen für eine profitablere

Zukunft lernten und arbeiteten, verlangten sie einen Anteil von 25 % des Umsatzes. Geld, das dringend für das Überleben des Workshops in der äußerst umsatzschwachen Vor- und Nachsaison benötigt wurde. Meine Versuche, die Burschen davon zu überzeugen, dass sie es seien, die ihren Frauen und nicht zuletzt auch sich selbst einen Zukunftsast absägten, wenn sie auf ihren Forderungen bestünden und sich doch mit 10 % begnügen könnten, hatten hämisches Gelächter zur Folge sowie die Drohung, man könne auch anders. Immerhin würden sie dafür sorgen, dass zahlungskräftige Gäste zu mir kämen. Sie könnten diese auch mit ihren Tuk-Tuks zu anderen Geschäften chauffieren.

Heißt Sri Lanka auf Sanskrit nicht *die ehrenwerte Insel*?

Ich weigerte mich starrköpfig auf die Erpressung einzugehen und beschloss stattdessen, im Nachbarort jenseits des großen Flusses, eine Boutique einzurichten, in der wir unsere Kleidung verkaufen wollten.

Um Jayantha noch stärker zu motivieren und sich seine Loyalität zu sichern (auch im Widerstand gegen die Jung-Mafia), gab der Verein ihm einige Anteile am Workshop.

Der junge Mann konnte sein Glück nicht fassen und sah eine wundervolle Zukunft vor sich. Sein Arbeitseifer war entsprechend groß und er tat, was er am besten konnte: improvisieren, organisieren und, natürlich im Geheimen, die Provisionen einstecken, die ihm alle Händler eigennützig und mit Freuden zusteckten.

Von heute auf morgen war er jemand. Vom armen Teufel aufgestiegen zu den Höhen eines Hausbesitzers mit allem Zipp und Zapp. Der Vater warf die alten fleckigen Sarongs auf den Müll und die Mutter trug neue Kleider. Kurzerhand wurde mit seiner Angebeteten aus dem Nachbarort Hochzeit gefeiert. Niemals wäre sie in die Holzhütte gezogen, aber das nette Steinhaus mit Handy, Fernseher und Kühlschrank

konnte sich sehen lassen. Eine Waschmaschine war das Hochzeitsge-
schenk aus Deutschland, auch wenn die neue Hausfrau viel lieber am
Brunnen die Wäsche wusch und das neumodische Gerät zugedeckt
und ungenutzt im Abstellraum sein rostendes Leben fristete.

Die Freunde Jayanthas schauten voller Neid und Bewunderung auf
ihn ob seiner Blitzkarriere und überlegten, wie auch sie an solch eine
lukrative weiße Quelle gelangen konnten.

Nachdem die Boutique in dem Ort auf der anderen Seite des großen
Flusses eingerichtet und Eröffnung gefeiert worden war, verliefen die
ersten Tage ruhig, nur unterbrochen von gelegentlichen Besuchen vor-
beischlendernder Passanten. Jayantha saß im Schatten vor der Tür, te-
lefonierte, trank Tee und machte ein freundliches Gesicht hinter den
aufgeschlagenen Blättern der Tageszeitung.

Nach nur einer Woche, er hatte gerade die Tür zum Laden aufge-
schlossen, sah er, dass in der Nacht Einbrecher alles bis auf den letzten
Knopf mitgenommen hatten. Zum Glück zahlte die Versicherung, sodass sich der tatsächliche Schaden in Grenzen hielt. Doch der Schreck
saß mir im Nacken. Jayantha meinte zu wissen, wer die Täter waren
und erzählte von den Gerüchten (Street Boy-Gang!), die im Ort umher-
schwirrten, was meine Sorgen nicht gerade minderte.

In der folgenden Zeit schien Jayantha gewachsen zu sein. Sein Gang
war stolz und sein Bauch nahm zu. Sein Arbeitseifer jedoch nahm von
Woche zu Woche drastisch ab. Er war nun beständig müde. Ihm missfiel die Büroarbeit, die auf die Bauarbeiten gefolgt war. In der Boutique
zu sitzen, missfiel ihm ebenfalls, und er entschloss sich, seine Arbeits-
zeiten zu reduzieren, ungeachtet seines Arbeitsvertrages. Er kam und
ging, wann immer er wollte und verspürte sofort diesen ärgerlichen

Unmut in sich hochsteigen, wenn ich sein Verhalten kritisierte oder ihn gar belehren wollte.

Mich hatte er zwischenzeitlich so gut unter Kontrolle (er gab mir mit sanftem Lächeln zu verstehen, dass ich hier nur deshalb vor all den unberechenbaren Unbilden des Landes geschützt sei, weil er auf mich, Workshop und Laden aufpasste), dass er sich bei allem, was er tat oder nicht tat, sicher fühlte. Meine Einwände und Diskussionsversuche wischte er fort wie eine lästige Fliege, fiel mir vor den Auszubildenden in den Rücken, nutzte seine eigenen Vorteile und schwächte sowohl meine Position als auch meine Nerven von Monat zu Monat, bis diese schließlich grad noch an einem seidenen Faden hingen, der jederzeit zu reißen drohte.

Natürlich trug ich mich mit dem Gedanken, den Undankbaren zu entlassen, mich von seiner falschen Freundlichkeit und unberechenbaren Launenhaftigkeit zu befreien, aber das war leichter gesagt als getan. Seine Art, mir ein schlechtes Gewissen zu machen, sein Spiel mit meinen Gefühlen durch versteckte Drohungen, die subtile Unterhöhlung meines Sicherheitsgefühls sowie die sukzessive Zersetzung meines Nervenkostüms, trugen Früchte. Ich glaubte tatsächlich, es nicht ohne ihn zu schaffen, den Launen einer fremden Gesellschaft ohne ihn hilflos ausgeliefert zu sein, wenn er nicht schützend seine Hand über mich hielt und die Provisionsjäger wie auch die angeblichen Probleme und Risiken durch andere Menschen von mir fernhielt.

Ich ahnte anderes unter der Maske des zahnweißen Lächelns. Seine als Fürsorge getarnte Besitzergreifung schnürte mir allmählich die Kehle zu. Hilflosigkeit machte sich breit.

Nicht zuletzt wegen der Kontraproduktivität Jayanthas, verzeichneten Workshop und Boutique (Letztere überlebte kein Jahr) zusehends

Verluste. Die immer drückender werdende finanzielle Lage bescherte mir Migräne und schlaflose Nächte, was ihn wenig kümmerte. Mit dem Ansteigen seiner Forderungen nach mehr Geld, mehr Unterstützung seiner Familie, mehr Freizeit, schwand seine Arbeitsmoral und seine Anwesenheit im Workshop schrumpfte auf ein Minimum. Ich nahm regelmäßig Baldrian.

In seiner Familie und im Dorf wurde er derweil als Unternehmer und Workshopbesitzer geachtet und geehrt, denn das war der Bär, den er allen aufgebunden hatte.

Eines Tages tauchte in Gestalt eines Briten die mögliche Rettung auf. Der hatte sich in mich verliebt. Jayantha besah sich den Vorgang zuerst amüsiert, jedoch nicht ohne Wachsamkeit. Alsbald lief sein Alarmsystem auf Hochtouren und Panik machte sich breit. Dieser Mann schien eine ernst zu nehmende Gefahr zu sein.

Der Brite war ein lebens- und arbeitserfahrener Endfünfziger, der die Taktik des jungen Mannes schnell durchschaute und mir seine, mit kritischen Augen gemachten Beobachtungen mitteilte. Ich erkannte die Zwickmühle, in der ich steckte (Angst war bekanntlich noch nie ein guter Ratgeber!), und fand dank der neuen Rückendeckung zu meinem alten Selbstbewusstsein zurück. Nun zeigte ich Jayantha meinerseits die Zähne, aber nicht in einem lächelnden Gesicht.

Diese Herausforderung war ihm nicht angenehm. Seine Position begann zu wackeln und er sah sich fragenden Gesichtern in der Familie und im Dorf gegenüber. Wer war nun hier der Boss? Er oder diese Weißen?

Es blieb ihm nichts anderes übrig, als zu handeln. Da er aber weder über die Fähigkeit konstruktiv zu diskutieren noch über die notwendige Einsicht verfügte, griff er zu dem archaischen Mittel der Gewalt.

In einem Anfall von Zorn zerstörte er das Firmenschild und schlug so lange mit der bloßen Faust auf das Eingangstor ein, bis es völlig verbeult war. Ja, fast hätte er vor allen neugierig zuschauenden Nachbarn seiner herbei eilenden Frau eine Ohrfeige verpasst.

Der Brite reagierte besonnen und äußerlich kühl, bekam die Situation unter Kontrolle und lud Jayantha zu einem langen Gespräch auf die Veranda ein. Mir war indes schlecht vor Aufregung. Ich zog mich zurück.

Nun war genau das geschehen, was man einen ‚Gesichtsverlust' nennt. Vor all den Nachbarn und der Familie hatte Jayantha sein Gesicht verloren, das Schlimmste, was einem Hiesigen passieren kann. Also musste er sich etwas einfallen lassen, um diesem Spuk ein Ende zu bereiten.

Es dauerte nicht lange und er betrat den Workshop mit großer, angestauter Wut im Bauch und drohte dem Briten und mir Gewalt an, sollten wir ihm nicht seine (selbst erdachten) Rechte zugestehen. Er forderte eine gewaltige Summe Geld, am liebsten jedoch hätte er gleich den gesamten Workshop. Im Gegenzug wolle er uns nicht weiter belästigen. Wir gingen zur Polizei und erstatteten Anzeige. Unsere Aussagen wurden protokolliert, es gab eine Verwarnung und weiter geschah nichts. Jedoch schien sich die Lage rund um den Workshop zu entspannen und zu beruhigen.

Die Zeit ging ins Land. Jayantha hatte sich dankenswerterweise freiwillig aus dem Workshop zurückgezogen und vergeblich versucht, ein eigenes kleines Café an der Galle Road zu eröffnen. Sein Misserfolg nach bereits sechs Monaten frustrierte ihn und er suchte die Schuld wie immer bei mir.

Erneut begannen die verbalen Gewaltandrohungen. Ich musste mich in dem großen Haus europäischer Freunde hinter einer noch größeren Mauer verstecken. Der Brite setzte sich in den Süden der Insel ab, nachdem Jayantha zu allem entschlossene, Adrenalin gesteuerte Jungs mobilisiert hatte, die androhten, ihn bei Gelegenheit vom Motorrad zu ziehen, mit Benzin zu übergießen und anzuzünden. Strafe, für was auch immer, musste sein!

Mein erneuter Hilferuf bei der Polizei hatte deren Frage zur Folge, ob ich mich nicht selbst verteidigen könne. Man habe nun weiß Gott wichtigere Fälle zu bearbeiten, als sich um das Gepolter halbstarker Rowdies zu kümmern.

Kurzum schaltete ich in meiner Not einen einheimischen Bekannten ein. Sam war ein muskelbepackter Mittvierziger aus Unawatuna, einem Stranddorf, das weit genug entfernt lag, um nicht auch noch eine Gebietsfehde zu riskieren. Sam kannte sich aus mit solchen Dingen. Als einmal ein Mann aus seinem Dorf einer Touristin die Tasche mit allem Drum und Dran gestohlen hatte, schnappte er sich den Dieb, ließ ihn mitten auf der Dorfstraße mit den Händen hinterm Kopf niederknien, wo er einen Tag und eine Nacht lang in dieser sehr unangenehmen Haltung verbleiben musste. Bewacht wurde er derweil von Sams Freunden und einem Dorfpolizisten. Erst als der Dieb vor Zeugen schwor, so etwas nie wieder zu tun, konnte er nach Hause gehen.

Sam kam mit einigen grimmig aussehenden, ebenfalls muskelbepackten Männern zum Workshop und ließ sie eine Woche lang, Stärke demonstrierend, auf dem Grundstück patrouillieren und böse Blicke zum Hause Jayanthas werfen.

Ein anschließendes Gespräch Sams mit Jayantha unter vier Augen sorgte nach der Kraft- und Machtdemonstration endlich für Ruhe. Als ich Sam fragte, wie er Jayantha habe überzeugen können, kniff er mir ein Auge zu und meinte, dass ich nun nichts mehr zu befürchten habe. Dann schwieg er und zog sich mit seinen Leuten zurück.

Ich konnte die schützenden Mauern der Freunde verlassen und vorerst nach Hause zurückkehren, da mein dritter (vorbeugend gedachter) Besuch bei der Polizei endlich den gewünschten Erfolg zeigte.

Jayantha wurde eindringlichst gewarnt (der verhörende Polizist hatte seine Waffe demonstrativ vor sich auf den Tisch gelegt und sich zu voller Größe drohend vor ihm aufgebaut) und sollte unterschreiben, weder mich noch den Briten weiter zu belästigen. Bei einer erneuten Anzeige würde man ihn einsperren. Er wisse ja, wie es in den hiesigen Gefängnissen zuginge. Jayantha war bei diesen Worten grau geworden und wagte nicht mehr aufzublicken. Er unterschrieb wortlos.

Er gab seinen Rachefeldzug ebenso schnell wieder auf, wie er ihn begonnen hatte, zog sich in sein Haus zurück, baute einen Zaun um dasselbe und bemühte sich, über alles Vorgefallene hinweglächelnd, um gute Nachbarschaft.

So ging es eine Weile, ohne dass Jayantha das Verlorene wiederfand, die Gegenseite aber auch nicht mehr wie geplant weiterleben konnte. Der Brite zog sich auf seine Heimatinsel zurück, nicht ohne den Frust, in die Bedeutungslosigkeit versunken zu sein, da ich das Interesse an seinen, nun doch eher halbherzigen, per Telefon aus der für ihn sicheren Entfernung ausgesprochenen, sorgenvollen Zuneigungsbekundungen verloren hatte.

Wohl oder übel musste ich den Workshop aufgeben, da ich weder die hübschen Kleider, Blusen, Röcke und luftigen Hosen verkaufen konnte, noch sich neue Mädchen fanden, die bei mir eine Ausbildung machen wollten. Der Boykott und die Rufschädigung durch die Street Boys funktionierten nachhaltig und einwandfrei.

Im April 2012 verließ ich nach 10 Jahren die geliebte Insel mit einem lachenden und einem weinenden Auge. Ich nahm nur eine bronzene Statue mit, die mir einst Michael in Colombo geschenkt hatte. Eine Kobra mit aufgestelltem Nackenschild beugt sich von hinten schützend über den meditierenden Buddha.

247

Mein Dank gilt vor allem meiner Familie sowie all den großartigen Menschen, die mir auf meinem Weg begegnet sind, die mich von nah und fern begleitet, motiviert, kritisch angeschaut, herzlich mit mir gelacht und auch geweint haben. Ich habe viel von euch gelernt.

Und nicht zuletzt mein Dank an *Dr. Faustus Holdich-Derdeibel*, „Vermächtnis-*Verwalter*" des Vereins „Pitaramba e.V." 😊